KB259760

상황적 사고

상황적 사고

크로스 크리틱 02

상황적 사고

초판 1쇄 발행 2013년 7월 12일

지은이 윤여일
펴낸이 강수걸
펴낸곳 산지니
편집 윤은미 권경옥 양아름 손수경
디자인 권문경
등록 2005년 2월 7일 제14-49호
주소 부산광역시 연제구 거제1동 1498-2 위너스빌딩 203호
전화 051-504-7070 | 팩스 051-507-7543
홈페이지 www.sanzinibook.com
전자우편 sanzini@sanzinibook.com
블로그 http://sanzinibook.tistory.com

ISBN 978-89-6545-221-8 04800
      978-89-6545-174-7(세트)

*책값은 뒤표지에 있습니다.
*이 도서의 국립중앙도서관 출판시도서목록(CIP)은 e-CIP 홈페이지
 (http://www.nl.go.kr/ecip)에서 이용하실 수 있습니다.
 (CIP 제어번호: CIP2013010032)

크로스 크리틱 02

상황적 사고

윤여일 지음

산지니

차례

상황적 사고

1.

　　자신은 역사 속으로 깊숙이 파고들지 않고서 역사라는 코스를
달리는 경마를 바깥에서 바라본다. 자신이 역사에 깊숙이 들어가
지 않기에 역사를 충실하게 만드는 저항의 계기는 놓치지만, 대
신 '어떤 말이 이길까'는 잘 보인다.

「근대란 무엇인가」의 일구다. 다케우치 요시미가 격동하고 또 좌
절해갔던 중국의 근대에 비추어 일본의 근대를 비판하고자 써낸 문
장이다. 일본은 마치 경마를 지켜보는 관중처럼 혼돈스런 역사 바
깥으로 빠져나와 이길 말에 판돈을 거는 방향으로 근대화에 나섰
으나 저항의 계기를 놓친 까닭에 자신의 근대는 쟁취하지 못했다는
것이다.

　　수년 전 쑨거의 『다케우치 요시미라는 물음』을 번역하다가 인용
구로서 이 문장을 처음 접했다. 흥미로운 문장이었다. 이 문장이 나
온 문맥을 확인하려고 다케우치 요시미의 원문을 찾아봤다. 거기에
는 이런 말이 이어지고 있었다. "올바로 볼 수 있는 것은 자신이 달

리지 않는 까닭이다." 강렬한 문장이었다.

이 문장의 존재를 알고 나서 고심했다. 결국 번역자로서 어긋나는 일인 줄 알면서도 『다케우치 요시미라는 물음』을 번역하면서는 쑨거가 취해온 저 인용구에다 이 문장을 보탰다. "올바로 볼 수 있는 것은 자신이 달리지 않는 까닭이다." 저자인 쑨거에게 범한 의도적 오역이며 죄송스러운 일이다. 그러나 인용구는 이 문장으로 수렴되고, 쑨거의 책에는 반드시 이 문장이 들어가야 한다는 확신 가까운 것이 내게는 있었다.

정치적이든 이론적이든 간에 올바름을 먼저 설정하여 그걸 가지고서 현실에 접근하려 든다면, 현실은 올바름에서 벗어난 편차로 왜소화될 것이다. 그렇다면 올바르려는 자는 그 올바름과 함께 현실 바깥으로 밀려나고 말 것이다.

거꾸로 상황 속에 몸을 두려면, 상황의 흐름에 따라 가치판단이 흔들릴 테며 상황을 대하는 시점을 부단히 조정해야 할 것이다. 아울러 상황 속으로 진입하려는 자는 바깥의 어떤 고정점에 서서 사태를 정확히 내려다볼 수 없을 테니 오류의 위험을 무릅써야 한다. 대신 오류를 무릅쓴 자의 사고는 자신이 처한 현실의 모순과 겹쳐질 테니 그만큼 진실하며, 현실의 진폭이 크면 클수록 사고는 단련되어 깊이를 더해갈 것이다.

"올바로 볼 수 있는 것은 자신이 달리지 않는 까닭이다." 이 책 『상황적 사고』는 이 문장의 각도에서 작성한 평론들을 모았다. 올바르지는 못할지언정 달리는 경주마로서 5년간 겪은 동요를 전하고 싶었다.

2.

　상황적 사고. 상황이라 할 만한 것이라면, 진정 사고를 요청하고 심문하고 단련하는 상황이라 명명할 만한 것이라면, 그 상황은 주체의 의지를 초과할 것이다. 객관적 결과는 주관적 의도로부터 유리된다. 주체는 그러한 불가항력의 상황 속으로 자신을 내던지고 거기서 다시 자신을 끄집어내는 동안 사고의 한계치로 내몰린다. 동시에 그 과정을 통해 자신이 처한 상황을 개선시키지는 못하더라도 자신의 사고를 개조하는 계기와 동력을 거머쥐기도 한다. 그러한 의미에서 상황의 경험은 임계점과의 대면이라고 말할 수 있을 것이다.

　그러한 상황의 한 가지 이름이 내게는 '동아시아'다. 언제부턴가 나는 사회운동에 참여할 때보다 이질적 맥락이 충돌하는 장면에서 상황성을 더 강하게 의식하게 되었다. 내 귀는 그럴 때 생기는 마찰음, 집음 그리고 침묵에 더 민감해지고 있다. 나는 내부의 시선만으로는 풀어낼 수 없는, 타자와의 뒤얽힘 가운데서 주체성과 윤리성을 고민할 구체적 단서를 얻곤 했다.

　마저 회고조로 말해본다면, 전에는 세계를 균질 공간으로 대했던 것 같다. 자기 과거일인데도 추측하듯이 말하는 것은, 세계를 균질 공간으로 대해왔다는 것은 세계의 비대칭성을 인식의 출발점으로 삼겠다고 마음먹고 나서야 생겨난 회고이기 때문이다. 전에는 세계를 균질 공간으로 대했기에 주체와 타자 사이를 가로지르는 경계를 어떻게 지울 것인지를 윤리의 과제로 여겼던 것 같다. 그때 세계는 여전히 평면이었다. 경계는 사고했으나, 그때의 경계란 도화지 위에 그어진 선처럼 깊이를 갖지 않았다.

그러나 세계를 공간의 모습으로 떠올리기보다 존재 간의 부등가성이 빚어내는 질로 사고하게 된 시기가 있다. 경계는 위계다. 세계의 경계란 그저 평면 위에 그어진 선분이 아니라 깊이와 음영을 갖는 위계로서만 존재한다. 나의 세계와 타자의 세계는 등질하지 않으며, 서로에게 서로의 것은 등가로 교환되지 않는다. 그렇다면 윤리의 과제란 경계를 지우기에 앞서 타자와의 비대칭성을 자기 존재를 향한 물음으로 끌어안는 데서 시작되어야 할 것이다. 사상적으로 의미를 갖는 그런 세계로부터 발생한다. 그 상황은 불가항력이며 또한 비대칭적이다.

과거에 어떤 전환이 있었노라고 고백조로 말한다면, 자기 극화를 꾀하는 일이 되고 말 테지만, 이러한 변화가 몇몇 지인으로부터 동아시아에 관한 문제의식을 공급받던 시기에 일어났음은 밝혀두고 싶다. 이미 그때로부터 수년이 지났다. 나는 여전히 또렷한 이유도 모르는 채 그들이 전해준 동아시아라는 말을 입에 담고 있다. 그 말은 몇몇 지인을 통해 그리고 몇몇 물음과 동반해 나를 찾아왔으며, 나는 아직 그 물음들을 해결하지 못해 그 말 역시 떠나보내지 못하고 있다.

이러한 물음들이었다. 대상과의 관계가 멈춰서 있지 않은데도 지식을 생산할 수 있는가. 주체가 다루려는 대상 속에 주체 자신이 포함되어 있을 때 인식은 어떻게 가능한가. 주체는 어떠한 절차를 밟아야 대상과 함께 움직이면서도 지식을 구성할 수 있는가. 그렇다면 유동하는 상황에서 생겨난 지식은 이윽고 생겨날 지식에 의해 부정될 텐데, 따라서 과정으로서의 지식일 뿐인데, 그 경우 지식의 의미는 전과는 어떻게 달라지는가.

그렇게 움직이는 그리고 내재하는 외부가 내게는 동아시아다. 동아시아에서 이 물음들은 구체적 맥락을 얻었고, 그 까닭에 동아시아는 내 안에서 공간으로서 자리 잡기보다는 어떤 독특한 질감으로서 발효되었다.

3.

지인들로부터 친일파라는 소리를 들은 적이 있다. 농담 섞인 핀잔 정도의 의미다. 일본에만 너무 치중하고 있는 것 아니냐는 지적을 우회적으로 던진 것이다. 그렇다. 나는 동아시아를 운운하지만 일본에 치우쳐 있다. 동아시아에서 내가 마주하는 구체적 상황은 일본을 매개로 한 것들이 대부분이다. 이 책 역시 일본연구도 일본론도 아니지만, 일본에 치우쳐 있다.

나는 "일본에 치우쳐 있다"는 지적을 곱씹어보고 싶다. 그리고 기왕 들은 말이니 친일파라는 표현을 잠시나마 역사적 맥락에서 분리해 문자적 의미만 가지고서 활용해보고 싶다. 그러려면 그 말은 음절마다 분절되어야 한다. 내가 지인에게 이 말을 들었을 때 거부감을 느끼는 것은 '친' 때문이 아니다. 나는 어떤 일본인에게 애정을 느낀다. 그 사람이 일본인이어서가 아니라 나와 비슷한 고민을 품고 있고, 나와 적을 공유하기 때문이다. 나는 그 자에게 다가가고 싶으며, 기꺼이 친하고 싶다.

내게 거슬리는 음절은 '일'이다. 나는 일본 내지 일본인 일반을 향한 입장을 정해두지 않았으며, 더구나 그러한 감정은 갖고 있지 않다. 만약 친일파라는 말에서 '일'을 남겨두려면 '친'을 고쳐야 한다. 어떤 일본은 애틋하게 느끼며, 어떤 일본은 적개심을 느낀다. 어떤 한국이 그러하듯이 말이다. '친'을 남겨두려면 '일'을 분해해야 하고, '일'을 남겨두려면 '친'이라는 정서가 분화되어야 한다.

또한 나는 '파'도 아니다. 어떤 진영에 속하기에 일본에 대한 입장을 갖는 게 아니다. 어떤 일본인을 대하느냐, 어떤 사건을 매개하여 일본이라는 맥락과 접하느냐에 따라 입장과 감정은 달라진다. 그리하여 잠시 역사적 문맥을 덮어두고 이 말을 활용해보았지만, 친일파라는 말은 구체적인 상황 속에서 분절되어야 한다.

그야 친미든 친중이든 마찬가지겠지만, 일본이 내게 하나의 실감 어린 동아시아임은 말할 수 있다. 일본이 동아시아라는 지역 단위에 포함된다는 의미에서가 아니라 자신이 내재하는 외부로서, 불가항력적이고 비대칭적인 상황으로서 자신에게로 육박해온다는 의미에서 말이다.

다케우치의 저 문장을 다시금 음미해보자. 그는 '저항의 계기'가 있어야 '자신의 역사'를 깊숙이 파고들 수 있다고 말했다. 그의 말을 내 식으로 전용한다면, 내게 동아시아는 '저항의 계기'다. 그때의 저항이란 부단히 유동하는 상황 속에 자신을 내맡겨 자기와 자기 이미지 사이의 표상관계를 착란에 빠뜨리는 것이다. 주체성은 응당 타자와의 관계를 전제할 것이다. 그런데 타자를 하나의 실체로 설정하여 그 반작용으로 자신도 하나의 실체로 만든다면, 타자와의 관계는 유동성을 상실하고 주체는 '저항의 계기'를 잃고 만다. 타자는 주체가 자기임을 확인하기 위한 매개물이 아니라 오히려 자기를 분절하기 위한 참조축으로 작용할 때 진정 타자일 수 있다. 따라서 동아시아를 '저항의 계기'로 삼는다는 것은 실체화되기를 거부하면서 재-주체화된다는 의미다.

구체적인 상황을 가지고서 말해보자. 그러한 구체적인 상황을 떠올릴 때 내게는 일본이 필요하다. 텔레비전을 켜면 어렵잖게 한국과 일본의 민족주의가 충돌하는 장면을 볼 수 있다. 한국사회에서 민족주의의 발산 경로가 필요할 때 일본은 가장 편리한 회로가 되어왔다. 한국의 민족주의는 '한국 대 일본'의 구도를 유지하며 그 안에 머물고자 하는 욕구가 강하다. 일본을 상대로라면 피해자로서 도덕적 우위에 설 수 있으며, 그것이 한국 민족주의의 자기정당성의 근거가 된다. 그리하여 한국의 민족주의는 존재의 불안을 희석시키고자 일본과의 가해-피해 구도를 재생산한다. 하지만 그 구도 안에서 머무는 한 올바를 수 있을지는 모르나 '저항의 계기'는 구할 수 없다. 그리하여 오늘도 텔레비전이 비추는 한국과 일본 사이에서 발생하는 소중한 사건은 진정한 의미의 상황이 되지 못한 채 형해화되고 시간이 지남에 따라 점차 떠내려가고 말 것이다. 그리고 별다른 진전도 없이 그 사건은 조만간 모습을 달리하여 등장할 것이다.

한국의 민족주의는 '피해-가해'의 구도에 머물러 있어도 되는가. 나는 해방 이후의 세대다. 나는 내가 일본의 오늘날 세대와 교류할 때 자국의 역사를 마치 자신의 재산처럼, 상대의 부채처럼 활용할 수 없다고 생각한다. '희생자 의식'은 내가 섣불리 계승할 수 있는 게 아니라고 생각한다. 쉽사리 계승할 수 있다면, 그것은 계승이 아니다. 진정 계승하려면 내게는 해방 이전의 식민사로 진입하려는 노력이 요구된다. 자신의 역사 속으로 파고들어야 한다.

또한 나는 동아시아 사상사를 연구한다. 여러 장면에서 나는 '한국 대 일본'이라는 구도에 안주하려는 민족주의적 욕망이 한국인에게 사고의 제약으로 작용하며, 특히 동아시아 인식을 제약하고 있음을 목격한다. 그래서 나는 생각한다. 어떤 의미에서는 친일의 역사를 청산하는 작업만큼이나 '한국 대 일본' '피해-가해'라는 대립구도를 깨뜨리는 것이 진정한 탈식민의 과제일지 모른다. 그 구도에 붙들려 거기에 안주하려는 욕구가 정신의 식민성을 재생산하기 때문이다.

4.

한국과 일본 사이에서 '피해-가해'의 구도를 넘어서는 것은 가능할까. 이것은 물음 자체가 너무나 성글며, 답하자면 아마도 비관적일 것이다. 넘어설 수 없는 까닭은 경계는 곧 위계이기 때문이다. 양측의 관계는 비대칭적이기 때문이다. 비대칭적이기에 넘어서기 위한 합의점을 도출해내기란 현실적으로 불가능할 것이다.

다만 그 비대칭성과 불가능성을 조건으로 삼아 거기서 각자의 과제를 발견할 수는 있을 것이다. 한국과 일본은 다른 방식으로 동아시아의 과제와 만난다. 분명 역사의 잘잘못을 가리고 죗값을 치르고 식민성을 극복하는 일은 동아시아의 당면과제다. 하지만 한국의 경우 '희생자 의식'이 동아시아 인식에 제약을 안긴다면, 탈식민은 일본이 반성하고 사죄하는 것만으로 이루어지지 않는다. 동아시아가 '저항의 계기'라면, 일본으로서는 외면했던 아시아와 마주보고 멸시했던 인국에 대한 시선을 바로잡는 일이 중요하겠지만, 한국은 일본과의 관계를 중심으로 재생산해온 동아시아 인식을 극복하는 일이 관건이 될 것이다. 그리하여 일본과의 진정한 교류의 목표는 화해나 입장의 합일이 아닐 것이다. 오히려 서로를 매개로 삼아 자기 안의 문제를 하나씩 끄집어내고, 그렇게 어려운 한 걸음을 떼고 있는 서로를 응시하는 일이 진정한 교류의 모습일 것이다. 이처럼 일본과의 관계는 내게 구체적인 상황, 나 자신을 투입하여 주체성과 윤리성을 모색해야 하는 상황을 마련해주기에 소중하다. 나는 일본에 치우쳐 있다.

한편 남들이 내게 "일본에 치우쳐 있다"고 말할 때, 거기에는 "왜 중국을 향해서는 그만한 관심을 기울이지 않는가"라는 지적도 깔려 있음을 알고 있다. 지금으로서는 그런 지적에 이렇게 답하는 수밖에 없다. 나는 중국에 장기간 체류한 적이 없으며, 중국어도 제대로 할 줄 모르고, 여러 중국인과 깊이 있는 교감을 나눠보지도 못했다. 그리고 일본과의 관계에서처럼 중국과의 관계에서 구체적인 상황과 대면한 적이 없다.

그러나 일본과의 관계를 고민할수록 내게는 중국으로 나가가야 할 필요성이 점차 생겨나고 있다. '한국 대 일본'의 구도에서 한국이 갖는 도덕적 우위는 피해-가해의 관계 안에서만 유효할 뿐 그 관계를 떠난다면 효력을 상실한다. 일본과의 '일 대 일 구도'에 다른 참조항을 도입하면 한국의 민족주의는 다른 작동의 회로를 구해야 한다. 가령 현재 동아시아 민족주의의 구도를 한국 → 일본 → 북한 → 미국(한국이 일본을, 일본이 북한을, 북한이 미국을 적대의 축으로 삼는다)이라고 단순화시켜본다면, 그리고 이런 비대칭적 조건으로 서로의 민족주의가 서로를 마주보지 못한다면, '한국 대 일본'의 구도에 중국을 끌어들일 때 상황은 복잡해지고 한국의 민족주의는 정당성의 근거가 흔들릴 것이다. 중국은 일본으로 향하는 다른 각도를 얻기 위해서도 필요하다. 더구나 중국으로 진입한다면, 세계를 국민국가 단위의 균질 평면으로 이해해서는 포착할 수 없는 또 다른 상황과 마주하게 될 것이다.

물론 중국에 다가가야 할 현실적 이유는 여러 가지를 거론할 수 있을 것이다. 현재 중국 연구는 일본 연구만큼 필요성에 대한 의문을 사지는 않을 것이다. 중국에 관심을 가져야 하는 이유는 너무나 자명해 보인다. 하지만 지금 내게 중국으로 향해야 할 절박한 이유는 일본으로 향하는 다른 인식의 각도를 얻기 위해서다. 그리고 실제로 중국으로 향하게 된다면, 이러한 기대와는 다른 것을 경험하게 될 것이다. 일본에서 그러했듯이 말이다.

5.

이 책에 모은 글들은 2008년부터 2012년 사이에 작성된 것들이다. 이명박 정권의 집권기다. 평론이라 부를 만한 글을 처음으로 써서 발표하기 시작한 2008년, 나는 일본에서 체류하고 있었다. 그해 한국에서는 이명박 정권의 본격적인 행보가 시작되었다. 그에 맞서 촛불운동이 일어나고 또 잦아들었다. 그동안 일본사회도 유동하며 여러 사건이 발생했다. 그 중 몇몇 사건은 일본사회에서 머물던 내게 한국사회를 조망하는 창구가 되었다.

촛불운동을 전후하여 일본사회에서 일어난 두 가지 현상 내지 사건을 소개하고 싶다. 한국에서 촛불은 4월에 피어올라 5월부터 번지기 시작했다. 그에 앞서 일본에서는 고바야시 다키지의 『게공선』 붐이 일었다. 2월께부터 책이 폭발적으로 팔려나갔다. 고바야시 다키지는 전시기를 살아가며 현실적 리얼리즘에 기반해 사회문제를 다룬 소설가였다. 『게공선』은 세계대공황이 일어난 1929년에 발표된 작품으로서 법의 사각지대로 내몰린 통조림 어선의 노동자들을 사실적으로 묘사했다. 노동자들에게 가해진 폭력은 자본의 이윤과 국가의 국책을 명분 삼아 정당화되었다.

고바야시 다키지는 이 작품을 발표한 후 불경죄로 기소당했다. 잠시 풀려난 그는 현실운동에 가담해 1930년에는 일본프롤레타리아 작가동맹의 서기장이 되었으며, 1931년에는 비합법인 일본공산당에 입당했다. 그러다가 1933년에 특고경찰에게 체포되어 고문을 당한 끝에 스물아홉이라는 젊은 나이로 생을 마쳤다. 그의 유체는 고문으로 심하게 훼손된 상태였다고 한다. 그의 죽음은 곧 루쉰, 로맹 롤랑을 비롯한 국내외 진보적 문학가들의 추도와 항의를 불러일으켰다. 루쉰은 고바야시 다키지의 죽음을 기려 이렇게 전보를 보냈다.

"일본과 중국의 대중은 원래 형제다. 자산계급은 대중을 속이고 그 피로 경계선을 그었다. 그리고 계속 긋고 있다. 하지만 무산계급과 그 선도자들은 피로 그것을 씻어낸다. 동지 고바야시의 죽음은 그것을 실증한다. 우리는 알고 있다. 우리는 잊지 않을 것이다. 우리는 동지 고바야시의 핏길을 따라 굳건히 전진하고 손을 맞잡을 것이다." 피로 그어진 경계선은 피로써만 지울 수 있다. 그리고 그 경계선은 아직 지워지지 않았다.

고바야시 다키지가 남긴 『게공선』은 80년 만에 부활해 일본의 특히 젊은이들 사이에서 반향을 얻었다. 한국에서는 촛불이 번져가던 중이었다. 두 가지 현상은 내게 포개져서 보였다. 그리고 촛불이 절정으로 치닫던 시기, 도쿄에서 아키하바라 사건이 발생했다. 6월 8일, 아키하바라에서 한 남성이 2톤 트럭으로 돌진하여 횡단보도를 건너고 있던 다섯 명의 보행자를 들이받았다. 트럭이 택시와 부딪히자 트럭에서 내린 범인은 등산용 칼로 행인 열네 명을 연달아 찔렀다. 이 사건으로 일곱 명이 사망하고 열 명이 중경상을 입었다. 체포된 범인은 "사람을 죽이려고 여기 왔다. 세상이 싫다. 누가 죽든 상관없다"고 말했다.

범인은 스물다섯의 청년이었다. 중학생 때는 공부를 곧잘 했으나 이후 성적이 부진해 자동차 정비기술을 가르치는 단기대학에 입학했다. 졸업하고 나서는 자동차공장에서 도장 작업원으로 근무했다. 파견회사에 소속된 비정규직 노동자였다. 사건 전에 그의 직장에서는 구조조정이 진행되었다. 사건 사흘 전에 출근했을 때는 자신의 작업복이 보이지 않자 그는 감원 대상이 되었다고 오해하여 분개하며 직장을 떠났다. 여기까지의 이야기는 점차 가까이서 흔히 듣게 되는 내용이지 않은가. 그리고 사건 직전에 그는 범행을 예고하는 글을 남겼다. "아키하바라에서 사람을 죽이겠습니다"라는 제목으로 "차로 돌진하고 차로 안 되면 칼을 사용하겠습니다. 모두들 안녕히 가세요"라고 적었다. 그가 전에 남긴 글들에는 "친구를 사귀지 못한다" "고교를 졸업한 뒤 8년간, 연전연패" 등의 글귀가 있었다고 한다. 그리고 아키하바라 사건이 발생했다.

나는 9월에 일본을 떠났다. 돌아온 한국사회는 이미 촛불이 잦아든 뒤였다. 나는 촛불이 남긴 유산을 발견하고 싶었지만, 눈에 밟히는 것은 정리해고, 가정 붕괴, 부채 지옥 등 양극화의 풍경이었다. 일본에서는 격차사회라고 불린다. 거리에서는 비정규 아르바이트 모집공고가 자주 눈에 띄었다. 일본에서는 프리터라고 불린다. 모집공고에 적힌 시급을 본다. 그나마 일본에서는 한 시간 일하면 밥값은 되지만, 한국에서는 한 시간을 일해도 한 끼조차 해결할 수 없다.

요즘 『게공선』 붐보다는 아키하바라 사건을 자주 떠올린다. 텔레비전을 켜면 '묻지마 범죄'가 끊이지 않는다. 방향을 잃고 고립된 채 자폭하는 자들이 늘고 있다. 도쿄에서 내가 살던 마을은 고즈넉한 분위기였는데, 마을의 풍경과 대조적으로 아침에 텔레비전을 켜면 거의 연일 살풍경한 사건이 보도되었다. 일본에서 '묻지 마 범죄'는 '토리마지켄(通り魔事件)'이라고 불린다. 토리마는 원래 마주치는 사람에게 해를 끼치고 순식간에 사라지는 마물을 뜻한다. 아침에

텔레비전을 보고 있노라면 안으로 곪은 상처가 바깥으로 터져 나
온다는 인상이었다. '잃어버린 이십년' 동안 히키코모리가 대거 양
산된 이후 토리마지켄으로 분출했다. 한국에 돌아와서도 비슷한 느
낌이다. 한국사회도 어떤 잠복기를 지나고 있는 게 아닐까. 그렇다
면 '묻지 마 범죄' 다음은 '노숙자 사냥'일 것인가.

6.

한국으로 돌아온 뒤, 일본사회와 한국사회의 상처 혹은 타락을
견주며 글을 써보려고 몇 차례 시도했지만 결국 포기했다. 지금 내
가 일본사회 그리고 한국사회를 이해하는 수준에서 그런 글을 써낸
다면, 저널리스트를 어설프게 흉내 내는 식이 되고 말 것이다. 이 책
에 그런 글은 담기지 않았다. 차라리 이 책에 담긴 글은 일본에 관
한 글이라기보다 일본을 향한 글이다. 이 책에 수록된 글의 절반은
일본어로 작성되어 일본의 매체에 발표된 것들이다.

한국으로 돌아와서도 자신의 절실함에 이끌려 글을 써내기는 하
지만, 그것이 누구에게 어떻게 가닿을지 알지 못했다. 다만 일본에
서 지내며 만난 지인들에게는 돌아와서도 말을 걸고 싶었다. 그리
고 한국어로 글을 쓰더라도 그들은 잠재적인 독자로서 나의 의식
속에 들어와 있다. 언젠가 그들도 읽을지 모른다고 그들을 떠올리
며 표현을 다듬는다. 이렇게 한국과 일본 사이에서 동요한 흔적들
을 모아 독자들에게 내놓는다.

이제 『상황적 사고』라는 이 책의 기획의도에 근거해 여기 모인

글들을 써낼 때 무엇을 과제로 삼았는지를 밝혀두고자 한다. 물론 그것은 각 글들을 통해 드러나야 할 테지만, 진정 전달될 수 있을지 자신이 없어 문제의식만큼이라도 독자와 공유하고 싶은 것이다.

먼저 「비현실적 현실론 비판」은 2008년 3월에 작성했다. 2007년 봄부터 일본에 체류하다가 잠시 한국으로 돌아온 때였다. 그때 이명박 정권이 등장한 한국사회를 피부로는 처음 접했다. 퇴행의 기미를 감지했다. 사회 곳곳에는 전선이 생기고 희생이 이어졌다. 하지만 분노스러울 뿐 무엇을 어찌해야 할지 갈피를 잡지 못했다. 이명박 정권의 등장은 내겐 불가항력이었고, 이명박 정권과 나의 관계는 철저히 비대칭적이었다.

「비현실적 현실론 비판」에서는 이명박 정권의 5년을 나름으로 버텨내고자 그 조건에서 가능한 사색 거리를 건져내고자 했다. 거기서 주력한 것이 현실론 비판이다. 어떻게 '현실' 운운하는 이명박 정권의 설익은 수사가 현실적 힘을 갖게 되는지를 분석하고자 했다. 또한 이명박 정권의 현실론만을 비판대상으로 삼지는 않았다. 진정한 비판이려면, 그 비판은 자신도 향해야 한다. 그리하여 나를 포함해 이명박 정권을 등장시킨 혹은 막지 못한 대중을 비판대상으로 삼아 이명박 정권의 현실론에 조응하는 대중의 현실감각을 파고들고자 했다.

그 후 일본으로 돌아가 6월에 「맥락의 전환」을 작성했다. 애초 이 글은 '식민지/근대의 초극 연구회'에서 발표한 내용으로서 교류, 번역, 여행 능 일본 체류의 체험을 재료로 취해 일본의 동료 연구사들에게 동아시아에 관한 문제의식을 밝히고, 한국의 정치상황으로부터 어떻게 공동의 사상자원으로 삼을 만한 요소를 발굴해낼 수 있는지를 모색한 것이다. 「맥락의 전환」에서 절반은 당시 구두로 발표된 내용이며, 나머지는 그때의 현장감을 되살려 이후에 보충했다.

「맥락의 전환」은 여러 주제를 다뤘지만, 기본적으로 자신의 체험에서 고민의 소재를 취해 타인과 공유해보려는 시도였다. 큰 사건을 신변의 작은 체험을 매개해 사고하고, 다시 개체의 체험을 큰 사건에 되먹여 거기서 타인과 맺어질 사색 거리를 발견하고자 한 것이다. 당시 나의 체험은 외국인이라는 조건에서 기인하는 측면이 컸다. 비록 외국에 홀로 있어도 나는 날몸으로 다니는 게 아니다. '나'라는 개체는 이미 기억과 정보로 구성된 맥락의 덩어리다. 그래서 일본 살이에서는 이질적인 맥락들 사이에서 충돌과 교착, 교섭과 소통이 일어날 수밖에 없었다. 나는 일본사회 속으로 진입하면서 체험하고 감수하며 이해하고 싶었다. 동시에 외부인임을 자각하며 그 상황 속에서 자신을 분별해내고자 했다. 그러한 드나듦의 체험을 일본의 지인들에게 전하고자 한 것이다. 개체의 체험이라도 타인과 공유할 수 있는 사색으로 우려낼 수만 있다면, 그 또한 상황적 사고에 값할 수 있을 것이다.

그리고 9월에 「내재하는 적대성」을 작성했다. 『현대의 이론』이라는 일본어 잡지에 한국의 촛불운동에 관해 쓰기로 예정되어 있었다. 쓰고 싶은 마음도 있었다. 일본의 미디어에서 접한 한국의 촛불운동은 그 내용이 너무도 빈곤한데다가 대신 선정적이었기 때문이다. 하지만 막상 쓰려니 나 역시도 촛불이 타오르는 동안 현장에 있지 않았기에 한국사회의 촛불을 일본사회로 전달하기에는 정보전달자로서 자격미달이었다. 또한 글을 쓰기 시작한 시기는 이미 촛불이 꺼져가던 때였다.

그래서 두 가지 조건, 즉 한국에서 촛불운동이 전개되던 때 일본에 있었으며, 촛불운동은 이미 수그러들고 있다는 조건에 근거하여 그 조건이자 한계에서 공유가능한 자원을 길어 올리는 데 주력했다. 현장에 있지 않았던 자가 절정이 지나간 운동에 관해 쓴다면, 그것은 운동의 방향을 제시하거나 운동을 달구는 일이 아니라 현장에서 싸웠던 자들이 남긴 흔적들을 주워 앞으로 계승할 유산으로서 벼려내는 일이어야 했다. 또한 일본의 독자들을 향해 작성한다면 촛불운동이 지녔던 구체성을 훼손하지 않으면서도 그 안에서 공유가능한 무언가를 발견해야 했다. 성패만으로 운동의 가치를 가늠한다면 계승할 유산마저도 놓치고 말 테니 가능성의 폭에서 촛불운동의 유산을 붙잡고 싶었다.

7.

「다케우치 요시미의 독자」는 2010년 10월 2일에 개최된 '다케우치 요시미 생애 100년의 모임'에서 발표될 '다케우치 요시미에게 보내는 편지'로서 작성되었다. 그 자리에 참석하지 못하는 까닭에 대독될 예정이었기에 하고픈 말을 꾹꾹 눌러 담아 압축적으로 썼다.

"올바로 볼 수 있는 것은 자신이 달리지 않는 까닭이다." 이것이 다케우치 요시미의 문장임은 앞서 밝혀두었다. 그는 실로 오류의 위험을 무릅쓰고 혼잡한 상황 속으로 뛰어들어 많은 오점을 남겼다. 그가 후세에 남긴 가장 생산적인 텍스트는 아마도 그렇게 실패하고 동요한 흔적들일 것이다. 그는 관념으로 짜인 도그마를 기반으로 삼지 않았다. 따라서 그의 입장은 상황과 함께 흔들렸으며, 그럼에도 유동하는 상황의 한복판으로 뛰어들겠다는 것이 그가 견지한 일관성이었다. 그에게는 행위로 일군 관념만이 진정한 관념일 수 있었다. 그리고 그에게 유일한 답은 자신의 물음이 진정 자신을 내건 것인지에 달려 있었다. 그는 상황 속에 자신을 투입해 사상과제를 길어 올렸고, 그리하여 자신이 처한 상황의 문제성이 시간과 함께 떠내려가지 않도록 역사 속에 정착시켰다. 그러한 면모가 나를 그의 독자로 만들었다.

「생을 위한 사」는 2011년 3월에 일본어 잡지 『임팩션』에 발표되었다. 당시 나는 『임팩션』으로부터 내가 속한 공간이었던 수유너머의 현황에 관한 보고를 청탁받았다. 그러나 수유너머는 2009년 하반기에 분화되었고, 따라서 자신을 어떤 위치에 두고 누구를 향해 발화해야 할 것인지를 고심했다. 이 경우는 내가 수유너머의 상황 속의 일부분이기 때문에 수유너머의 바깥에서 전체적으로 조망하는 글은 쓸 수 없었다. 따라서 나는 그 조건 속에서 가능한 발화의 방법을 택해야 했다.

이 글에서 나는 수유너머의 구체적인 조건에 입각하되 수유너머라는 고유명의 사건을 분해하여 그 존재를 모르는 이들과도 공유할 수 있는 사고의 자원을 건져내고자 했다. 따라서 내게 중요한 과제는 수유너머에 관한 성공 내지 실패의 단일서사 같은 것을 쓰는 게 아니었다. 대신 수유너머의 생명 과정을 분석하고 남겨진 흔적들을 살펴보며 사상적 물음을 연마하고, 수유너머의 과정과 흔적들을 매끄럽게 다듬거나 정돈하기보다는 그것들을 다시 통과하는 과정에서 공동체의 삶을 이해하는 지평을 재구성하고자 했다.

8.

「멀다와 가깝다 사이」는 2012년 3월 11일에 발행된 『사상으로서의 3·11』을 위한 역자 서문이다.

2011년 3월 11일 대지진과 해일이 도호쿠 지역을 덮쳤고, 다음 날 후쿠시마 현에 있는 도쿄전략 제1원자력발전소에서 수소 폭발이 일어났다. 그리고 원자로 노심 용융이 발생했다. 그동안 수만 명의 사망자와 행방불명자가 생겨났고, 그보다 많은 사람이 삶의 터전을 떠나야 했으며, 그보다 많은 사람이 지금도 방사능에 노출된 채 일상을 살아가고 있다.

그러나 이렇게 적어보아도 이제 사태의 심각성은 좀처럼 전달되지 않는 듯하며, 이미 오래전 일처럼 들린다. 3·11 이후 나는 일본에 가보지 못했다. 비록 현장에서 멀리 떨어져 있지만 무언가를 해야 했다. 그래서 되는 대로 고른 것이 번역이었다. 동요하고 고뇌하는 일본인의 목소리를 전달하고 싶었다. 번역을 통해 일본인이 치른 막대한 희생을 헛되이 흘려보내지 않고 그 희생의 하중을 조금이라도 이식하는 것이 내가 할 수 있는 일이었다. 아무리 생각해도 이번 재난 이상으로 한국과 일본 사이에 공감대가 마련될 수 있는 다른 사건은 떠오르지 않는다. 그것이 비록 짧은 기간이었지만 말이다. 나는 떠나가려는 관심을 조금이라도 오래 붙잡고 싶었다.

공감은 영어로는 compassion이다. '함께 괴로워한다'는 의미다. 아마도 공감이란 통각 작용이지 않을까. 공감대란 통각의 범위를 가리키는 게 아닐까. 하지만 3·11 이후의 일본을 공감하고 있기란 너무도 어렵다. 겪어본 적이 없는 아픔이며, 보이지 않는 위험이며, 언제 끝날지 전망조차 불투명한 현실로부터 서서히 눈을 돌리게 되는 것은 어쩌면 자연스럽다.

다만 「멀다와 가깝다 사이」에서는 지금 일본의 민중이 우리와 같은 적을 상대하고 있음을 강조하고 싶었다. 3·11 이후 일본의 정치 체계가 전반적으로 기능부전에 빠진 가운데 신자유주의적 경쟁 원리를 들먹이고 우익적 언사를 늘어놓는 정치가들이 득세하고 있다. 그리고 탈원전을 기도하는 일본의 민중은 정치인-행정관료-산업계-매스컴-학계로 짜인 원자력 마피아와 맞서야 한다. 전후의 원자력 마피아는 피로 얼룩진 식민권력의 토양에서 자라났다. 오늘날 일본의 민중은 오래된 적과 상대하고 있다. 그리고 그들의 적은 우리의 적이기도 하다. 3·11을 쓰라린 계기로 삼아 한국과 일본의 민중은 서로의 고뇌와 운동을 공유할 수 있을까. 비록 앞서 한국과 일본 사이의 민족주의적 간극은 메워지지 않으리라고 비관했지만, 그 간극에도 불구하고 이 물음에 대해서는 가능하다고 답하고 싶다.

「정치의 원점」은 2012년 7월에 썼다. 이 글은 텐트연극을 하는 사쿠라이 다이조라는 극작가이자 배우에 관한 기록이다. 그와 동료들은 2012년 4월 광화문에서 텐트연극을 했다. 그 공연을 관람한 이후 사쿠라이 다이조라는 존재를 알리고자 이 글을 작성했다.

사쿠라이 다이조는 텐트연극을 한다. 통상 한 편의 연극은 극장에서 반복 상연되지만, 그는 한 편의 연극을 공연하기 위해 한 장소에 텐트를 세우고 한 차례의 공연이 끝나면 텐트를 걷고 떠난다. 그렇게 텐트연극을 1970년부터 40여 년간 이어왔다. 그리고 텐트연극의 역사는 반일의 행보였다. 그는 '입장으로서의 반일'이 아닌 '행동으로서의 반일'이 얼마나 지난한지를 실증하고 있다. 그리고 진정 반일이려면, 일본과 어디까지 뒤얽혀야 하는지를 보여주고 있다. 그는 일본인으로서 일본에서 반일분자로 활동하며 자기해체를 거듭해나갔으며, 동아시아로 유동해갔다. 그렇게 1980년대에는 한국, 1990년대에는 타이완, 2000년대에는 대륙 중국으로 활동 반경을 넓혀갔다.

사쿠라이 다이조와는 2004년 수유너머에서 처음 만났다. 그리고 이 글은 수유너머를 나온 뒤 나로서는 처음 발표한 글이다. 이 글을 쓰면서 나는 '탈주'라는 말을 지면 위에서 처음 사용했다. 이제야 수유너머에서 배운 이 말로 반드시 형용해야 할 인간을 만났다는 인상이다. 나는 이 글을 사쿠라이 다이조와 함께 만났던 수유너머의 동료들에게 바치고 싶다.

9.

「이 시대의 정신승리법」은 2012년 6월에 썼다. 이명박 정권 5년을 거치며 쌓인 울화를 이겨내지 못해 작성했다. 이 글은 이명박 대통령의 취임 직후에 썼던 「비현실적 현실론 비판」에 대응한다. 「비

현실적 현실론 비판」이 대중의 현실감각을 추궁했다면, 「이 시대의
정신승리법」은 자신의 감정을 분석하여 작성했다. 하지만 그렇게
예정한 것도 아니며, 「비현실적 현실론 비판」과 비교해보건대 「이
시대의 정신승리법」은 진전이라기보다 퇴행에 가깝다.

지난 5년간 전선이 무너지고 희생이 늘어갈 때마다 무력함을 절
감했다. 나는 상대가 분노스럽지만 상대에게 반격할 수 없다. 분노
는 바깥으로 분출되지 못한 채 우울함, 자기연민, 자기혐오로 점차
변질되었다. 그렇게 버티고만 있을 수는 없었다. 무엇인가를 해야
했다.

무력한 자가 무력함에 근거해 할 수 있는 게 무엇인지를 묻기로
했다. 그저 체념하고 있는 게 아니라 무력함을 내적 동력으로 삼아
현실정치를 외면하지 않되 현실정치와는 다른 위상, 굳이 부른다면
사상의 영역이라고 불러야 할 곳에서 이룰 수 있는 성과는 없는지
를 따져묻기로 했다. 현실정치에서 상대와의 힘관계가 비대칭적이
어서 패배를 겪어야 한다면, 그 조건을 사상을 단련하는 환경으로
전환해보려고 한 것이다.

내게는 한 가지 믿음이 있었다. 이 시대에 무력감으로 인한 고통
을 나만 갖고 있지는 않을 것이다. 자신의 무력감을 제대로 파고들
수만 있다면, 그 분석의 수취인이 자신만은 아닐 것이다. 불행한 시
대에는 개체가 자신의 불행을 분석해 타인과의 소통을 기도하는 길
이 열리는 게 아닐까. 거기서 공동의 무기를 벼려낼 수 있지 않을까.
개체에게 들러붙은 감정이 지닌 사회적 용법이 있는 게 아닐까. 그
렇게 독자에게 말을 걸어보고 싶었다.

「사상은 어떻게 가능한가」는 보론이다. 이 글에는 구체적인 상황이 없다. '상황적 사고'에 관한 일반론의 성격을 지닌다. 이 글에서는 사상의 형성을 위한 두 가지 조건을 제시했다. 첫째, 자신의 한계에 내재하는 것이다. 사상에게 제약의 조건은 가능성의 조건이다. 자신의 환경이 지닌 제약을 통해서만 사상은 자신의 가능성을 움켜쥘 수 있다. 그리고 사상은 자신의 환경과 마찰하며 형체를 갖춰간다. 바깥의 빛이 비추지 못하는 자기 환경의 어둠을 구석구석 더듬으며 길을 낸다. 자기 환경의 어둠을 살피기 위해 끝까지 짜낸 사고는 고유한 음영을 갖는다. 그것이 사상이라 부를 정신의 영위일 것이다.

둘째, 사상이 진정 사상이려면 그것은 다른 현실 속에서도 울림을 가질 수 있어야 한다. 자신의 현실 속에서 출현했지만 다른 사회의 타자에게 가닿을 수 있어야 한다. 즉 번역될 수 있어야 한다. 그것은 문자적 번역을 거쳐야 한다는 뜻이 아니다. 맥락의 전환을 거치면서도 타자의 고뇌에 닿을 만한 요소를 내장해야 한다는 의미다.

그렇게 발효되는 사상이 '상황적 사고'라는 말로 내가 명명하려는 것의 본질이다.

10.

끝으로 '상황적 사고'라는 제목의 유래를 밝혀두고 싶다. 이 말은, 적어도 '상황적'이라는 말은 내가 만든 것이 아니다.

2010년 봄, 쑨거 선생의 베이징 자택을 방문했다. 그때 선생에게 앞으로 다케우치 요시미에 관한 글을 쓰고 싶다는 의향을 밝혔다. 이후 서울로 돌아온 지 한 달쯤 지났는데 선생으로부터 소포가 왔다. 선생이 예전에 박사논문을 쓰려고 모아뒀던 자료들을 보내주셨다. 거기에는 꼭 읽어보라는 조언과 함께 『상황적』이라는 책의 복사본이 들어 있었다.

그 책은 다케우치 요시미가 여러 사건을 두고 여러 사람과 여러 주제로 대화를 주고받은 대담집이다. 그야말로 '상황적'인 산물이다. 선생으로부터 그 책을 받고 나서 꽤 시간이 흘렀지만, 아직 제대로 읽어보지 못했다. 몇 번 들춰본 후에 정독할 시기를 기다리고 있다. 이후 쑨거 선생의 한국어판 선집을 편집하게 되어 선생의 글을 고른 뒤 책제목과 장제목을 정할 때 1장의 제목을 '상황적 사고'라고 달아두었다. 상황 속에서 발언하는 선생의 면모를 드러내기에는 이 제목이 어울린다고 생각했다.

그리고 이 제목을 다시 빌린 것이다. 내게는 '상황적 사고'라는 말이 필요했다.

비현실적
현실론
비판

1. "경제를 살린다는데"

이명박 정부가 출범했다. 『한겨레』는 발 빠르게 이명박 정부의 성격을 규명하는 기획을 마련했다. '10년 만에 등장한 보수파 정권'을 어떻게 보아야 하는지를 두고 일주일 간격으로 논자들의 글이 올라오고 있다. 쟁점은 '구보수 정권'인가 '신보수 정권'인가 아니면 이러한 규정들이 신자유주의적 본질을 흐려놓을 수 있으니 '신자유주의 정권'으로 규정해야 하는가에 있는 모양이다. 지난주(3월 8일자)에는 조희연 교수가 이명박 정부를 '한국형 신보수 정권'으로 규정했고, 이번주(3월 15일자)에는 고세훈 교수가 '한국형'이라는 수사도 '구보수'와 구별된 '신보수'라는 규정에도 동의할 수 없다는 입장을 내놓았다.

하지만 논의의 추이를 지켜보면서 다소 이르다는 인상을 받았다. 물론 이 기획을 꾸린 『한겨레』 측도 "갓 출범한 정부의 성격을 논하는 것은 다소 이를 수도 있다"고 단서를 달고 있다. 하지만 그런 이유 때문에 성급하다는 인상을 받은 것은 아니다. 아마도 이명박 정부는 시간이 흐를수록 '신보수'든 '구보수'든 '신자유주의'든 제 모습을 더욱 노골적으로 드러낼 것이다. 그래서 인용한 문장에서 바로 이어진 "하지만 대통령직인수위원회 보고서 등을 통해 새 정부의 국정 목표와 정책 기조는 대략적으로 드러난 상태다"라는 말에 공감하며, 따라서 이명박 정부의 성격을 규정하기에 자료가 불충분하다고는 생각하지 않는다. 사실 이명박 정부의 정책이나 인수위의 활동을 보면 성격이 적나라하게 드러나 있어 지난 노무현 정권의 공과를 따지는 일보다 이번 이명박 정부의 향방을 예견하는 쪽이 오히려 수월하다는 생각마저 든다.

'이르다'는 인상을 갖게 된 것은 좀 더 개인적인 사정에 있다. 대선 기간 동안에 줄곧 어떠한 초조함에 시달렸다. 사실 이명박 후보가 대통령으로 당선될 것은 전부터 미디어가 예견하고 있었고 보통 사람들도 예상할 수 있는 바였다. 따라서 초조감은 그가 대통령이 될지 모른다는 불안감에서 기인한 게 아니었다. 보다 사소한 이유다. 가령 대선 기간 동안에 "경제를 살린다는데"라는 댓글이 유행했다. 대선 관련 기사건, 환경 기사건, 심지어 스포츠 기사건 간에 맥락을 불문하고 저 댓글은 어디서나 올라왔다. 이명박 후보의 비리의혹이 제기되었을 때도 저 댓글은 올라왔으며, 대운하정책이 생태계를 망가뜨린다며 반대론이 등장했을 때도 저 댓글은 올라왔다. 개인비리야 있으면 어때 "경제를 살린다는데", 생태계야 좀 망가지면 어때 "경제를 살린다는데", 박지성이 경기를 좀 못했으면 어때 "경제를 살린다는데"까지. 남의 말문을 막아버리는 저 독백이 독백인 채로 유행했다. 대선 기간 내내 저 댓글에 마음을 얻어맞는 느낌이었다.

그래서 투정을 부리고 싶은 것이다. 『한겨레』의 기획에서 학자들이 내놓는 분석들이 저런 댓글에 얻어맞은 상처를 어루만져주지 않아서 말이다. 이명박 정부의 성격을 규정하는 논의는 필요하지만, 저 댓글이 양산되는 풍토는 논외로 삼는 것 같아서 말이다. 아니 저 댓글을 올린 사람들을 벌써 이명박 정부와 구분하여 (잠재적인) 피해자로 대접하는 것 같아서 말이다. '구보수'든 '신보수'든 '신자유주의'든 이명박 정부를 낳은 심리적 기제를 파고들지 못하는 것 같아서 그 개념들이 헐거워 보였다.

2. 기미독립선언문과 3·1절 축사

『한겨레』의 기획이 시작되기 일주일 전이 3·1절이었다. 3·1절 기념행사를 TV중계로 지켜보다가 두 가지에 놀랐다. 먼저 기미독립선언문이 그 정도로 명문인지 새삼 알았다. 좀 더 강경한 어조로 일본을 비롯한 제국주의를 규탄하는 내용일 것이라고 짐작하고 있었다. 물론 그런 대목도 있었다. 하지만 비통함과 긴장감으로 충만하여 몹시 격정적 어조로 작성된 저 선언문에는 한 가지 기본적인 자세가 유지되고 있었다. 자신을 직시하고 약자와 손을 잡아 강자와 맞서는 동시에 강자마저 교화시키겠다는 자세였다. 그리하여 일본을 지탄하면서도 남을 비판하는 동안 생길지 모르는 자신의 안이함과 배타성을 경계하고 있었다. 민족의 슬픈 운명에서 벗어나려면 과거에 안주하지 않고 남을 원망하지도 말고 자신을 갱신해야 한다고 밝히고 있었다. 그리고 그것이 세계에 공헌하는 길이라고 선언했다.

기미독립선언문 낭독이 끝나자 이명박 대통령의 기념축사가 이어졌다. 어찌 보면 기미독립선언문의 내용과 포개졌다. "새로워지자"는 말이 반복되었다. 현실의 상황을 직시하고 세계를 향해 뻗어나가야 한다며 목에 힘줄을 세웠다. 그리하여 "선열들이 꿈꾸던 나라"는 "세계 중심에 당당히 서는 부강한 나라" "선진 일류국가"가 되었다. 하지만 기미독립선언문과는 미묘하게 틀어져 결국 반대 방향을 향했다. 기미독립선언문이 강조한 핍박받는 아시아와의 연대는 "경제대국으로 성장해 아시아를 넘어 세계로 뻗어나가자"는 탈아 의식으로 대체되었고, "새로워지자"는 말은 넘쳐났지만 기미독립선언문과 달리 아픔이 전혀 담기지 않은 자기긍정의 수사로 변질되었다. 기미독립선언문의 핵심적 주장은 "동양의 평화"였다. 하지만 "새 정부는 3·1정신을 선진 일류국가 건설의 지표로 삼을 것입니다"라는 다짐 속에서 3·1정신은 "선진 한국"에 대한 염원으로 탈바꿈했다.

사실 이명박 대통령이 3·1절 축사에서 떠벌린 수사야 당선인 기자 회견 이후 줄곧 들어왔던 말들이니 새삼스럽지 않았다. 하지만 그 자리가 3·1절을 되새기는 기념행사였음을 감안한다면 그의 발언은 적잖이 놀라웠다. "과거의 어두운 면만을 보지 말고 … 과거에 발목 잡혀 제자리걸음만 하고 있어서는 안 되며 … 과거에 얽매어 미래의 관계까지 포기하지 않고 … 한국과 일본도 서로 실용의 자세로 미래지향적 관계를 형성해 나아가야 합니다"라는 발언은 적어도 3·1절에 대통령이라는 자가 할 소리는 아니지 않은가. 그는 아마도 기미독립선언문을 읽지 않았거나 이해하지 못한 모양이다. 그는 또한 자리의 성격도 이해하지 못했거나 읽지 않았다.

무엇을 위한 "만세"인지 알 수 없는 만세 삼창 소리에 기미독립선 언문과 이명박 대통령의 축사는 맥락을 잃고 뒤섞였으며, 3·1절 기념행사는 그렇게 끝났다. 아니 어쩌면 누군가는 "아멘"이라며 그 축사를 마음에 새겼을지도 모른다. 상황을 불문하는 저러한 저돌성이야말로 인기의 비결이며 그가 대통령으로 당선된 이유가 아니었던가. 그렇다. "경제를 살린다는데" 말이다.

3. 도박과 구경꾼

어떤 이미지가 있다. 도박판이다. '선수'라는 자가 점차 배팅액수를 키우고 있다. 주위에 구경꾼들이 모여 있다. 실은 선수에게 판돈을 대준 사람들이다. 이번 판에서는 좀 따는가 싶어 열을 올리지만 영 승산이 없어 보인다. 도박은 막장으로 접어들고 이제 본전 생각도 없이 큰 걸 노리며 배팅액수를 키운다. 하지만 한 방이 터질 판세는 아닌 것 같다.

이명박 정부가 내놓는 정책들은 도박 같다. 지나친 비아냥거림일지도 모르겠다. 하지만 이 비아냥거림은 이명박 정부만큼이나 저 구경꾼을 향한다는 점을 굳이 밝혀두고 싶다. 저 구경꾼은 대체 누구인가?

도박은 이명박 정부가 들어선 이후에야 떠오른 이미지가 아니다. 2002년 종교인들이 삼보일배로 새만금의 문제를 서울로 힘겹게 이

끌고 왔지만 지역개발 논리에 묵살당했을 때, 2006년 한미FTA를 정부가 강행체결하려 들자 일부 반대여론이 일었지만 결국 '현실론' 앞에서 무릎을 꿇었을 때, 2007년 평택으로 미군기지를 이전한다는 당국의 결정에 맞서 "올해에도 농사짓자"라며 대추리의 주민들이 삶을 건 투쟁을 벌였지만 '국익론'에 밀려 자신들의 땅에서 쫓겨나야 했을 때 저 도박을 떠올렸다. 그곳에 저 구경꾼들이 있었다. 이번에 선수는 교체되었지만 구경꾼들은 아직 도박판을 떠나지 않았다.

세 가지 사건이 도박처럼 보인 까닭은 이렇다. 세 가지 사건은 생태 혹은 지역개발 문제, 안보 문제, 경제 문제로 이슈는 달랐지만 닮은 점이 있었다. 모두 'A를 위해 B를 희생한다'는 논리를 취했다. 지역개발을 위해 갯벌을 희생하고, 국가안보를 위해 대추리라는 마을 공동체를 희생하고, 무역환경 개선을 위해 농업 등을 희생해야 한다는 논리였다. 그렇게 '국익론'은 비교대상이 아닌 A와 B를 비교 가능하게 만들고, '현실론'은 A가 더 크다고 손을 들어주었다. 그렇게 갯벌의 생명을 어민들을 대추리 주민들을 농민들을 내쳤다. 그때도 저 구경꾼들이 있었다.

하지만 내가 보기에 세 가지 사건에는 또 다른 공통점도 있었다. 그 국익이란 것이 도무지 나의 이익과는 거리가 멀어 보였다. 'A를 위해 B를 희생한다'고 하는데 A보다 B가 커 보였다. 그리고 무엇보다 A를 희생해도 B를 얻을 것 같지 않았다. 새만금을 메워도 전라도 경기가 나아질 것 같지 않았고, 대추리에서 주민들을 몰아내도 국가안보에 도움이 될 것 같지 않았으며, 한미 FTA를 체결해도 나라 경제에 실익이 있을 것 같지 않았다. 현실적으로 지불해야 할 희생은 막대하고 분명했지만 그 희생으로 얻을 현실적 보상은 불분명했다. 그들이 현실적이라고 부른 것이 내게는 비현실적으로 보였다. 도박이 그런 것 아니던가. 더구나 저 도박은 몹시 부조리해서 목돈을 챙겨가는 사람은 한둘이고 대개는 본전도 못 건져 갈 것 같았다(도박이 원래 그런 건지도 모르겠다). 그런데도 구경꾼들은 재수가 제 것인 양 열을 올리고 있었다. 그리고 선수는 그런 구경꾼들의 심리를 이용해 판돈을 키웠다.

무엇을 판돈으로 걸었을까. 갯벌을 걸었고 마을공동체를 걸었고 스크린쿼터를 걸었고 식량주권을 걸었다. 걸었던 것은 다 내줬지만 얻은 게 없다. 이번에 선수가 바뀌었다. 더 센 도박에 나섰다. 생태계를 걸고(대운하 정책), 역사를 걸고(과거사위원회 폐지), 경제자주권을 걸고(경제 정책과 한국은행, 재정경제부 등 조직개편), 문화와 인간성(영어공교육 강화를 비롯한 교육정책)을 걸었다.

판돈은 커졌지만 이번 도박도 내준 것들을 대가로 무엇을 얻겠다는 것인지가 모호하다. 가령 생태계를 걸고 물류비를 절감하겠다는 대운하정책이 그렇다. 소기의 목적을 거둘지 의문이라는 사람들이 많다. 하지만 대운하정책도 조금씩 현실이 되어가고 있다. 대운하 건설은 현실적이라는 전제 아래 현실적임을 증명하는 여러 설들이 나오고 있다. 무엇보다도 구경꾼들이 모여들고 있다. 건설업 부흥이든 지역 개발이든 땅값 상승이든 이번 대운하는 차라리 새만금 개발, 평택미군기지 이전, 한미 FTA 체결보다 얻을 것이 분명한데다가 금방 얻을 수 있을 것처럼 보인다. 구경꾼이 모여들고 있으니 이번 도박도 다시 현실이 될지 모른다.

4. 비현실적 현실론

이명박 정권이 들어서더니 현실에 관한 수사가 매일같이 쏟아졌다. 현실은 "현실적으로" "현실에 맞서" "현실을 받아들여야" 한단다. '현실'이라는 말은 상황을 인식하는 전제이자 극복해야 할 대상이자 얻어야 할 결과로서 어느 자리건 등장했다. 물론 이명박 정부의 현실 인식이나 현실 정책이 비현실적이라는 비판도 나왔다. 그러나 이명박 정부의 현실론은 결국 '그래야 한다'는 당위명제가 되어 현실의 검증을 피해가고 있다.

일본의 정치학자 마루야마 마사오가 쓴 글로 「현실주의의 함정」이 있다. 이 글은 이명박 정부의 현실론, 아니 이전 정권도 포함해서 정부가 내놓는 현실론이 왜 위력을 갖는지를 이해하는 데 좋은 참고가 된다. 마루야마는 1950년대 일본에서 재군비의 동향이 일자 그것을 비판하고자 이 글을 작성했다. 그러나 그는 재군비 문제를 직접 거론하기보다 재군비론이 왜 현실에서 설득력을 얻는지 분석했다. 마루야마가 재군비 반대론을 내놓았을 때 가장 자주 받았던 비판이 "그런 주장은 현실적이지 않다"였기 때문이다.

여기서는 재군비론에 관한 구체적인 언급들을 제쳐두고, 그가 제시한 현실론의 세 가지 성격만을 취해 오도록 하자. 첫째, 현실의 소여성(所與性)이다. 즉 현실은 주어진 것이자 만들어내는 것이지만 현실론은 주어진 측면만을 강조한다. "현실이니 어쩔 수 없다"는 말이 그렇다. 둘째, 현실의 일차원성이다. 현실은 다층적인 차원에서 입체적으로 구성된다. 하지만 현실론은 어느 한 측면만을 부각시키고 나머지 요소들을 현실에서 밀어낸다. 그렇게 "현실을 직시하라"라는 질타 속에서 현실이 지닌 복잡함은 가려지고 만다. 셋째, 현실의 지배 권력적 속성이다. 지배 권력이 선택하는 방향이 현실적이며, 거기에 반하면 '관념적'이거나 '비현실적'이라는 것이다. "현실을 따르라"는 말이 그렇다.

이런 마루야마의 분석을 응용한다면 이명박 정부의 현실론이 현실로 승화되는 이유를 좀 더 체계적으로 살펴볼 수 있을 것이다. 첫째, 현실의 소여성은 현실론의 논거 내지 전제로 사용된다. 가령 선택된 특정한 현실을 '위기론'이나 '추세론' 등의 모습으로 가공해 "이러한 현실이기 때문에"라며 일단 판을 깔아둔다. 둘째, 현실의 일차원성은 현실의 다양한 면모를 경제값으로 환원한다. 'A를 위해 B를 희생한다'는 논리가 여기서 나온다. A의 자리에는 경제 성장이 버티고 있고 B의 자리에는 생태, 인권, 문화 등 현실을 이루는 다양한 요소가 올라온다. '개발주의'가 이런 논리의 알려진 이름이겠다. 셋째, 정부에 대한 비판은 '비현실적'이라며 내몰린다. 이명박 대통령은 불도저 같은 추진력으로 '신화'를 쓰겠다고 나섰다. 그것은 그저 '신화'일 뿐이라며 비판을 내놓아도 현실이 '신화'를 필요로 하고 있기 때문에 현실에서 응징을 받는다.

또한 마루야마 자신은 언급하지 않았지만, 일부의 현실이 일반의 현실을 대체한다는 점도 지적할 수 있겠다. 가령 대기업을 위한 정책(금산법 완화)이 중소기업과 서민들을 고단하게 만들어도 삼성이 세계 100위권 기업이며, 이건희 씨가 세계 100위권 거부임은 우리 모두의 기쁨이다. 영어공교육 강화 정책도 그렇다. 이명박 대통령은 중동의 건설 현장에 있었을 때 자신보다 영어를 못하는 교수들을 보며 통탄했다고 한다. 이번 영어공교육 강화 정책은 그때의 다짐이라는 것이다. 하지만 모두가 외화벌이에 나서려고 교육을 받는 것은 아니지 않은가.

5. 이명박 함수

그러나 이러한 설명은 미흡하다. 정부 주도의 현실론이 왜 힘을 갖는지는 설명하지만, 그런 현실론이 왜 그토록 많은 사람들로부터 지지를 받는지는 설명하지 못한다. 즉 구경꾼들을 여전히 설명하지 않고 있다. 왜 저 구경꾼들이 이명박을 선수로 골랐는지를 설명하지 못하는 것이다. 서두에서 언급한 이명박 정부의 성격을 둘러싼 논의가 다소 밋밋하게 여겨지는 까닭도 여기에 있다. 즉 그러한 분석은 이명박이 대통령으로 당선되기 전에도 쓸 수 있었다. 이명박 정부가 들어선 것은 대선의 결과인데, 정작 대선에서 이명박이 왜 선택받았는지는 분석의 내용에서 빠져 있다. '신보수', '구보수' 혹은 '신자유주의' 정권이어서 선택했다는 말인가.

물론 이번 대선은 이명박이라는 개인에 대한 지지 이전에 노무현 정권에 대한 심판이라는 주장이 힘을 얻고 있다. 거기에 실상 양당제에 가까운 한국의 정치구조나 보수적 미디어 등의 영향력 등을 감안한다면, 이명박 대통령이 등장한 이유를 밝히는 일은 어렵지 않을 수도 있다. 하지만 그렇게 설명해버리면 너무나 쉽다. 그리고 대운하정책이 현실성이 없다고 질타를 받았고 숱한 비리 의혹이 제기되었음에도 불구하고 50%에 가까운 득표율을 보인 이유가 여전히 설명되지 않는다(물론 투표율은 역대 대선 가운데서 가장 낮았다).

한 번 이렇게 물어보자. 만약 앞으로 5년 동안 이명박 정부가 실패한다면, 이명박은 대중의 심판을 받게 될까. 아마도 그러할 것이다. 그런데 그 심판의 결과는 무엇일까? 이명박 대통령이 국정운영에서 성공의 기치로 내건 것이 경제 성장이니, 경제 영역에서만 따져보자. 생태, 인권, 복지의 문제 등을 다 빼고서 말이다. 5년 동안 경제성장률이 4% 아래에 머물고, 실업률이 증가하고, 재벌 지배가 강화되고, 중소기업이 몰락하고, 유동자본이 급증하고, 전세가격이 치솟고, 중산층이 몰락하고, 비정규직이 급증하고, 양극화가 심화되고, 사교육비가 폭등하고, 물가가 뛰고, 가계살림이 어려워진다면, 그렇게 이명박 정부가 실패한다면(물론 누군가에게는 더할 나위 없는 성공이겠지만) 이명박 정부를 부정하게 될 것인가. 아마도 그러할 것이다. 하지만 그 심판의 결과가 이명박보다 더 이명박스러운 인물의 선출로 나타나지는 않을까. 선수는 교체되겠지만 도박은 계속될 것 같아서 하는 말이다. 그리고 5년 후에 판돈은 더 불어 있을지 모른다.

당연한 이야기겠지만, '잘 산다'는 느낌은 그야말로 여러 현실적 여건과 다양한 감각으로 형성되는 것이다. 지갑에 들어 있는 돈과 집값도 중요하지만 투기가 만연하는 사회라면 상대적 풍요로움은 곧 상대적 박탈감으로 바뀔지 모른다. 그리고 이것 말고도 여유로운 생활감각, 마주치는 사람들의 따뜻한 표정, 서로 교환하는 넉넉한 시선, 사랑받고 있다는 느낌, 감동적인 이야기, 자기 삶에 대한 그리고 자기 사회에 대한 자긍심, 자연의 향유 그리고 사회적 연대감 등은 '잘 산다'라는 느낌을 형성하는 데서 몹시 중요한 요소다. 한국의 행복지수가 한국의 GDP 순위와 100위 가까이 차이나는 까닭이 오르지 않는 아파트 가격 탓만은 아닐 것이다.

그런데 지금은 돈을 제외한 모든 것을 내다팔아 판돈으로 쓰고 있는 것만 같아서 불안하다. 선수에게 보태 쓰라고 기꺼이 생태, 문화, 역사 등을 내주고 있다. 하지만 그 도박은 허탈감을 낳을 것이다. 가령 대운하는 실패할 것이다. 경제적 실익이 있을지 없을지를 접어두고서라도, 강을 파헤치고 파헤친 강을 다시 산으로 메우고 부동산 경기가 날뛰는 동안에 지켜야 할 소중한 가치를 또 한 번 내주고 그 빈자리에 시기와 질투가 들어설 테니 말이다. 그렇다면 허탈감은 더 커지고, 그렇게 커진 허탈감은 더 큰 도박을 향할 것이다. 이제 또 무엇을 걸고 도박에 나설 셈인가.

이명박이 말하듯이 이데올로기의 시대는 끝났는지 모른다. 저 악순환을 설명하기에 이데올로기로는 역부족이다. 차라리 저 악순환은 이데올로기든 이념이든 아랑곳하지 않는 함수처럼 보인다. 삶의 여러 가치를 투입하면 경제값으로 환원되고 결국 허탈감을 낳는 함수 말이다. 나는 저 함수를 이명박 함수라 불러보고 싶다. 물론 저 함수는 이명박이 아니어도 성립한다. 이명박을 대신할 자들은 얼마든지 있다. 5년 후에 그 누군가가 또 등장할 것이다. 하지만 지금은 이명박만큼 저 함수의 속성을 여실히 드러내는 인물이 없는 까닭이다.

그러나 이러한 함수는 이명박이 만들어낸 것도, 이명박이 대통령이 된 다음에 생긴 것도 아니다. 새만금에서 대추리에서 한미FTA에서 하나하나씩 소중한 가치들을 내주고 있을 때 이미 가동되고 있었고, 90년대 말 경제위기 때 벌써 가속화되었으며, 어쩌면 '근대화'라는 이름 아래 아주 오래전에 시작되었는지도 모른다. 다만 저 함수가 지금 가파른 곡선을 그리고 있다는 것만큼은 분명한 사실이다. 이명박 정부의 등장은 저 함수가 사회의 다른 논리를 확실히 압도했다는 신호탄으로 보인다. 그러나, 아니 바로 그렇기 때문에 이명박 정부와 그 정부를 선택한 대중을 떼어놓고 성급하게 지배/피지배 관계로 다뤄서는 안 된다. 그러한 지도자를 대중들이 원했다. 걸어서는 안 될 가치들을 도박을 걸라고 내줬다. 아마도 이명박 정부가 실패하면 더 많은 '현실주의자'들이 극성을 부릴 것이다. 그리고는 더욱 참담한 현실이 빚어질지 모른다. 현실은 그렇게 구경꾼들을 배반하고 말 것이다.

나는 방금 전부터 호칭을 생략하고 있다. 대통령이라는 호칭을 빼고 이명박이라고 부르고 있다. 한 가지는 대통령이라고 부를 마음의 준비가 되어 있지 않기 때문이다. 앞으로 5년간 그를 대통령이라고 불러야 한다는 현실을 아직은 받아들이기가 힘들다. 이유는 한 가지 더 있다. 즉 그는 내게 한 명의 개인인 동시에 하나의 인간 군상으로 보이는 것이다. 혹은 우리가 갖고 있는 어떤 근성이나 감각이 집약되어 인격화된 모습으로 보이는 것이다. 이명박은 특별하지 않다. 특별하다기보다 일반인의 감각이 속화된 평균치에 가까울 것이다. 그래서 이런 말도 가능하다고 생각한다. 지금 이명박의 교육정책은 아이들을 이명박으로 만들 것이다. 경쟁을 삶의 논리로 삼고 냉소와 질시로 남을 대하는 인간 군상을 낳을 것이다. 이명박의 경제정책은 더 많은 이명박을 만들 것이다. 주머니 사정은 필지 모르지만 그보다 먼저 허탈감에 시달리는 경제적 동물을 낳을 것이다. 끔찍하게도 이명박은 이명박을 낳아갈 것이다.

6. 대중을 비난해도 되는가

다시 그 물음으로 되돌아가자. 대중은 왜 이명박을 선택했는가. 사회학적이거나 정치학적인 분석을 내놓을 자신은 없지만, 저 물음을 받아내지 못한다면 이명박 정부를 둘러싼 어떠한 규정이나 비판도 그저 헐거운 수사에 머물거나 비판대상과 상처 없이 공존할 것만 같다. 그러나 저 물음을 그대로는 감당하지 못하겠으니 조금 질문을 바꿔보자. 왜 그들은 자신의 것을 기꺼이 도박에 내주는가. 자신이 도박으로 이익을 볼 것이라는, 즉 선택받은 소수에 속하리라는 믿음이 번번이 배반당했는데도 왜 다시 선수를 골라 도박판에 나서는가. 길게 돌아서 가까스로 본론에 이르렀다.

그렇다. 나는 대중을 비난하고 그들에게 대들고 싶은 것이다. 분석대상의 자리에 이명박 정부만큼이나 대중을 세워두고 싶은 것이다. 대개는 이명박 정부도, 이명박 정부를 질책하는 쪽도 대중을 욕보이려 하지 않는다. "대중의 입장에서"란 일종의 불문율이다. 하지만 그러한 일종의 대중예찬론은 쉽사리 대중을 수동적 존재로 여겨 측은하게 바라보는 입장으로 바뀔 수 있다. 대중은 잘못되지 않았다, 다만 몰라서 그런 선택을 했다는 것이다. 그렇다면 대중을 일깨워줘야 하는 자리가 마련된다. 혹시 이명박도 이명박의 비판자도 어떤 의미에서는 같은 자리에 있는 것이 아닐까. 물론 논리로야 그렇더라도 내실은 몹시 다르겠다. 다만 저 불문율만큼은 묻고 싶다. 저 불문율을 묻지 않으면 한 걸음 더 내디뎌 물어야 할 것을 묻지 못하게 되기 때문이다.

하지만 대중을 논하는 일에는 늘 기술자의 위치가 문제로 남는다. 자칫 현실은 더럽다며 홀로 손을 터는 일이 되기 십상이다. 대중을 비판하는 일이라면 더욱 그렇다. 높고 깨끗한 곳에 자리를 잡고 내놓는 비판이라면 대중예찬론과 마찬가지로 문제 해결에는 도움이 되지 않는다. 또 한 가지, '대중'이라는 표현도 커다란 부담이다. 그 말은 자기지시적 성격을 갖는다. 그 말을 사용할 때 자신을 그 속에서 쉽사리 끄집어낸다면, 자신만의 떳떳함을 지키는 자기만족으로 끝나버리고 말 것이다.

따라서 대중을 말하려면 보다 복잡한 사유의 절차가 요구된다. 하지만 이 문제는 잠시 뒤로 미뤄두고자 한다. 지금은 어떤 식으로든 저 구경꾼들을 문제 삼고 싶다. 그들을 문제의 장으로 끌어내야 한다. 허황된 새만금 개발에 열을 올리는 정치가와 그를 밀어준 사람들, 대추리에서 주민들이 싸우고 있을 때 토지보상을 더 받으려고 저런다며 주민들을 비난한 사람들, 한미FTA 문제가 달아올랐을 때 정부가 던져준 설익은 선전들에 매달려 스크린쿼터 사수운동을 하는 영화인들을 집단이기주의라고 매도한 사람들, 앞으로의 세대들은 고려하지 않고 땅값이 오를까 싶어 대운하 건설을 부추기는 사람들, 그리고 "경제를 살린다는데"라며 맥락을 불문하고 댓글로 도배한 사람들.

그들이 얼마나 많은지는 모른다. 현재 대운하정책에 찬성하는 사람들이 과반수를 넘긴다고도 생각하지 않는다. 또한 이명박 정부를 선택했다고 이명박 정부의 모든 정책에 동의한다는 뜻도 아닐 것이다. 하지만 그들은 결코 적지 않았다. 그야말로 그 '불특정 다수'를 대중 말고 달리 부를 길이 떠오르지 않는다. 그리고 그들은 그들보다 더 많은 사람이 지닌 어떤 속성을 대변하는지도 모른다.

대중은 현명할 수도 위대할 수도 있지만, 자신에게 유리하다고 생각한 정보만을 움켜쥐고 쉽사리 끌려 다니거나 힘센 자와 손잡고 약자를 내리누를 수도 있다. 일상에 스며들고 있는 시샘과 경멸의 눈초리가 저 거대한 정치도박과 무관하다고 생각하지 않는다. 마음의 문제가 저 정책들이 힘을 갖는 이유와 무관하다고 생각하지 않는다. 그리고 그 일상감각 혹은 현실감각으로 육박하지 못하는 비판은 딱딱하게 굳어버려 비판대상으로 스며들지 못해 비판의 생명력을 잃을 것이라고 생각한다.

7. 현실감각의 두 가지 계기

따라서 이제 현실론이 아니라 현실론을 현실로 받아들이는 현실감각을 문제로 삼고 싶다. 현실론은 무언가를 현실이라고 언명하는 권력의 힘으로부터 나온다. 하지만 그것을 현실로서 수용하는 짝패가 없다면 현실론은 현실이라는 지위를 얻지 못한다. '세간', '세상사'라는 이미지는 권력이 조작하는 방향과 자아가 만들어내는 환경의 복잡한 상호작용을 거쳐 만들어진다. 그래서 현실론을 권력이 현실을 이끌어가는 담론이라고 한다면, 현실감각은 자신의 실감에 근거해 어떤 특정한 현상 내지 담론을 현실로서 취사선택하는 감각이라고 정의할 수 있겠다. 현실론은 현실감각에 닿아야 위력을 발휘한다. 다만 현실론은 담론의 차원에서 등장하기 때문에 분석의 대상으로 삼기가 용이하지만, 현실감각은 일상의 저변에 깔려 있는 피부감각에 해당하기 때문에 좀처럼 문제로 들춰지지 않는다는 점도 지적해두고 싶다.

여기서 또 한 편 마루야마 마사오의 글을 꺼내 오겠다. 마루야마 마사오는 「현실주의의 함정」에서 10년 가까이 지난 시기에 「현대에서의 인간과 정치」라는 글을 썼다. 이 글은 파시즘이 기승을 부리던 1930~40년대 나치 독일을 분석하고 있다. 하지만 그는 이 글에서도 철저한 권력통제, 탄압과 폭행, 숨 막힐 듯한 상호감시체제가 아니라 그 시대를 살아간 독일인들의 실감 구조를 문제 삼았다. 마루야마의 물음은 이것이다. 일반 독일국민은 나치의 통치 아래서 12년을 보냈다. 하지만 그 12년 동안 독일사회 내부에서는 나치에 대한 대규모 저항이 일어나지 않았다. 공포에 눌렸기 때문인가? 하지만 공포에 떨면서 전 국민이 내리 12년간의 생활을 지속할 수는 없는 노릇이다. 더구나 일반 독일인에게 나치는 대단한 위기와 공포로 여겨지지 않았다. 심지어 홀로코스트와 같은 대학살이 있는지도 모른 채 12년을 지낸 독일인마저 있었다. 바깥에서 보았을 때는 끔찍하기 그지없는 저 시대를 안에서는 어떻게 받아들이고 살아갔던가?

이 글은 「현실주의의 함정」만큼 명료한 정리를 내놓고 있지는 않

다. 하지만 논지를 좇아가면 두 가지 계기를 짚어낼 수 있다. 하나
는 변화의 점진성이다. 마루야마 마사오가 인용한 밀튼 메이어의
진술을 다시 옮겨보겠다.

> 만약 나치 전체 체제의 최후의 최악의 행위가, 최초의 가장 작
> 은 행위의 바로 직후에 일어났다면 수백만의 사람들이 견딜 수
> 없을 만큼 충격을 받았을 것입니다. 33년에 유태인이 운영하는
> 가게가 아닌 곳에 '독일의 상점'이라는 개시가 붙은 직후에, 44년
> 의 유태인에 대한 가스 살인이 잇달아 일어났더라면 …. 그러나
> 물론 사태는 그런 식으로 진행되지 않았습니다.

> 전체 과정을 처음부터 멀리서 지켜보지 않는다면, 이런 모든
> '작은' 조치가 원리적으로 무엇을 의미하는지를 이해하지 못한다
> 면, 사람들은 마치 농부가 자신의 밭에서 농작물이 자라나는 모
> 습을 보는 것과 비슷한 상황에 놓입니다. 어느 날 문득 정신을 차
> 리고 보니 농작물이 자신의 키보다 훌쩍 웃자라 있는 것입니다.

하나둘씩 나쁜 변화가 생겼지만 전보다 조금 더 나빠졌을 뿐이
었다. 그래서 별스럽지 않게 받아들일 수 있었다. 혹은 처음에는 위
화감을 느꼈을 법한 광경도 어느 틈엔가 익숙해졌다. 그리하여 시
간이 쌓이면서 사회의 풍경은 몹시 달라졌지만, 그리고 자신도 어
느덧 처음 있던 자리로부터 많이 멀어졌지만 낯설거나 위험해 보이
지 않았다.

또 하나의 계기는 독일인들이 보여준 '평상심'이다. 생활의 구석구석까지 파고드는 나치의 선전과 통제에도 불구하고 내면생활 혹은 내면성의 영역은 동요하지 않았다. 외적인 환경은 바뀌었지만, 사적인 영역은 꿈쩍하지 않은 채 독일인들은 내면과 표면을 분리하는 이중생활을 유지할 수 있었다. 물론 다수의 독일인은 나치의 프로파간다에 적응해갔다. 하지만 그렇다고 나치나 파시스트가 된 것은 아니다. 자신의 안전을 위해 그리했다. 그렇게 하루하루 나름의 생활을 영위해갔다. 이것이 점진성과 연결된다. 즉 나치의 12년은 하루하루의 일상이 12년간 연장된 것일 따름이었다.

그러나 마루야마는 나치 독일의 특수성을 지적하려고 이런 분석을 내놓은 게 아니다. 이 글의 제목은 「현대에서의 인간과 정치」이다. 마루야마는 독일 상황의 예외성이 오히려 예외적이기 때문에 현대사회의 일반적 면모를 잘 보여준다고 생각했을 것이다.

그렇다면 마루야마의 분석을 현실감각에 대한 분석으로 가져와 재구성해보자. 첫째, 현실감각의 '호흡'을 지적할 수 있다. 즉 어떠한 정치적 사건이 지닌 지속성에 비하건대 일상의 시간은 호흡이 짧다. 어떠한 정치적 변화도 하루하루 바뀌는 주식상황과 매일같이 쏟아지는 사건사고의 주기보다는 길다. 그리하여 커다란 전환이 발생해도 매일매일 일상의 시간으로 잘게 나누어 간직한다면 대수롭지 않게 받아들일 수 있다. 또한 어떤 사안이 안겼던 처음의 낯설음과 거부감은 시간이 지나면서 옅어지기 마련이다. 그리하여 어제까지 선택의 문제였던 것이 오늘은 이미 현실론으로 부상하고 내일은 좀처럼 바꿀 수 없는 현실이 된다. 더구나 자신에게 이익으로 돌아오리라는 전망이 선다면, 그 사안이 야기하는 부정적 효과에 반응하는 통각은 시간이 지날수록 무뎌지고 만다.

둘째, 개별화·고립화의 경향은 현실의 사안을 한 개인이 감당할 수 있는 크기로 축소시키고, 그 사안의 무게를 한 개인이 감당할 수 있는 양으로 줄여놓는다. 이것은 책임의 문제로 이어진다. 마루야마는 나치 시대에 외부 환경의 거센 변화도 독일인의 단단한 내면을 상처 입히지 못했다고 말했다. 이데올로기도 프로파간다도 쉽사리 침범할 수 없는 이 내면의 영역에서 어쩌면 대중의 억센 생존능력을 읽어낼 수도 있을지 모르겠다. 하지만 이 내면의 영역이 자신에게 유리하다고 판단한 현실 이미지를 수용하고 그 이미지가 일상 속에 침전되고 그것이 두께를 더해 응고된 산물이라면, 그 내면의 영역은 사회적 연대감을 부식시키고 결과적으로 대중에게서 정치적 능력을 앗아간다. '내면성'이라는 명목 아래 외부 문제를 정치의 세계에 맡기고 자신의 책임은 면제시킨다. 가령 공적인 일에는 관여하지 않고 자신의 생활을 일상의 영리활동이나 오락활동에 국한시킨다. 정치에 관심이 없다는 뜻은 아니다. 정치 기사를 보고 열광도 분개도 하지만, 자신이 책임지고 처리해야 할 대상으로 삼지는 않는다. 그리하여 "현실이 말야"라며 대화를 나누지만, 그때의 현실은 각자가 받아들이고 재생산한 어떤 이미지나 파편에 머물며, 함께 책임질 사안이 되지 않는다. 그 시대와 사회가 짊어져야 할 무게가 서로 간에 공유되지 않는 것이다.

이러한 두 가지 계기로 말미암아 자신이 사건의 당사자임에도 사태의 추이에서 멀찌감치 거리를 두거나 내부에 있는데도 관조자의 시점을 취하는 일이 가능해진다. 현실의 시간과 현실의 무게가 개인들의 일상감각 안에서 잘게 쪼개진다. 그 결과 개인의 고립화와 더불어 정신의 쏠림현상이 발생한다. 현실감각의 불통으로 서로의 실감은 공유되지 않고, 당면한 현실을 함께 헤쳐 나갈 힘을 모아내기는 힘들어진다. 그런데 역설적이게도 사회적 연대감으로 지탱되지 못하는 개인들은 매스미디어에 무방비로 노출되어 오히려 비슷한 행동의 양상을 보인다. 그리하여 사회적 책임을 공유하지 않는 개인들 사이에 의사(擬似) 일체감이 형성된다. 그것은 사회적 연대감과 다르다. 사회적 연대감이 공동의 책임을 환기한다면, 저 일체감은 "남들도 그러니까"라며 자신의 행동을 합리화하는 데 쓰인다. 그리고 무엇보다 남들도 그런다는 생각이 정작 변해가는 자신은 자각하지 못하게 만드는 인식론적 장애로서 작용한다. 달리 말해 둔감해진다. 이러한 토양에서 현실론은 특히 위력을 발휘한다.

물론 현실감각의 이러한 두 가지 면모는 복잡한 현실감각의 극히 일부에 불과하다. 하지만 지금은 이러한 두 가지 면모가 더욱 두드러지고 있지는 않은지 묻고 싶다. 멀리도 말고 10년 전 경제위기를 맞이하기 이전의 시점에서 본다면, 우리는 어느덧 아무렇지도 않게 꽤나 삭막한 풍경 속에서 살고 있는 게 아닐까? 가장 우려하는 것은 이것이다. 그 낯선 풍경 속에서 혹시 생기고 있을지도 모르는 일, 곧 한 사회 안에서 같이 부대끼며 살아가는 사람들이 서로에게 점차 매력을 잃는 것, 공동의 미래를 두고 책임감을 갖고 서로에게 말을 건네려는 의지가 약화되는 것이다.

8. 무책임의 구조

인터넷 포털사이트에 들어갔는데 다음과 같은 설문문항이 있었다. "지구온난화는 인류에게 재앙이 될 것이라고 생각하나요?" 바로 옆에 한 가지 더 있었다. "전지현과 김태희 중 누가 더 예쁘다고 생각하나요?" 어떤 전형적 장면을 봤다는 느낌이었다. '지구온난화'와 '연예인의 미모'는 전혀 어색하지 않게 같은 무게로 나란히 놓여 있었다. 더구나 '지구온난화'에 관한 설문문항은 판단력을 요구한다기보다는 주관적 희망을 묻는 질문에 가까웠다. 결국 설문조사 결과 지구온난화는 인류에게 재앙이 되지 않는다고 판명되었다. 물론 응답자 수는 연예인의 미모에 관한 설문문항 쪽이 더 많았다.

이것은 사소한 사례다. 그러나 나란히 놓인 두 가지 설문문항은 현실감각이 어떻게 형성되는지를 단적으로 보여준다. 내용이 아니라 구조에서 그렇다. '지구온난화'라는 인류가 직면한 커다란 문제는 전지현과 김태희 가운데 누구를 선택할 것인가처럼 '그렇다/아니다'로 단순화되었다. '지구온난화' 문제만이 아니다. 인터넷을 포함한 미디어에서 정치적 선택은 대개가 '그렇다/아니다'이거나 'A 아니면 B'라는 형식을 취하며 마우스로 클릭하는 만큼의 품을 요구한다. 그때 자신이 포함되어 있을 그 사건을 위에서 내려다보는 자리가 마련된다. 입체적 현실의 사안이 단순한 선택지로 변질되면, 선택은 그만큼 쉬워지며 선택에 따른 책임감도 그만큼 가벼워진다.

여기서 누락되는 게 있다. 선택을 하기에 앞서 다른 사회적 구성원을 향해 기울여야 할 관심이다. 즉 위에서 내려다볼 뿐만 아니라 옆에서도 응시해야 한다. 하지만 그 시선은 또 하나의 설문문항이 보여주듯이 연예인 등에 대한 가십거리들이 대신한다. 그리하여 저러한 두 가지 설문문항은 같은 무게로 공존하면서 정치적 무기력함과 그에 따른 심리적 허탈감을 달래준다.

방금 언급한 '지구온난화' 문제를 가지고서 좀 더 이어나가 보자. 지구온난화 문제는 무책임의 구조를 보여준다는 의미에서도 전형적 사례다. 갑작스레 지구온난화 이야기를 꺼내면 다소 뜬금없을지도 모르겠다. 혹은 긴박감이 떨어질지도 모르겠다. 하지만 바로 그렇기 때문에 적절한 사례일 수 있다. 마루야마 마사오는 1930~40년대 나치 독일이라는 특수한 상황을 다뤄 거기서 현대인의 실감 구조에 관한 일반이론을 이끌어냈다. 지구온난화도 현실감각과 현실감각이 빚어내는 무책임을 보여주기에 적합한 사례다. 하지만 마루야마의 사례와 달리 지구온난화 문제는 밋밋해 보인다. 그렇다면 밋밋하게 보인다는 데서 마루야마의 분석을 다시 활용해볼 여지가 있지 않을까?

만약 향후 이삼십 년 내에 인류가 공동으로 직면하게 될 가장 커다란 문제가 무엇인지 묻는다면, '지구온난화'는 첫째로 꼽히든지 적어도 버금갈 것이다. 지구온난화 문제는 분명히 사회적 의제로 부상했지만, 그 문제를 생활의 영역에서 감당해야 한다는 일상의 실감은 좀처럼 형성되지 않는다. 여기서는 무엇보다 첫째 계기가 크게 작용할 것이다. 즉 이삼십 년은 너무 긴 시간이다. 일상의 호흡과 비교하건대 너무나 길다. 실상 이삼십 년은 거듭되는 오늘이 누적된 시간이지만 오지 않을 내일처럼 여겨진다. 대신 오늘 볼 수 있는 지구온난화의 징후들을 어느덧 받아들이고 있다. 짧아진 봄과 가을도 겨울철 이상고온과 잦은 폭설도 이미 낯설지 않다.

하지만 여기서는 다른 문제를 지적하고 싶다. 이것은 둘째 계기와 관련된다. 지구온난화가 당면한 문제로 등장했지만, 거기에 각국이 적절한 조치를 내놓지 않고 개인들이 대응에 나서지 않는 까닭은 무엇보다 지구온난화의 피해 정도가 지역에 따라 달라지기 때문일 것이다. 이산화탄소를 많이 배출하는 나라라고 더 큰 피해를 입지는 않는다. 지금 지구온난화로 가장 심각한 피해를 입고 있는 이들은 미국인이 아니라 이산화탄소를 거의 생산하지 않는 미크로네시아 섬들에 사는 주민들이다. 그들의 터전은 가라앉고 있다. 이처럼 원인 제공과 그로 인한 피해의 정도가 일치하지 않는다. 자신의 나라를 포함한 다른 나라의 고통이지만, 나의 고통이 남보다 덜하다면 먼저 행동에 나설 이유는 없다. 미래의 고통보다는 지금의 불편함이 더욱 크게 느껴지기 때문이다. 개인 역시 그러하다. 한 개인이 일상에서 아무리 노력을 한들 지구온난화는 60억 인구가 만들어내는 현실인 까닭에 소용 없어 보인다. 그래서 속된 말로, 지구온난화 문제 같은 것은 아는 쪽이 피곤해진다. 커다란 문제이기 때문에 오히려 문제의 무게가 문제를 공유하는 사람들 사이에서 배분되지 않는다.

인터넷에서 온난화 관련 기사를 보았다. 지구온난화로 인해 이번 세기 안에 일본의 도쿄만 등을 비롯해 세계의 여러 지역이 바다에 가라앉을 것이라는 기사였다. 거기에 이런 댓글이 달렸다. "간만에 좋은 소식." 일본을 향한 저런 맹목적 적개심을 지금 따져 묻지 않겠다. 다만 그는 저 기사에서 '등'이라는 표현은 읽어내지 못했나 보다. 자신의 생활 반경 속의 어딘가가 수몰지역에 포함될 수도 있다는 사실은 생각하지 않나 보다.

지구온난화 문제를 강조하고 싶어서 꺼낸 이야기만은 아니다. 다만 저 커다란 문제는 일상 영역에 자리 잡은 작은 현실감각과 관련되어 있으며, 따라서 지구온난화를 문제로 받아들여 책임지기를 회피하는 현실은 앞서 언급한 저 도박으로 치닫는 현실과 무관하지 않음을 지적하고 싶은 것이다.

9. 현실감각에 육박하는 말

따라서 현실론과 현실감각에 대한 양면작전을 수행해야 한다. 정부가 내놓는 현실론과 개인생활의 주름진 곳에 자리 잡은 현실감각 사이의 고리를 포착해내지 못한다면, 정부를 향한 비판은 논리로는 승리할지 모르나 현실의 문제를 해결하는 데는 소득을 낼 수 없을 것이다. 그러나 현실론을 비판하는 것과 현실감각을 파고드는 것은 각기 다른 사고의 절차를 요구한다. 만약 정부가 내놓는 현실론과 이에 맞선 비판이 방향만 다를 뿐 둘 다 일상 영역의 표층에 머문다면 현실감각은 비판에도 불구하고 자기 관성에 따라 움직일 것이다. 그리고 비판과 현실감각 사이의 벽이 두꺼울수록, 그렇게 양측의 언어가 교환되지 않을수록 현실론은 위력을 더할 것이다.

현실감각의 영역은 외부의 시점으로는 좀처럼 포착되지 않는다. 선험적으로 올바른 전제도 현실감각 앞에서 좀처럼 힘을 발휘하지 못한다. 특히 개념적 사고로 현실을 정태적으로 분할한다면, 현실 감각은 늘 개념적 분석에서는 비어져나오는 잉여영역으로 남는다. 결국 어떠한 사상적 절차를 밟지 않으면 이론도 개념도 현실감각에 이르기 전에 미끄러지거나, 단단하게 굳어버려 현실감각으로 스며들지 못한다. 그 실감의 구조를 움켜쥐는 동시에 실감에 닿을 수 있는 말과 방법이 필요하다. 가치와 이념의 생명력을 잃지 않으면서도 일상의 언어에 육박하는 서술방식을 만들어야 한다.

이제 앞에서 미뤄두었던 문제, 즉 대중을 논할 때 따르는 기술자의 위치라는 문제로 돌아가고자 한다. 현실감각에 닿을 수 있는 말과 방법이 무엇인지 알지 못하지만, 적어도 그것은 다음과 같은 딜레마와 씨름하는 과정에서 얻어질 것이기 때문이다. 그리하여 풀지 못할지언정 능력이 닿는 곳까지 사고의 절차를 밟아두고 싶다. 반복하지만, 대중이라는 말은 자기지시적 성격을 지닌다. 즉 화자에게 대중은 대상인 동시에 자신도 그 안에 필연적으로 포함된다.

원리적 수준에서 말하자면, 지식이 어떤 대상의 운동을 기술하는 작업인 경우, 그 대상이 어디서 어디로 운동하는지를 파악하려면 그 대상 바깥에 머물러 대상을 조망해야 한다. 하지만 그 경우 대상의 바깥에 머물러서는 그 대상 안에서 어떤 일이 벌어지고 있기에 그런 운동의 궤적을 그리는지 알 수 없다. 그것을 알려면 대상 안으로 들어가야 한다. 여기서 인식론의 가장 기본적인 딜레마, 즉 인식 대상과의 거리라는 문제가 떠오른다. 대중을 이야기할 때 특히 이러한 딜레마는 두드러진다. 화자는 대중의 동향을 관찰할 때 대중의 동향에 영향을 받는다. 한편 그 속으로 들어가면 대중의 일부가 될 수 있지만 전체상은 볼 수 없다. 물론 이것은 다분히 논리적으로 직조해낸 딜레마다. 하지만 어떤 지식이나 비판이 일상에 뿌리 내리지 못한다면, 이 딜레마를 풀어내지 못한 탓인 경우가 많다.

한 가지 문제가 더 있다. 만약 인식 주체가 대상의 바깥에 머문 채 대상을 '정확히' 기술하고자 자신은 꿈쩍 않고 있다면, 인식과정을 거치는 동안에도 인식 주체 자신은 변화하지 않는다. 어떠한 결론을 도출하든 자신은 상처 입지 않을 안전한 거리를 마련해놓고 인식과 분석이 이뤄지는 것이다. 특히 대중을 논하는 경우에 이 문제는 관건이 된다. 제 한 몸의 올바름을 지키기 위한 분석이 아니라면 분석의 과정에서 대중의 한 사람인 분석자 자신이 변화해야 한다. 이때 문제로 부상하는 것이 지식의 정합성이 아니라 지식의 윤리성이다. 즉 그 지식이 논리적으로 완결되어 있는지, 옳은지 그른지만이 아니라, 그 분석 과정을 통해 분석자 자신이 바뀔 수 있는지가 중요하다.

이처럼 분석자 자신이 분석을 통해 변화하는가를 가늠하는 한 가지 잣대는 그러한 분석의 결과 분석 개념에 대한 분석자 자신의 민감함이 길러졌는가라고 생각한다. 가령 다수의 분석들은 분석대상에 대한 분석 개념의 승리로 끝나곤 한다. 즉 어떠한 개념을 먼저 상정하고 그것을 대상에 적용해 대상의 복잡한 면모를 가리거나 대상으로부터 운동성을 빼앗는다. 이론적 비판도 분석가 자신이 속해 있는 사회의 어떤 면모를 그 이론의 징후로 파악해 사회의 입체감을 단순화하곤 한다. 이러한 사례들이 앞서 언급한 딜레마를 외면한 경우다. 그러한 개념과 이론적 작업은 결코 현실감각으로 육박하지 못하며 되레 현실로부터 외면당하고 만다.

또 한 가지. 당연한 이야기가 되겠지만, 같은 말도 말하는 이와 듣는 이에게 다른 실감을 환기하며, 무엇보다 시간이 지남에 따라 말 자체가 변질된다. 그래서 어떤 말들은 그 말을 활용하는 사람의 기대를 저버리곤 한다. 특히 비판의 언어인 경우, 가령 자본의 세계화, 신자유주의 등의 말은 지금도 소중하지만, 그 말이 사회에서 처음 사용되었을 때의 파괴력을 더 이상은 갖고 있지 않다. 이 역시 현실감각의 첫째 계기에서 파생되는 결과다. 즉 그 개념도 더 이상 낯설거나 아프지 않다. 그렇다면 새로운 말을 구하든지 어느덧 마모된 말에 새로운 실감을 불어넣는 노력이 필요하다. 무엇을 선택할 것인가는 선택하는 자의 몫이지만, 관건은 개념을 가지고서 작업하는 경우, 더욱이 현실론을 비판하는 경우라면 개념 사용에 대한 민감함이 반드시 요구된다는 점이다. 지식인은 말로써 현실과 대중을 인식하고 그것에 개입하지만, 말에 대한 민감함이, 즉 말이 자신의 기대를 저버릴 수 있다는 말과의 긴장감이 그러한 개입의 진정성을 담보한다.

10. 지식의 감도

하지만 이러한 이야기가 지식인이라면 특별한 위치에 있다는 뜻은 아니다. 개념을 가지고서 현실을 포착하고 표현하는 작업에 종사하는 지식인은 바로 자신의 영역에서 여느 사람들이 겪는 동일한 문제에 직면하고 있을 따름이다. 앞서 말한 현실감각이 현실론을 수용할 때 보이는 두 가지 계기는 지식인에게도 예외는 아니다. 특히 자신이 만들어놓은 이미지가 누적되어 외부세계와의 교감을 잃을 수 있다는 둘째 계기의 문제는 다른 활동을 하는 사람보다 심각할 수도 있다. 즉 현실을 자신이 상정한 개념으로 대체할 수도 있는 것이다. 하나의 개념이 현실에 달라붙어 응고되면 좀처럼 그 현실에 다른 빛을 비추기가 어려워진다. 지식인 역시 자신의 영역 안에서 다른 사람들처럼 현실감각의 문제를 경험하고 있다.

그러나 지식인은 어떤 의미에서 특별한 위치에 있기도 하다. 현실에 문제가 있고, 자신이 그 현실에서 억압을 받고 있다는 생각은 어느 영역에서건 생기지만, 정작 피해를 받는 당사자는 자신에게 피해를 입히는 현실의 전체 구조를 읽어내기가 어려운 위치에 처하곤 한다. 즉 억압을 하는 측은 중심부에서 현실 구조를 파악하고 있지만, 억압을 당하는 측은 그 전체 구조를 보지 못하는 비대칭적 관계 속에 놓인다. 하지만 지식인은 비교적 그러한 구조의 전체상을 들여다보기에 유리한 자리에 서있다. 그리고 자신이 본 전체상을 그 억압에 놓인 사람과 공유할 수 있는 언어로 표현해내는 데 지식인들이 사회에서 맡아야 할 역할이 있을 것이다.

여기서 다소 길지만 마루야마 마사오의 「현대에서의 인간과 정치」에 나오는 마지막 문장을 옮겨보고 싶다.

책임을 지는 비판인지 여부는 무엇에 대한 책임인지 묻지 않으면 의미를 갖지 못한다. 중심부의 이미지에는 흔히 안쪽의 구조와 세력 배치를 기본적으로 유지하려는 의식적·무의식적 욕구가 잠재되어 있다. 개입에 대해 말하자면, 무릇 벽의 안쪽에 머무는 한 어떠한 변경에서도 그 활동은, 어떤 의미에서 안쪽의 규칙이나 관계에 개입하는 것을 피할 수 없다. 그것은 바깥으로부터의 이데올로기적 비판이 아무리 타당하다 하더라도, 그야말로 바깥으로부터의 목소리이기 때문에 안쪽에 사는 사람들의 실감으로부터 유리되며, 따라서 그 이미지를 바꾸는 힘을 결여하고 만다는 현대의 경험으로부터 배우기 위해 치러야 할 대가다. 더구나 자칭 이단까지를 포함해 현실 세계의 주인이라면 누구든 안과 바깥의 문제성으로부터 벗어나 있지 않다. 말할 것도 없이 여기에는 딜레마가 있다. 그러나 지식인의 어려운, 그러나 영광스러운 현대적 과제는 그런 딜레마를 회피하지 않고, 완전히 개입하는 것과 전혀 '무책임'한 것의 틈새에 서면서, 안을 통해 안을 넘어서는 전망을 추구하는 그런 곳에 존재할 것이다.

마루야마 마사오는 안쪽에도 바깥쪽에서 머물러서는 안 되는 지식인의 딜레마를 말하고 있다. 그래서 지식인은 경계 위에 서야 한다. 그는 이렇게 말했다. "경계에 선다는 것의 의미는 안쪽에 사는 사람과 '실감'을 서로 나눠 가지면서, 나아가서는 부단히 '바깥'과 교통하면서 안쪽의 이미지의 자기누적에 의한 고정화를 끊임없이 적극적으로 무너뜨린다는 것이다."

지식인의 비판이 생산성을 갖는지 여부는, 즉 마루야마가 말했던 책임을 지는 비판인지 여부는 그 기준이 무엇이냐에 달려 있다. 이론의 결론에서 벗어나지 않으려는 태도에서는 생산적 비판이 나오지 않는다. 주류 이데올로기와 맞섰는지 여부가 비판의 생산성을 결정하지도 않는다. 그러한 비판은 안쪽에 사는 사람들과 실감을 나누지도 않으며, 바깥과의 교통을 통해 내부의 고착된 이미지를 허물지도 못한다. 관건은 유동하는 상황 속으로 들어가 단순한 가치판단을 허물고 그 속에서 원리를 건져내 일상의 감각에 육박하는 표현을 입힐 수 있는지에 있다. 이데올로기의 '대의명분'이나 자아의 '상식'에 기댄다면 지식인 역시 '사적인 내면성'을 헤어 나오지 못할 것이다.

경제가 위기라고 한다. 확실히 체감할 수 있다. 하지만 경제만큼이나 정신이 위기에 처한 시대이지 않을까. 그러나 정신의 위기는 좀처럼 실감의 영역에서 드러나지 않는다. 그 위기의 징후를 발견하고 공론화시키는 지식인의 역할이 어느 때보다 절실히 요구되고 있지 않을까. 그러나 한편으로 지식인 자신이 위기에 처한 시대일지도 모른다. 이명박 정부가 들어서자 많은 지식인이 비현실적인 현실론의 논리를 만들겠다며 거들고 있다. 사상으로까지 육박하는 논쟁은 좀처럼 등장하지 않고 있다. 그리고 지식인은 점차 대중에게서 그리고 다른 지식인에게서 고립되는 것처럼 보인다.

만약 위기는 기회라는 말이 그저 입발림 소리가 아니라 자신을 깨는 아픔을 견뎌내는 자에게 찾아오는 진실이라면, 우리는 지금 우리 지식의 감도를 다시 물어야 하지 않을까. 지식이 지식으로서 살아남기 위한 조건을 다시 곱씹어야 하지 않을까. 그 과정은 눈에 보이는 이명박 정부에 대한 비판보다 더한 아픔을 동반할지 모른다. 시험대에 놓이는 것은 바로 우리 자신이기 때문이다.

맥락의
전환

1. 말이 통하지 않는다는 가능성

역시 언어의 문제로부터 이야기를 풀어가고 싶습니다. 저는 일본어로 말하는 게 여전히 서툽니다. 어쩌면 일본을 떠나기 직전인 지금이 제 삶에서 일본어를 가장 잘 구사한 시기가 될지도 모르겠지만요. 회화공부를 해보신 분들은 경험했겠지만, 외국어는 남을 흉내 내면서 익히게 됩니다. 처음에는 어떤 어휘나 표현을 흉내 내서 어색한 대로 사용하다가 이윽고 몸에 익혀 종종 꺼낼 수 있는 자원으로 삼습니다. 처음에는 그 발음의 울림이 영 불편하고 상대에게 온전한 의미로 전달될지 불안하지만 거듭 성공하면 원할 때 꺼낼 수 있는 어휘와 표현구가 됩니다. 점차 숙달될수록 그 어휘나 표현구가 처음에 안겼던 어색함은 사라집니다.

회화공부에 관해 말씀드릴 생각은 아닙니다. 위상은 다르지만, 모국어라 할지라도 추상 개념을 사용하는 일은 이와 비슷한 구석이 있지 않을까 생각하는 것입니다. 쥐어짜내야 힘겹게 전할 수 있었던 표현들이 어느새 몸에 익으면 외국어 실력은 붙은 셈이나, 외국어로 경험해야 했던 날것의 피부감각은 잊히고 맙니다. 일본 생활

초기에는 일본어로 수시간을 내리 떠들면 얼굴 근육에 경련이 일고, 힘이 부치면 혀는 헛돌고 이어나갈 다음 말은 영 떠오르지 않았습니다. 이제 그 단계가 지나 문장을 떠올리려고 미간을 찌푸리지도 않고, 다른 사람이 갑자기 말을 건네도 덜 긴장합니다.

이와 비슷한 경험은 개념으로 세계를 분절하고 구성하고 이해하는 학문의 영역에도 적용될 수 있지 않을까요. 가령 애초 생경했던 어떤 개념은 점차 익숙해지면 이윽고 능란하게 구사할 수 있는 무기가 됩니다. 하지만 저는 그 과정에서 따르는 의도치 않은 손실을 주목하고 싶습니다. 만약 그 개념과의 긴장관계를 잃어버려 그 무기가 사고를 다듬기보다 안이하게 만드는 데 쓰인다면, 오히려 그 무기는 결국 부리는 자를 상처 입힐지 모를 일이니까요.

모국어, 제 경우에는 한국어로 말할 때면 머리와 입과 몸짓 사이의 간극은 외국어로 말할 때보다 크지 않습니다. 머리에서 떠오르는 대로 표현을 구사하고 몸도 자연스럽게 반응합니다. 섣불리 말을 꺼냈다가도 주워 담을 수 있으며, 추상도가 높은 개념어를 활용해도 어렵잖게 공감대를 형성할 수 있습니다. 외국어로 말할 때는 그렇지 않죠. 어떤 추상개념을 알고 있더라도 그 개념의 언저리를 표현해내지 못한다면, 그 개념에 담으려던 제 감각은 상대에게 좀처럼 전달되지 않고 개념은 개념인 채로 공허해집니다. 더구나 익혀 둔 어휘가 많지 않은 상황에서 구사할 수 있는 표현이란 빈약한 어휘들의 조합이니, 말이 길어지면 비약도 쌓입니다. 한 번 시작된 말은 좀처럼 수습되지 않고, 알고 있는 단어들을 밟아 어렵사리 의미의 강을 건너가본들 애초 의도와는 다른 곳에 도착해 있곤 합니다.

일본어 배우기가 어렵다는 말을 늘어놓을 작정은 아닙니다. 오히려 언어능력의 제약이 제게 안겼던 그 간절함, 상대에게 제 생각과 실감을 어떻게든 전하고자 애썼던 그 간절함에 비하건대, 익숙한 모국어를 활용할 때면 자신의 논리적 비약을 민감하게 의식하지 못하며, 적당히 표현의 관성에 맡겨도 상대에게 자기 생각이 전달되겠거니 여기는 어떤 사고의 안이함이 생겨나는 건 아닌지 묻고 싶은 것입니다.

다케우치 요시미는 「방법으로서의 아시아」에서 베이징 유학 체험을 회상하며 이렇게 말합니다. 이십대의 다케우치 요시미는 중국어가 능통하지 않았나 봅니다. "회화가 안 된다! 뭔가 거기에 자신의 문제, 여기서 자신의 문제라는 건 결국 문학의 문제라고 해도 좋겠습니다만, 그걸 푸는 열쇠가 있겠구나 생각했습니다. … 자기 이웃나라에 자신과 비슷하게 살아가는 사람이 많은데도 그들의 마음속으로 들어갈 수 없다는 것은 치명적인 문제라고 느꼈습니다."

아시다시피 다케우치는 이 글의 말미에서 아시아를 지리적 실체가 아닌 '방법'으로서 내놓았습니다. 그런 발상에는 '말이 통하지 않는다'는 작은 체험이 바닥에 깔려 있습니다. 다케우치의 그 체험은 제게 크게 와 닿습니다.

2. 동아시아, 실체화와 신비화 사이

일본에 오니 제가 무엇을 공부하는지 소개할 자리가 많았습니다. '동아시아'를 공부한다고 말씀드리곤 했습니다. 하지만 그렇게만 말하면 기껏 물어봐준 상대에게 모를 소리가 되어버립니다. 그래서 "동아시아의 무엇을 공부하는데요?"라는 물음이 돌아오곤 합니다. 그러면 결국 제 전공인 사회학으로 돌아가 "어느 시기, 어느 지역의 어떤 문제를 연구할 계획입니다"라고 서둘러 말을 보태는데, 그럴 때면 먼저 발언의 '동아시아'와 뒤에 덧붙인 '어느 시기, 어느 지역'이 영 다른 의미인 것만 같아 스스로 불편함에 사로잡힙니다.

그 '어느 시기'란 1930~40년대이며 '어느 지역'이란 식민지 조선과 제국 일본을 가리킵니다. 논리로야 조선과 일본의 관계라면 동아시아 역사의 어느 시기, 동아시아 지역의 어느 영역에 속하니 하나의 진술로서 성립하겠지만, 그렇듯 '한국(조선)' 내지 일본이라는 나라명을 내놓으면 답변이 되는 것인지 스스로 동요합니다. 오히려 "동아시아를 공부합니다"라는 대답은 저렇듯 동아시아를 국민국가의 합으로 여기는 지역감각을 추궁하기 위한 진술이었는데 말이죠.

차라리 제게 동아시아는 자명해 보이는 연구자와 연구대상 사이의 관계를 의심하기 위한 말입니다. 다소 추상적인 이야기입니다만, 연구자는 자신이 던진 말들로 자신과 세계 사이에 매개를 만듭니다. 혹은 어떤 개념을 매개 삼아 대상세계에 다가갑니다. 하지만 때로 말로 이뤄진 매개는 점차 응고되고 실체화되어 픽션으로서의 기능을 잃어버립니다. 그러면 매개였던 개념이 원래의 대상을 대신하는 역설이 발생합니다.

그런 의미에서, 저런 오해가 빚어진 데는 동아시아를 "공부한다"고 밝힌 제 잘못이 큽니다. 제게 동아시아는 연구대상이 아니기 때문입니다. 저는 2005년에 동아시아론을 처음 접했습니다. 석사논문을 쓰고 나서였습니다. 그 사정은 뒤에서 다시 말씀드리고 싶습니다만, 동아시아론은 제게 말의 폭발처럼 다가왔습니다. 동아시아라는 말은 시간/공간, 주체/타자, 근대/탈(반)근대, 국가/지역, 이론/역사 등, 제가 알고 있다고 생각하고 소중히 여기던 어느 개념과도 반응했고, 반응 이후에 그 개념들은 다른 빛깔을 띠었습니다.

그때의 감상을 지금 그대로 떠올리기는 어렵지만, 마치 동아시아가 기존의 모든 개념들을 끌어안더니 이윽고 폭발하여 저는 동아시아라는 말이 무엇인지 모를 지경이 되었습니다. 그 폭발 속에서 저는 공부하는 감각을 바꾸고, 그간 무장해왔던 말들, 갑옷 같은 말들로부터 저를 해방시키고 대신 저의 표현을 새로 벼리고 싶었습니다. 갑옷이라고 불러보는 까닭은 그 개념들은 바깥 세계로부터 상처 입지 않도록, 낯선 대상과 유동하는 상황 속에서도 혼란을 겪지 않도록 저를 보호하고 있었기 때문입니다. 그러나 갑옷을 계속 껴입고 있으면, 여러 개념적 지식으로 치렁치렁 무장하고 있다면, 그 무게에 저의 사고력이 짓눌릴지 모릅니다. 그래서 동아시아라는 말을 만난 경험은 제게 몹시 소중합니다. 무엇을 공부하느냐는 물음에 어떻게든 '동아시아'라고 답해보려는 것은 그 체험이 계기였습니다.

그렇듯 풍부한 반응력, 그래서 기존에 알고 있던 말들과 말의 질서를 제 안에서 뒤집어놓았다는 점에서 저는 동아시아라는 말에 끌렸지만, 그 말 역시 어느새 제 안에서 실체화될지 모릅니다. 더구나 동아시아라는 말에는 지리상의 어감이 배어 있어 실체화의 위험성이 늘 따릅니다. 그렇기에 실체화의 경향을 끊임없이 의식하도록 요구하는 소중한 말이기도 합니다. 하지만 지금 제게는 실체화의 위험성보다는 그 반작용으로 나타나는 신비화 쪽이 문제인 것 같습니다. 실체화와 신비화 어느 쪽의 편향이건 그 경우 동아시아라는 말은 제게 사고의 도피처가 될 것입니다. 그 말을 그것의 규모(국민국가보다 크다) 혹은 본질(국민국가 이전의 무엇이다)이라는 수준에서 실체화하거나, 현재의 어떠한 문제 상황을 해결하는 비전처럼 혹은 현실의 복잡다단함을 가리는 레토릭처럼 활용했을 때, 그 말은 사고를 안이하게 만드는 쪽으로 작용하겠죠.

하지만 동아시아라는 말은 여전히 제게 연구의 대상을 가리킨다기보다 연구의 자세를 되묻도록 만드는 힘을 지니고 있습니다. 따라서 힘들게 만났으니 버리기보다는 응고되지 않도록 거듭 음미하되, 또한 레토릭이 되지도 않도록 리얼리티를 꾸준히 불어넣는 노력을 기울이고 싶습니다.

3. 지식의 세 가지 측면

개인적인 이야기가 되겠지만, 잠시 석사논문을 쓴 경험을 말씀드리고 싶습니다. 오늘은 개인적인 이야기를 해보라고 자리를 마련해주신 것이겠죠. 저는 2007년 한국에서 박사과정을 수료하고 바로 일본에 왔습니다. 석사논문은 2004년에 제출했습니다. 제목은 「국민국가 형성과 화폐의 영토화」였습니다. 그 논문은 거창하게도 16~19세기 영국의 화폐체제를 검토하여, 그것이 가지고 있는 국민화의 메커니즘과 국가 하부구조로서의 성격을 규명하는 내용이었습니다. 애초 그 주제를 선택한 까닭은 중립적인 것처럼 보이는 화폐체제마저 활용하는 국민국가를 '비판'하는 데 있었습니다.

하지만 논문이 마무리되어갈 즈음 어떤 난감함을 느꼈습니다. 국민국가를 이론적으로 비판하면 할수록 그것은 괴물이 되어버리는데, 비판의 열정은 제 안에서 괴물이 되어버린 '국민국가'라는 말을 통해서 다시 생겨나는 어떤 역설에 빠져버린 것입니다. 정작 비판을 하고 그 비판을 통해 거리를 취하고자 국민국가에 관한 논문을 시작했는데, 논문의 결과 그 개념 없이는 사물을 제대로 사고할 수 없게 된 것입니다. 어떤 현상에서고 된다면 국민국가의 징후를 읽어내려 했습니다. 비판의 의지가 도착되어 비판 대상을 제 안에서 절대화시킨 것이죠. 이는 개념을 매개로 자신과 세계를 연결하는 연구자들이 종종 걸리는 병이라고 생각합니다. 저는 능력도 내성도 부족했던 만큼 심하게 앓았습니다. 그래서 결국 논문을 쓰고 남은 것은 그런 식으로 국민국가를 비판하겠다는 제 의지와 그런 식으로 비판될 수 있겠다는 제 기대에 대한 의심이었습니다.

또한 제 석사논문은 영국의 화폐체제를 대상으로 삼았는데, 그 까닭은 우선 손에 넣을 수 있는 자료가 많아서였습니다. 조선이나 일본의 사례를 연구하기보다 자료를 구하기가 수월했습니다. 더구나 영국을 대상으로 삼으면 가령 조선의 사례를 다루는 것보다 한 가지 사례로서 보다 커다란 설명력을 갖겠거니 생각했습니다. 즉 영국은 근대국가 형성과 자본주의 출현의 전형적 요소를 지닌 대상이라 여겼기에, 영국을 분석하면 다른 사례에 적용할 여지가 많으리라 기대했던 것입니다. 하지만 논문 속에서 헤매던 과정이 끝나자, 논문의 결과와 저의 일상 사이의 괴리가 너무도 컸습니다. 논문의 내용은 그저 지식인 채로 남아 연구대상과 제 삶 사이에서 관련성을 찾기가 어려웠습니다. 이것은 한국인은 한국을 연구해야 한다는 뜻이 결코 아닙니다. 한국 상황을 포함해 연구 대상을 고를 때 자신의 무언가를 걸고 연구 대상을 매개 삼아 자신을 응시하겠다는 의지를 갖지 않는다면, 그렇게 구축된 지식은 문자로 남을 뿐 삶의 감각으로 남지 못한다는 뜻입니다. 지금 석사논문의 내용은 거의 머릿속에 남아 있지 않습니다. 아마도 몸에 남아 있지 않은 까닭이겠지요.

한편, 석사논문은 '논문'이라는 지적생산방식을 두고서도 여러 고민을 안겼습니다. 논문, 특히 사회학의 논문은 대개 서론이 문제제기, 이론/분석틀, 선행연구 검토의 순서로 이어집니다. 저는 여기서 은연중에 논문의 형식이 전제하는 지식의 위계가 눈에 밟힙니다. 흔히 사회과학의 연구에서 이론/분석틀의 자리로 오는 것은 미국이나 서유럽 일부 나라의 지식인이 생산한 이론입니다. 아무리 우수한 국내 연구자들의 연구결과라도 보통은 선행연구에 위치합니다. 사회과학 분야의 연구자들이 의식하든 하지 않든 그 연구가 한국을 사례로 다루는 경우 지역학의 성격을 띠게 되는 까닭은 이런 글쓰기 형식과도 무관하지 않다고 생각합니다. 즉 논문의 형식에서 지식을 생산하는 장소(서구)와 그것이 적용되는 장소(비서구인 이곳)가 구분되어 있고, 역으로 그런 구분(=위계)이 논문의 내용을 떠받치는 것입니다. 이때 연구자 자신이 속한 사회의 어떤 면모는 그런 이론/분석틀의 징후로 포착되어야지 의미를 획득합니다. 그렇다면 연구자는 자기 사회가 지닌 복잡한 입체감을 알게 모르게 외면하게 되겠죠.

둘째, 관련되는 내용이라고 생각합니다만, 논문의 형식은 지식을 생산하고 표현하는 일을 마치 장사처럼 만듭니다. 가령 문제제기와 이론/분석틀이 품목을 밝히는 장소라면, 즉 어느 분과학문 안에서의 어떤 분야인지를 밝히는 대목이라면, 선행연구 검토는 그 상품의 좋은 점을 선전하는 곳이라고 할 수 있겠죠. 대개의 경우 연구의 의의는 다른 연구자가 아직 하지 않았다거나 해당 연구가 있지만 미진하다는 이유에서 마련됩니다. 물론 하나의 연구는 다른 연구들과의 관계 위에서 성립합니다. 그러한 지식공간을 염두하지 않고 홀로 솟으려는 연구는 구성이 엉성해지거나 내용이 빈곤해지기 십상입니다. 그런 의미에서 선행연구 검토는 분업의식을 기르는 일이라고 말할 수 있습니다.

하지만 아무래도 선행연구 검토에서 다른 연구자에 대한 저평가 내지 단순화가 동반된다는 경향은 지적해둬야 할 것 같습니다. 적어도 다른 연구자의 글에서 행간을 읽는 독해는 차단됩니다. 자신의 터를 닦기 위해 남의 연구를 읽는다면, 목차와 서론, 결론 그리고 참고문헌을 훑고 마는 일로 족하죠. 이처럼 남의 연구를 비판해서 의의를 획득한 연구라면, 거기서 일궈진 지식은 자기 발로, 자신의 힘으로 세계 위에 서 있지 못할 것입니다. 다른 연구를 비판한 힘으로 아슬아슬하게 서 있겠죠. 그리고 언젠가는 자기 역시 밟히겠죠.

사실 장사를 비하할 생각은 없습니다. 상인이 힘닿는 대로 상품을 좋게 포장해 소비자에게 팔듯, 지식도 팔려야 한다는, 즉 타인의 이해를 얻어야 한다는 유통과정을 염두하는 일은 지식을 생산하는 자에게 긴장감을 안기기에 소중합니다. 하지만 그 결과 과도하게 설득조의 '증명'이 지식행위에서 압도적인 지위를 점하는 일은 재고할 필요가 있습니다. 이와 관련해 셋째로, 답이 물음을 제약하기도 한다는 점을 문제 삼고 싶습니다. 논문은 물음을 던지고 증명하며 답에 이르는 과정을 보여주는 글쓰기입니다. 하지만 종종 그 과정은 거꾸로 진행됩니다. 즉 자신이 먼저 생각해둔 답이 있고, 그 답이 물음을 구속합니다. 다시 말해 답할 수 있는 물음만을 꺼냅니다. 그래서 증명의 과정은 이미 알고 있던 내용을 확인하는 일이 되며, 그렇게 연구대상이 지닌 복잡함과 입체감은 또 다시 가려집니다. 그리고 답보다도 중요한, 답할 수 없는 물음을 논문에서는 피하게 됩니다. 지식을 답과 물음의 관계로 만들어버린 논문의 형식이 물음의 능력을 제약하는 것입니다. 하지만 예견된 답보다 시대를 관통하는 물음이 역사에서는 더 오래 살아남는 법이죠.

그래서 저는 지식의 여러 면모를 구분해서 사고해야 할 필요를 느꼈습니다. 어떤 구도 위에서 지식을 추구하고 대상과 관계 맺는지를 자문하기 위해 지식행위 자체를 분석해야 했습니다. 만약 지식을 지적 주체와 지적 대상, 그리고 지적 환경 사이의 산물이라고 생각해본다면, 적어도 세 가지 다른 지식의 성격을 구분해낼 수 있습니다. 정합성, 기능성 그리고 윤리성입니다. 우선 지식과 지적 대상 사이에서는 정합성이 관건으로 놓입니다. 정합성이란 그 지식이 증명과 분석 등을 통해 지적 대상을 얼마나 정확히 설명해내느냐의 문제입니다. 대개의 경우 지식의 질은 정합성에서 판가름 납니다.

하지만 지식에는 그것 말고도 기능성과 윤리성이라는 성격이 있습니다. 기능성이란 그 지식이 지적 환경에 어떻게 작용하는지의 문제입니다. 가령 정합성은 낮지만 기능성은 높은 지식이 있을 수 있습니다. 마르크스의 『공산당선언』은 『자본론』보다 논리적 밀도는 떨어지지만 많은 문제의식을 촉발시켰습니다.

끝으로 윤리성은 지식과 지적 주체의 관계에서 빚어집니다. 물론 지식은 지적 주체가 생산하는 것이지만, 지식의 윤리성이란 그 지식이 지적 주체 바깥에 머무르지 않고, 그 지식을 매개 삼아 지적 주체 자신이 변화할 수 있는가와 관련됩니다. 그런데 지식의 윤리성은 정합성이나 기능성과 달리 지식을 평가할 때 누락되곤 하는 요소입니다. 하지만 사고의 습속과 표현의 관성에 대한 저의 회의는 지식의 윤리성에 관한 물음에서 비롯되었습니다. 한국으로 돌아가면 지식의 윤리성이라는 주제에 관해 좀 더 탐구해볼 작정입니다.

4. 모어문화로 진입하다

여기까지가 일본에서 생활하기 전에 겪고 느낀 것들 가운데 오늘 자리에서 꺼낼 만한 내용들입니다. 그래서 일본으로 오면서는 증명한다, 넓힌다, 축적한다는 감각에 대한 반발로서 자신을 바꾸는 공부를 하겠노라고 마음먹었습니다. 그래서 농담 반 진담 반으로 공부는 익숙해지면 떠나는 것이며, 그래서 제게 공부는 여행과도 같다고 일본에서 만난 친구들에게 이야기한 쑥스러운 기억도 납니다.

실제로 여행도 많이 다녔네요. 일본에서 외국인으로 지내다가 다른 나라로 여행을 떠나면 생활의 감각과 여행의 감각은 말끔히 분화되지 않습니다. 생활을 해야 했기에 일본살이는 그저 여행일 수 없었으며, 그러고서 떠난 여행이었기에 낯선 장소를 거닐면서는 생활의 모습이 눈에 많이 밟혔습니다. 그렇게 수차례 일본과 타국에서 생활자와 여행자 사이를 오가다가 공부 삼아 여행을 다니기로 마음먹었습니다. 낯선 장소를 텍스트로 삼아 제 사고력과 감각능력이 그 속으로 얼마나 진입할 수 있는지를 시험하고 싶었습니다.

우리는 여행을 다닐 때 홀로 다녀도 날몸으로 다니는 것은 아닙니다. '나'라는 개체는 이미 기억과 경험 그리고 정보로 구성된 맥락의 덩어리입니다. 그래서 여행자가 여행지를 찾는다면 한 장소 위에 한 사람이 있는 것이지만, 동시에 그 장면은 이질적인 맥락들 사이에서 충돌과 교착, 교섭과 소통이 일어나는 하나의 사건이 됩니다. 그러나 이 갖가지 반응들을 충분한 사색으로 우려내지 못한다면, 여행의 감상은 어쩌면 이국취미로 회수되고 말겠지요. 낯섦을 그저 이국취미의 대상으로 남겨놓지 않고 거기서 물음을 발견하려면 어떠한 사고의 절차가 필요한지 스스로에게 묻고 싶었습니다.

그리고 여행지가 지닌 고유한 문화논리로 들어서려는 노력이 실패하는 경우, 여행자는 곧잘 자신의 모어문화를 퇴로로서 끌어옵니다. 지적으로 말하자면 '문화적 차이'이며, 속되게 말한다면 "쟤들은 우리랑 달라"겠죠. 물론 상대의 문화논리를 파악했다고 섣불리 착각할 게 아니라 존중하는 태도는 중요합니다. 하지만 간단히 모어문화를 끌어와 '문화적 차이'라며 낯선 체험을 뭉뚱그린다면 두 가지 우를 범하기 십상입니다. 첫째는 '문화적 차이' 안에서 역설적이게도 상대 문화가 지닌 복잡함은 '이해할 수 없는 대상'인 채로 알 만해지는 것입니다. 둘째는 모어문화를 가져와 상대 문화와의 차이를 부각시킬 경우, 모어문화는 상대 문화와 대비되는 비교항으로서 쉽게 절대화되고 분석할 수 없는 전제가 되어버립니다.

그리하여 저는 진정 좋은 여행이라면 여행하는 나라만이 아니라 모어문화를 이해하는 감각도 연마시켜 주리라고 생각합니다. 쑨거 선생의 표현인데 "통상 외국어 능력이 모어활용 능력에 제약을 받듯" 여행지의 고유한 맥락으로 들어서기 위해서는 모어문화에 대한 다각적인 이해가 요구됩니다. 여행의 진정한 미덕은 낯선 세계에 다가가는 만큼이나 자기 안으로 들어가도록 이끌어주는 데 있으며, 이 두 가지 일은 언제나 함께 발생합니다.

일본에서도 이곳저곳 돌아다녔습니다. 오키나와에 다녀왔습니다. 한국과 일본 사이의 미묘한 거리로 말미암아 다른 나라로 나갔을 때보다 여행의 감각은 더욱 복잡했습니다. 오키나와에 간 것은 어느 심포지엄에 참가하기 위해서였습니다. 모임이 끝나고 도쿄로 돌아가는 날을 며칠 미뤄 여행을 다녔습니다. 오키나와 평화기념공원에 갔습니다. 거기서 조선인 위령비를 보았습니다. 그리고 현지 분들이 도와주셔서 해노코와 미군기지 근처에 가볼 기회를 얻었습니다. 또 한 카메라맨을 만나 미군 남성과 일본인 여성 사이에서 태어난 자녀들—아멜라지안이라고 부릅니다—을 위한 학교를 방문할 수 있었습니다. 그럴 때마다 복잡한 심경에 사로잡혔습니다. 오키나와의 쓰라린 역사와 현실을 접해서 생겼다기보다 개인적이고, 어떤 의미에서는 비뚤어진 감정이었습니다. 아픈 역사와 현실을 마주하고도, 보고 있는 저 자신을 어디에 위치시켜야 할지 몰랐습니다. 오키나와의 무언가를 해석할 때 자꾸 한국의 상황에 이끌렸습니다. 그리고 한편으로는 그 이끌림에 거부감을 느꼈습니다.

특히 자마미지마에 갔을 때가 그랬습니다. 사전지식 없이 그저 오키나와의 이도를 여행하고픈 마음에 자마미지마로 향하는 배를 탔습니다. 돌아다니다가 한 초등학교 근처에서 집단학살의 현장이 있다는 사실을 알게 되었습니다. 그날은 하루 일정으로 배를 타고 돌아와야 했기에 그 현장에 다녀오려면 다른 곳을 둘러보는 일은 포기해야 했습니다. 망설이다가 결국 그 현장을 찾아가기로 했습니다. 하지만 찾아가면서 생전 처음 가본 낯선, 그리고 아름다운 섬에서 쓰라린 상흔이 남아 있는 곳만을 찾아다니며 보고 돌아온다는 게 어떤 감각인지 곱씹었습니다. 쉽사리 정리할 수 없지만, 만약 그 장소에서 돌아와 누군가에게 그 이야기를 꺼내리라는 예감이 없다면, 무엇을 보고 어떻게 해석할 수 있을까라는 생각이 들었습니다. 그 섬의 아름다움에 빠지는 일이라면 그런 예감은 필요 없겠죠. 저는 상흔의 흔적들을 찾아다니며 그 예감의 목록을 작성하고 있었던 것일까요.

서툴고 고약한 문제제기입니다만, 혹여나 저의 여정 속에는 은연중에 예상했던 충격을 가서 확인하고 확인된 내용을 한 가지 정보로 간직해두는 그런 패턴이 있는 것은 아닌지 의심스러웠습니다.

5. 번역과 자기 맥락의 구성

일본에서 생활하고 여행하는 동안 글을 쓰고 싶다는 욕구가 차올랐습니다. 일본어로 말하는 것이 서툴러서 더욱 그랬는지도 모르겠습니다. 잠을 이루지 못하는 날들이 많았습니다. 낮에 일본어로써 제대로 꺼내지 못한 표현들이, 잠을 청할 무렵 의식이 내리누르는 무게가 가벼워지면 몽롱한 가운데 불쑥 튀어나와 한국어와 뒤섞여 자꾸 뒤척였습니다. 또한 한국어로 생각하고 일본어로 말하다보니 한국어로 글을 쓰는 마음가짐이라고 할까요, 표현욕구가 달라졌습니다.

아무튼 석사논문처럼 이론으로 무장하는 글, 답을 향해 체계적으로 짜인 글 이전에 자신의 물음을 속이지 않는 글을 쓰고 싶었습니다. 답을 내야 한다는 조바심이 물음을 향한 절실함을 내리누르지 않는 글. 지식의 언어로 구축된 세계와 피부감각의 세계 사이에 가로놓인 단층을 직시하는 글. 사고의 힘이 부족해 비약을 거쳐 섣부른 결론에 의탁하는 글이 아니라 능력이 닿는 대로 생각을 쥐어짜내 사고의 절차를 구체화하는 글을 쓰고 싶었습니다.

거기서 '지식의 육체성'이란 표현을 생각했습니다. 지식은 지적주체에게 육체적 경험으로 다가와야 살아 있는 것일 수 있다는 의미이며, 아울러 지식은 자신의 육체성으로 말미암아 시간과 사건에 노출되어 상처 입고 흔적을 남기고 때로 부패하며 그렇게 역사성을 띤다는 의미입니다. 지적주체는 지식과 개념세계의 유한성을 자각해야 하며, 지식은 지적주체의 감각으로까지 내려가는 자기검증을 거치지 않는다면, 아무리 개념의 성을 쌓아올린들 사상누각일 따름입니다. 저는 진정한 체험에 육박하는 글을 쓰고 싶었습니다.

그렇듯 사고의 임계치와 대면하는 글을 써낼 수 있다면 그 글은 이정표로 남을 것입니다. 나중에 그 글을 되돌아보면 당시의 절박했던 물음이 환기되며, 그 물음으로부터 어느 방향으로 얼마만큼 왔는지를 스스로 확인하게 될 것입니다. 한계지점까지 사고를 숙성시켜 물음을 구성하고 그것을 글로 토해내 거기서 다음 물음으로 나설 동력을 구합니다. 이런 글들은 지식을 축적해 쌓아올린다는 수직감보다 이동한다는 혹은 여행한다는 수평감이 짙을 것입니다. 그렇게 이정표가 되는 좌표의 점들로 삼아 저만의 '생각의 지도'를 짜고 싶었습니다.

그리고 번역을 했습니다. 깊이 음미할 만한 글을 만났을 때, 그 글이 외국어인 경우, 번역을 하면 명구나 결론만이 아니라 그 글의 전체상이나 저자의 말투까지 꼼꼼히 읽어낼 수 있습니다. 읽어내야 합니다. 일본에 와서는 『다케우치 요시미 선집』 번역을 시작했습니다. 매일 아침에 일어나 두 시간씩 작업했습니다. 일본생활 초기에는 생활의 리듬을 만들기 위해서도 필요했습니다. 번역은 차근차근히 진도를 나가는 맛이 있어 외국생활에 안정감을 줍니다.

번역을 하며 느낀 점인데, 일본어를 한국어로 능숙하게 옮기지 못하는 까닭은 일본어 어휘를 몰라서라기보다 모어를 활용하는 능력이 부족한 데서 기인하는 경우가 많습니다. 특히 다케우치 요시미의 글은 그러했습니다. 학술논문은 비교적 번역하기가 쉽습니다.

더구나 일본어와 한국어는 어순이 비슷해서 자신이 새로 문장의 순서(=맥락)를 재구성하지 않아도 얼추 이해가 되는 것처럼 느껴집니다. 그래서 일본어에 익숙해질수록 자신이 옮겨놓은 문장이 한국어로서 어색하다는 사실을 간과하는 경우가 생기죠. 일본어를 한국어로 옮길 때 경계해야 할 대목이라고 생각합니다.

다케우치 요시미의 글을 옮기는 일은 특별했습니다. 번역에서 가필하거나 새로 쓰는 일은 허용되지 않습니다. 번역은 원문이 지니는 가능성의 폭 안에서 그 생명력을 되살려내는 금욕적 실천입니다. 번역자는 저자와 독자 사이에서 글을 옮기는 존재이며, 번역자의 정체성은 번역 행위에서 분열을 겪고 복수화됩니다. 번역자의 눈은 원문을 보고 번역자의 손은 키보드 자판 위로 움직이는 동안 모니터 위로 한 글자 한 글자가 형상화됩니다. 하지만 번역자는 모어 안에서 어떤 말을 골라야 할지 망설이며, 어떻게 문장으로 일궈야 할지 고민합니다. 그 망설임과 고민 가운데 번역자는 자신의 사고와 표현의 관성을 대면하게 됩니다. 번역자는 원문의 단어와 형상과 어조가 한데 합쳐지는 곳까지 소급하여 그 언어를 자신의 모어 안에서 실현시켜야 하며, 그동안에 잊고 있었던 말의 혼을 발견하게 되는지 모릅니다.

다케우치 요시미의 원문은 말로서의 가능성이 풍부해서 한국어로 일단 옮겨놓은 후에 다듬으면 다듬을수록 빛이 났습니다. 어떻게 표현해야 좋을지 모르겠지만, 원문은 번역자인 저를 매개로 삼아 한국어의 깊은 곳으로까지 들어가 자신을 형상화하고, 일본어에서 벗어난 후에도 말로서의 자신의 가능성을 실현해 간다는 느낌이었습니다.

하지만 사실 원문의 가능성은 말의 위상에서 정리할 문제가 아닐 겁니다. 앞서 지식을 구성할 때 답이 물음을 구속하는 경우가 있다는 말씀을 드렸는데, 다케우치의 글은 증명을 하거나 답을 내는 그런 글이 아닙니다. 차라리 다케우치 요시미를 읽을 때 또렷해지는 것은 제가 품고 있던 고민에 대한 답이 아니라, 정리되지 않은 채 산만하게 흩어져 있던 그 고민과 물음 자체였습니다.

다케우치의 글은 비약이 많습니다. 물음을 던지고 답하지 않는 경우도 많습니다. 하지만 그의 물음은 물음으로서 존재하지만, 다른 사람들이 접근할 수 있는 어떤 공공성을 지닙니다. 다케우치의 지난한 사고의 과정이 발효한 짙은 농도로 말미암아 그 텍스트의 문제의식은 읽는 이에게로 삼투되며 독자는 그 텍스트에 자신의 복잡한 내면세계를 투사하여 거기서 잠재되어 있던 여러 물음이 모습을 이룹니다. 그러나 동시에 텍스트는 자신에게로 들어오려는 독자에게 어떤 종류의 감수성과 용기를 요구합니다. 그대로는 다케우치 요시미의 문제의식을 자기 것으로 삼을 수 없습니다. 마치 번역처럼 어떤 전환의 과정이 필요하며, 바로 다케우치 요시미의 번역이 그 전환의 의미가 무엇인지를 적확하게 알려주었습니다.

번역을 하며, 번역을 하려고 같은 문구를 몇 번이고 읽으면서 든 생각이 또 한 가지 있습니다. 한 명의 사상가를 만나 그/그녀를 독해할 때(지금 저는 그/그녀라는 말에서 구체적인 인간을 떠올리고 있습니다), 때로 어떤 구절은 자신이 찾아 헤매던 표현 같아서 반갑고, 또 어떤 구절은 자기 마음의 응어리를 대신 표현해준 것 같아서 연대감을 느끼기도 합니다. 그리고 때로는 그 사상가가 그 표현을 토해내려고 버린 것들이 행간에서 읽힌다는 느낌을 받기도 합니다. 그러다가 그 한 권의 책만이 아니라, 그/그녀의 여러 책을 섭렵하고 삶의 흔적을 조사하며 전체상을 그려보기도 합니다. 물론 이상은 단계적으로 발생하는 독해의 과정이 아닙니다.

다만 그 과정을 거쳐 그 사상가가 표현을 분출해낸 그 원점, 그 바닥을 응시하고, 그 사상가가 당시 사상계에서 스스로에게 부과한 도전과 행보를 엿보게 되면, 그때는 그 사상가와의 헤어짐이 시작된다고 생각합니다. 그 사상가가 분투했던 고유한 사상적 맥락은 읽는다고 흉내낼 수 없으며, 그것을 본 이상은 자신의 환경(한계이자 조건)에서 스스로 맥락을 구성해내야 합니다. 어느덧 자신의 표현방식, 말투에 그 사상가의 영향이 짙게 배어 있으며, 무엇보다 그 사상가에게서 자기의 마음을 표현할 길을 얻었기에 그 사상가와 거리를 유지하기란 몹시 어려울 테며, 스스로 자신의 길을 개척해야 하는 고통이 따를 것입니다.

물론 '헤어짐'은 단순히 그 사상가를 외면한다는 뜻이 아닙니다. 그 사상가를 만났을 때의 연대감과 기쁨을 간직하되 문면으로 드러난 내용에서 배울 뿐 아니라 그 사상가가 그런 표현을 길러냈던 고투를 자신의 조건 안에서 시도하며, 그만한 '절실함'을 자신의 맥락 속에 불어넣는 것입니다. 다케우치 요시미는 제게 그 고민을 안겨준 사상가입니다.

6. 공동의 유산

올해 한국에서는 촛불 시위가 타올랐습니다. 한국의 촛불은 5월부터 번지기 시작해 6월 10일 전국에서 수십만의 인파가 모였고, 7월에 정부의 반격이 격화된 이후 현재는 약간 잦아든 상태입니다. 하지만 지금도 분명히 이어지고 있습니다. 저는 촛불이 켜진 다음부터 지금까지 줄곧 일본에 있었습니다. 그래서 촛불집회에 참가한 적은 없습니다.

올해 잠시 한국으로 돌아갔던 때는 2월 말부터 4월 초였습니다. 작년에도 일본에 있었기 때문에 이명박 대통령이 등장한 한국사회를 실제로는 처음 경험한 것입니다. 한국에 도착한 다음 날이 3·1절이었는데, 이명박 대통령의 연설은 정말이지 가관이었습니다. 현실을 직시하고 세계로 뻗어나가야 한다는 각종 수사 속에서 "새로워지자"라는 말이 반복되었습니다. 적어도 식민의 역사를 되돌아보는 그날의 자리와는 전혀 어울리지 않았습니다. 당시 한국정부는 대운하 건설, 민영화, 한미FTA 체결, 영어몰입교육 시도 등에 열을 올리며 강공 드라이브 중이었습니다.

한국에 돌아갔을 때 어느 분께서 잡지가 새로 창간되니 글을 한 편 쓰지 않겠느냐고 권하셔서 「비현실적 현실론 비판」이라는 글을 작성했습니다. 그런데 결국 그 잡지는 창간되지 않아 발표되지 않은 상태입니다. 저는 그 글의 일부를 '대중을 비난해도 되는가'라는 내용에 할애했습니다. 그 글의 제목은 정권이 내놓는 '현실론'을 비판하는 것이지만, 기본 골격은 정권의 비현실적인 발상과 시도를 현실론으로 수용하는 이른바 대중의 현실감각을 분석하는 데 있었습니다.

제가 한국에 돌아간 당시 『한겨레』에서는 갓 출범한 이명박 정부의 성격을 규명하는 글이 연재되고 있었습니다. '신보수 정권'이라느니 '신자유주의 정권'이라느니 '개발독재 정권'이 될 것이라느니 하는 논의가 오갔습니다. 저는 그런 기획 기사가 이명박 씨를 대통령으로 선택한 대중을 벌써 피해자인 양 다루는 것 같아 못마땅했습니다. 분석은 타당했지만, 제 마음의 어떤 응어리는 만져주지 못했습니다. 이명박 씨가 대통령으로 당선되기 전 몇 년간 새만금 간척사업 반대운동, 평택미군기지 반대운동, 한미FTA 반대운동 등이 차례차례 실패했습니다. 실패한 데는 정부의 공권력만이 아니라 대중의 여론적 압박이 큰 역할을 했습니다. 그리고 제게 연쇄된 운동의 실패와 이명박 정권의 등장은 관련된 것처럼 보였습니다. 물론 실패한 운동들은 노무현 대통령 시기에 벌어진 일이고 정권은 교체되었지만, 그 바닥에서 흐르고 있는 대중의 '감각'이라는 면에서 연속된 사건처럼 보였습니다. 저는 그 지점을 파고들어야 했습니다. 그래서 저는 분석 대상의 자리에 이명박 정부만큼이나 대중을 세워두고 싶었습니다. 저 자신도 포함해서 말입니다.

한편, 길지 않은 체류기간이었지만 일상의 표정들에서 저는 확실히 위기를 느꼈습니다. 초조와 내분을 간직한 채 위기를 내뱉는 이들의 표정들. 이따금 분노가 차올라 밖으로 꺼내지만 현실의 두께에 부딪혀 죄다 토해내기도 전에 체념으로 다시 집어삼킵니다. 그리고는 버팁니다. 버티는 자들의 표정에서는 냉소의 빛이 감돕니다.

그게 시대의 낯빛이 되어버렸습니다.

'시대가 거꾸로 흐른다'라는 말이 있습니다. 이 말은 주체의 바람을 역사에 덧씌우는 표현이어서 역사의 복잡함과 입체감을 앗아갈 수도 있지만, 아무튼 그런 느낌, 원하는 방향으로 사태가 진행되지 않는다는 느낌을 지닌 채 다시 일본으로 돌아왔습니다. 그런데 4월, 간도 쓸개도 내어준 쇠고기 협상안과 한미정상회담이 지난 후, 5월 초부터 본격적으로 촛불이 번져 올랐습니다. 가슴이 두근거렸습니다. 이곳에서 촛불을 접할 수 있는 창구는 인터넷밖에 없습니다. 그러나 이번 촛불운동이 진행되는 동안 인터넷은 단순히 기사가 올라오는 매체가 아니었습니다. 기사에 대한 반응, 네티즌들이 쏟아내는 갖가지 주장, 촛불 현장의 생중계, 여러 이슈에 관한 토론, 촛불운동을 어떻게 전개시켜나갈지에 관한 작전, 그리고 사람들의 마음을 따뜻하게 적시는 소소한 이야기들이 모두 인터넷에 올라왔습니다. 인터넷은 매체 이상의 역할을 하고 있습니다. 이곳에서 지내면서도 제가 얼마간 현장감을 느낄 수 있었던 것도 인터넷 덕분입니다.

사람들만 거리로 쏟아져 나온 게 아닙니다. 여러 기발한 표현들도 쏟아져 나왔습니다. 처음에 공포와 분노가 지배했던 감정이 자신감과 여유, 유머를 머금은 결과입니다. 제게 압권은 어느 할아버지가 적어 나오셨다던 "아닌 것은 아니다"였습니다. 촛불은 누구라도 무언가를 표현하고픈 만큼 강렬하고 폭이 넓었습니다. 저 역시 그랬습니다. 하지만 인터넷을 통해 현장감을 느끼면서도 궁극적으로 촛불이 점화된 거리로 나가지 못해서 글을 쓸 때 어떤 제약이 따랐습니다. 그리고 당시 쑨거 선생님과의 인터뷰를 준비하느라 저로서는 무척 긴 호흡을 요구하는 작업을 진행하고 있었습니다. 인터넷으로 전해져오는 한국의 소식을 접하면 그 분노와 흥분에 호흡은 몹시 거칠어졌습니다. 그 두 가지 호흡을 동시에 해낼 재간이 없는 저는 몹시 동요했습니다. 한국의 상황을 직접 접하지 못해 제 글이 어떻게 읽힐지 가늠하기가 어려웠지만, 그때그때 끓어오르는 감정만큼은 표현을 통해 게워내야 했습니다. 그렇다고 말끔해지지는 않습니다만, 적어도 표현을 거쳐 제 감정을 대상화하고 싶었습니다.

상황은 시시각각으로 변하고 있기에, 그 유동하는 상황 속에서 함께 움직이면서도 보다 긴 현실의 시간에 뿌리를 내릴 수 있는 글을 쓰고 싶었습니다. 「탄핵은 리콜이다」, 「임계점인가 한계점인가」, 「촛불, 자신과의 승부로 접어들다」라는 글을 연이어 인터넷매체나 책에 발표했습니다. 그렇게 글을 써내고 나서 다시 읽었을 때, 제 글에는 다케우치 요시미의 그 글, 「전쟁체험의 일반화에 대하여」의 영향이 짙게 배어 있었음을 알아차렸습니다. 즉 저는 현실정치에서의 성패보다는 감각상의 변화와 어떻게 연대의식을 기를 수 있을지에 초점을 맞춰 글을 작성했습니다.

한번 달아오른 운동은 늘 분화의 계기를 품습니다. 이번 촛불 사태처럼 여러 세대, 다양한 계층과 배경의 시민들이 참여한 경우라면 더욱 그렇습니다. 운동이 절정을 지났다는 인식이 발생하면, 그 이미지는 빠르게 확산되어 실제로 운동이 잦아들게 만듭니다. 운동이 고양되는 과정에서는 서로 다른 목소리도 공동의 화음을 이루지만,

공동의 상징이 깨지거나 공동의 목표를 상실한 다음에는 같은 현실이라도 체감하는 방식이 갈라집니다. 저는 고양된 분위기 속에서 연대의 기초를 보다 단단히 다져놓지 못한다면, 에너지가 형체를 이루지 못하고 소멸될 때 찾아올 허탈감이 두려웠습니다. 그래서 앞으로 찾아올 분화의 계기를 먼저 상상하고 기존의 정치적인 언어나 현실정치의 지표로는 좀처럼 포착되지 않는 무형의 성과를 주목하여, 그것을 어떻게 가시화하고 보다 많은 이들의 체험으로 일반화시킬 수 있을지를 고민했습니다. 물론 제 글은 그 시기 쏟아진 숱한 글들 가운데 하나였을 뿐, 그 이상의 의미를 지니지 않습니다. 그 글로 몇 분에게나 말을 건넬 수 있었는지도 모르겠습니다. 하지만 제겐 그 대목이 절실했습니다.

아마도 그 사정은 당시에 접하고 있던 텍스트나 만나고 있던 분들의 영향도 크겠죠. 또한 저 자신이 현장에 있지 않아 정치적 언어를 그대로 꺼낼 수 없었기에, 그 거리감을 의식하는 일도 필요했습니다. 현장감을 느끼지만 현장 바깥에 있는 자가 할 수 있는 역할이란 운동의 방향을 제시하는 일도, 운동의 현상황을 분석하는 일도 아닌, 그 현장을 지나간 자들, 싸우느라 바빠서 그들이 흘리고 간 흔적들을 뒤쫓으면서 훑고, 거기서 사상적 과제를 길어올리는 일이라고 생각했습니다.

저는 이제 일본을 떠납니다. 그 전에 일본의 『현대의 이론』이라는 잡지에 촛불에 관한 글을 쓰기로 했습니다. 일본 독자를 대상으로 현장에 있지 않았던 제가 촛불을 소개하는 일은 또 다른 거리감을 안깁니다. 아마도 정보전달자 역할을 맡기는 힘들겠죠. 하지만 쓰고 싶습니다. 일본의 미디어를 통해 접한 한국의 촛불은 너무도 내용이 빈곤한 데다가 대신 선정적이었기 때문입니다. 하지만 잘 표현할 자신은 없습니다. 일본어로 써야 하니 부담스러운 점도 있지만, 생각이 충분히 정리되지 않은 까닭에 제 모어 안에서도 적당한 표현을 발견해내지 못했기 때문입니다.

하지만 쓴다면, 한국에서 촛불이 밝혀진 그 시기, 제가 일본에 있었다는 한계이자 조건을 활용해 내놓고 싶습니다. 그런데 여기서는 또 하나의 거리가 문제로 놓일 것 같습니다. 한국의 상황을 일본에 있는 제가 일본어 독자에게 옮긴다는 거리 말고도, 현재 촛불은 한국에서 표면적으로는 수그러들었다는 상황, 하지만 아무래도 촛불에 관한 글을 쓰면서는 촛불의 절정을 표현하고픈 제 욕구 사이의 거리입니다. 지금은 촛불을 어떻게 유산으로, 되도록이면 공동의 유산으로 삼을 수 있을 것인지에 초점을 맞추고 싶습니다. 그 경우 제가 고를 표현들은 다분히 정치의 언어가 아닌 다른 언어, 사상의 언어에서 찾아오겠죠. 제대로 쓸 수 있을지는 모르겠습니다.

하지만 더한 어려움은 제가 한국으로 돌아간 다음에 찾아오리라고 생각합니다. '반동의 계절'로 접어든 지금, 저는 이곳에서 느끼고 생각했던 것과 어떻게 다른 현실을 한국에서 만나게 될까요. 그 안에서 유산으로 삼을 만한 요소를 발견할 능력이 제게 있을까요.

7. 여행, 수업의 연장

이제 이 년 가까운 일본생활을 마치고 떠납니다. 하지만 바로 한국으로 돌아가지는 않습니다. 한동안 멕시코와 과테말라 등지로 여행을 가려고 합니다. 저로서는 도쿄에서 외국인으로 체류하는 동안 진행되었던 수업의 연장입니다. 한국의 『인물과 사상』이라는 잡지에 여행에 관한 글을 연재하기로 했습니다. 여행기를 쓰려면 자신의 경험을 표현하고, 아울러 타지에서 벌어진 일을 독자에게 전달해야 합니다. 저는 타지의 사건과 맥락을 독자들에게 전달하고, 아울러 제 체험에서 독자들과 공유할 만한 사고거리를 끄집어낸다는 '이중의 번역'에 도전하고 싶습니다.

이것은 도쿄 체류의 경험에서 비롯된 문제의식이기도 합니다. 먼저 여기서 외국인으로 지내는 동안 제가 '한국인'이라는 맥락을 저의 노력으로 재구성해야 한다고 생각했습니다. 사실 그것은 의식하지 않아도 상황으로부터 요구받습니다. 가령 저는 "한국은 말이죠"라며 말을 꺼내게 되는 상황을 자주 겪습니다. 어떤 대화를 나누기 위해서는 한국의 상황이나 조건을 먼저 상대방에게 알려주어야 할 경우가 있습니다. 한국이라는 경계에 갇히지 않고 말을 건네려 하지만, 그러려면 상대방에게 먼저 한국인이라는 '입장'에서 발언해야 하는 역설에 빠지곤 합니다. 그래서 그러한 상황이 뜻하는 바가 무엇인지를 사상적으로 곱씹어볼 필요를 느꼈습니다.

또한 학회 등의 자리에서 연구자들과 이야기를 주고받다 보면 종종 화제가 국가주의나 계급갈등 등 사회문제로 번져가곤 하는데, 그때 상대가 일본 사회의 문제를 지적하면, 저도 그런 문제가 한국 사회에 있다는 식으로 종종 맞장구치곤 했습니다. 물론 비슷한 문제가 양측 사회 안에 있을 수도 있지만, 실은 양상이 다른데도 상대

와의 우호를 위해(그것이 진정한 우호가 아님을 알고 있지만) 혹은
대화의 소재를 이끌어내기 위해 그렇게 말하곤 했습니다. 경우에
따라서는 한국 사회를 거칠게 비판하는 태도가 상대에게 마치 저
자신이 윤리적임을 증명하는 몸짓인 양 여기기도 했습니다.

맥락이 다른데도 양 사회의 문제 양상이 비슷하다고 뭉뚱그리는
이런 대화에서는 미묘한 대목이 가려지며, 말의 위상에서는 같은
용어를 주고받더라도 결국 문제 상황의 무게는 서로에게 공유되지
않습니다. 여기서 저는 타국 사람과의 교류에서 '나'라는 개체가 모
어사회의 상황이나 역사를 얼마만큼 동일시해 대화 속의 소재로 활
용해도 되는가 혹은 교환해도 되는가라는 물음과 만났습니다.

이 물음은 책을 번역하는 동안 느꼈던 "나는 모어의 가능성을 얼
마만큼 체득하고 있는가"라는 앞서의 물음과 합류했습니다. 다시
말하지만, 행간이 많고 품이 넓은 원작을 번역할 때 좋은 문구로 만
들어내지 못하는 까닭은 외국어 능력이 부족해서만은 아닙니다. 오
히려 번역자가 모어의 풍부한 가능성을 충분히 체득하지 못한 까닭
에 번역문을 성숙시킬 수 없는 경우가 많습니다. 괴테는 "외국어를
모르는 사람은 자신의 언어에 대해서도 알지 못한다"고 말했다죠.
비슷한 의미에서 외국의 맥락과 부딪히는 와중에 "모어사회의 상황
을 충분히 몰랐구나"라고 자각하는 경우가 생깁니다. 그러면 상대
의 사회와 비교할 수 있는 형태로 모어사회가 하나의 실체로서 존
재하는지, 모어사회의 상황을 내가 대변하듯이 말해도 되는지, 자
신의 모어문화를 어떻게 이해하고 그 속으로 어떻게 진입할 수 있
는지가 물음으로 부상합니다. 이때 상대의 사회와 모어사회 사이에

서 겉모습의 유사함에 의지하기를 거부하면서도 접점을 발견하려면 또 다른 번역능력이 필요하겠죠.

그것을 이번 여행에서 시도해보려고 합니다. 저는 멕시코 남부의 치아파스주와 과테말라의 몇몇 도시를 다닐 계획입니다. 사실 그 여정을 글로 담아내기에 제 능력은 턱없이 부족합니다. 먼저 멕시코와 과테말라에 관해 정말이지 문외한입니다. 스페인어를 구사할 줄도 모릅니다. 그러나 저는 그 능력의 부족함에서 출발하고 싶습니다. 그 부족함을 제약인 동시에 조건으로 삼아 거기서 표현을 건져 올리고 싶습니다.

그리하여 저는 하나의 이미지를 그립니다. 낯선 텍스트를 접한 독자의 이미지 말입니다. 저는 장소를 텍스트로 삼아 한 명의 신중한 독자가 되고 싶습니다. 낯선 텍스트를 대할 때 어떤 이는 자기 마음에 드는 일구만을 건져갑니다. 어떤 이는 행간을 읽어내기도, 전체상을 움켜쥐기도 합니다. 장소가 텍스트라면, 행간은 그 장소를 살아가는 사람들이 알게 모르게 직조해내는 삶의 논리일 테며, 전체상은 역사에 값할 것입니다. 그렇듯 장소를 텍스트로 삼을 때 배경지식과 문자해독 능력이 부족하다면, 종이로 된 텍스트를 읽을 때보다 행간과 전체상을 읽어내기가 더욱 어려울 것입니다. 또한 장소를 텍스트로 삼는다면, 그 텍스트의 템포에 발을 맞추고 그것의 굴절을 살피고 깊이를 탐사하기란 더욱 풍부하고도 민감한 감수성을 요구할 것입니다. 그만큼 매력적이며, 그만큼 더한 사고의 훈련이 되겠죠.

이번의 여행지에 관해서는 아는 바가 없으니 해석의 뼈대를 잃은 경험들은 파편화될 것입니다. 차라리 그렇다면 그 파편들을 매끄럽게 다듬기보다 파편을 통과하는 과정에서 새로 해석의 뼈대를 만들어내고 싶습니다. 그러려면 경험과 감상의 직접성에 의존하지 말고 그것을 숙성시켜내야 합니다. 장소에 대한 직접적인 사실이 아니라 그 경험을 매개 삼아 제 감상의 내밀한 구석을 규정짓는 힘을 속속들이 들여다보아야 할 것입니다. 즉 체험을 어떻게 표현할 것인가. 이것이 이번 여행에서 핵심적인 과제입니다.

체험은 순간 발생했다가 사라지는데 어떻게 그 흔적을 지속되는 시간 속에서 의미 있는 형태로 가공할 수 있을까요. 그리고 특히 타지에 나갔을 때의 경험에는 언설의 영역에서 포착하기 어려운 감각이 개재되는데 어떻게 그것을 놓치지 않고 거기서 구체적인 사유의 단서를 발견할 수 있을까요. 경험담은 저 자신의 것이지만 제게만 밀착되는 게 아니라 타인과 공유할 만한 요소를 품도록 만들려면 어떻게 표현을 일궈야 할까요. 거기에도 어떤 번역이 있을 것 같습니다.

외국인으로 생활하며 여러분들의 도움으로 얻은 이 문제의식을 비로소 오늘 이 자리에서 처음으로 시도해보았습니다. 잘 되었는지 모르겠습니다. 그래도 저의 체험을 소재로 삼아 여러분들께 작별인사를 드릴 수 있게 되어 기쁘게 생각합니다. 이제 마무리 짓도록 하겠습니다. 오랜 기간 따뜻하게 지켜봐 주셔서 정말로 감사드립니다.

내재하는 적대성

– 촛불운동을 유산으로
삼기 위해

1. 이중의 거리

한국에서 당분간 2008년은 촛불운동이 전개된 해로 기억되리라. 노골적인 양극화 정책을 몰아붙이는 이명박 정권에 대한 대중의 반발은 예감할 수 있으며, 그때마다 촛불운동의 기억은 다시 떠오를 것이기 때문이다. 아니, 촛불운동의 기억은 이명박 대통령의 임기보다 오래가리라. 그 촛불운동에 관해 쓰고 싶다.

하지만 당장 한 가지 거리감과 한 가지 시차를 느낀다. 한국에서 촛불이 켜진 그 기간에 나는 일본에서 생활했다. 인터넷 생중계를 보면서 현장감을 다소 맛보았지만, 현장에 있지 못했다. 또 한 가지, 시차의 문제도 있다. 촛불운동은 적어도 표면적으로는 한풀 꺾인 상태이며, 현재는 이명박 정권의 거센 반격이 한창이다. 시위 참가자를 구속하고, 운동 단체를 탄압하고, 야당 의원을 구속하고, 언론사를 장악하려 들고 있다. 하지만 아직은 촛불운동을 정리할 수 있는 시기도 아니며, 또한 촛불운동이 한창 전개되던 5, 6월의 느낌을 간직하고 있을 수도 없다.

현장에 있지 않았던 자가 절정이 지난 운동에 관해 쓴다면, 그것은 무엇일 수 있을까. 그 조건에서 가능한 역할이란 운동의 방향을 가늠하고 제시하거나 운동을 달구는 일은 아닐 것이다. 그보다는 그 어쩔 수 없는 거리감과 시차를 한계이자 조건으로 삼아 현장을 지나간 자들, 싸우느라 바빴던 그들이 남긴 흔적을 주워가면서 거기서 지금부터 계승할 요소들을 벼려내는 일이 아닐까. 다음에 있을 싸움에 일말의 도움이라도 되기 위해서 말이다.

2. 촛불운동의 행방

이를 위해 숨 가쁘게 지나온 촛불운동의 추이를 계략적으로나마 정리해보고 싶다. 어쩌면 현장에 있었던 이들에게는 불필요한 작업일지 모르겠다. 그러나 그곳에 있지 않았던 나는 몇 번이라도 되돌아가 그 의미를 짚어보고 싶다.

4월 17일, 미국과의 쇠고기 협상 이후 한동안 수입 소고기의 안정성을 두고 정부와 시민단체, 전문가 집단 사이에서 공방이 이어졌다. 그러나 광우병의 위험성은 수십 년 후 광우병 환자가 발생하기 전까지는 궁극적으로 증명될 수 없는 문제였다. 그리고 그때가 되면 이미 증명의 의미를 잃어버린다.

행동으로 논리를 보강했던 이들은 여중고생이었다. 이들은 5월 2일, "미친 소 너나 먹어"와 같은 일상의 언어를 가지고 거리로 나왔으며, 이 사건이 촛불운동의 도화선이 되었다. 이들의 등장은 얼마간 촛불운동의 색깔을 결정했다. 이후 어머니들의 유모차 부대, 샐러리맨, 대학생, 일부 가수와 연예인들까지 생활과 밀착된 언어를 들고 거리로 나왔다. 촛불집회가 축제와도 같았던 까닭은 그곳이 다양한 표현의 전시장이었기 때문이겠다.

한편 '촛불'이라는 상징도 특징적이었다. 당시 경찰과 몇몇 보수 언론 측은 거의 매일같이 진행되던 촛불집회의 참가자의 숫자를 줄 곧 줄여서 발표했는데, 아마도 그들은 촛불과 '생명'의 이미지가 결 합되는 것이 두려웠으리라. 촛불은 번져가는 데, 성장하는 데 특징 이 있다. 또한 촛불은 사람들 사이의 분단선을 잠시나마 지운다. 그 리하여 이번 촛불집회는 운동단체가 자신의 깃발을 들고 나와 딱딱 한 구호를 외치는 풍경과는 사뭇 달랐다. 5월에 번져 오른 촛불은 이윽고 6월 10일 전국 100만 명에 달했다. 출범한 지 수개월도 지나 지 않아 이명박 정권의 지지율은 10%대로 곤두박질쳤다. 전례 없던 일이었다.

촛불운동의 직접적인 발생 계기는 미국산 소고기 문제였지만, 그 밖에도 정부의 내각구성에서 엿보인 부도덕성과 미국과의 협 상과정과 경제정책 운용에서 드러난 무능력, 국민들의 반대여론을 무시하고 대운하 사업과 수도 및 의료민영화 정책 등을 밀어붙이 는 독선적 태도와 이명박 개인의 부적절한 언행 등도 촉매제 역할 을 했다. 하지만 이러한 제도 정치의 요인들보다는 감각상의 변화, 운동을 이끈 동력이자 운동의 성과이기도 한 그곳을 좀 더 주목하 고 싶다.

이번 사태처럼 여러 세대, 다양한 계층과 배경의 시민들이 참가 한 운동은 늘 분화의 계기를 품는다. 운동이 고양되는 과정에서는 서로 다른 목소리도 공동의 화음을 이루지만, 공동의 상징이 깨지거나 공동의 목표를 상실한다면 같은 현실이라도 체감하는 방식은 갈라지며, 그러면 운동이 순식간에 소멸되기 십상이다. 하지만 촛불운동은 지속되었을 뿐 아니라 성장했다. 무엇보다 광우병의 문제에 집중된 운동의 초기단계에서는 '개인과 가족의 건강'이 레토릭으로서 유행하여 운동을 확산시키는 요인인 동시에 현실사태를 파악하는 데 제약으로 작용하기도 했지만, 운동이 진행되면서 촛불운동은 5대 의제(소고기 재협상, 건강보험·공기업 민영화, 교육자율화, 대운하정책, 공영방송 문제)로 발전해나갔다.

운동의 초기에 사람들을 지배하던 감정은 불안과 공포에 가까웠다. 물론 그 공포란 광우병 쇠고기에 대한 것이지만, 불안은 이명박 정권이 등장하기 전부터 존재하고 있었다. 90년대 말 경제위기를 거치고 나서 한국사회에는 미래에 대한 불확실성과 위기감이 감돌았다. 오히려 이명박 정권은 그 불안감에서 탄생했다고 보인다. 만약 마음속에 공포와 분노만이 들어차 있다면, 절규는 터져 나오겠으나 그 절규는 외치는 자에게도 너무 버겁다. 그러나 촛불운동이 진행되면서, 현실의 사태를 대하는 감수성이 풍부해졌다. 무엇보다 다양한 배경의 사람들이 쏟아내는 갖가지 아이디어와 표현들에 힘입은 바가 컸다. 광우병에 대한 공포로 시작된 운동이 이후 이명박 정권의 행태로 인해 분노를 머금고, 운동이 전개되면서 이만큼이나 운동을 이끌어왔다는 자신감과 서로가 만들어낸 소소한 삶의 이야기들 덕택에 흥겨움이 더해졌다. 여유도 유머도 생긴 것이다. 그리하여 운동의 호흡은 길어졌다.

적어도 참가자의 수로 보건대 촛불운동의 절정은 6월 10일이었다. 전국에서 100만 명이 시위에 참가했다. 경찰은 시위대가 청와대로 오는 것을 막기 위해 광화문 일대에 컨테이너 박스로 도로를 막았다. 한 나라의 대통령이 국민들로부터 자신을 지켜야 했던 것이다. 그렇게 세워진 '명박산성'은 분명 이명박 정부의 상징적인 패배를 뜻했다. 하지만 그 사건은 돌이켜보면, 예기치 않은 효과를 불러일으켰다.

촛불운동은 초기에 주로 문화제 형식으로 진행되었다. 그러나 정부가 수수방관하자 앉아 있을 수 없었다. 시민들은 거리로 행진했다. '명박산성'이 세워지면서 청와대는 그 분노가 도리어 응결되는 지점이 되었다. 생활 속으로 번져가던 촛불운동의 행방이 청와대로 행진하는 방향으로 얼마간 수렴된 것이다. 물론 그 효과는 이후에나 알 수 있었다. 6월 20일은 범국민운동본부에서 이명박 대통령 탄핵운동의 시작을 예고한 날이었다. 이를 두고 시민들 사이에서 토론이 오갔다. 6월 29일, 경찰들은 청와대로의 행진을 강경진압하고 나섰다. 경찰의 진압이 심각해지자 7월 1일에 천주교정의구현사제단을 중심으로 한 가톨릭 사제들이 거리로 나와 시민들을 보호했다. 그러나 6월 10일과 7월 1일의 사건은 오버랩되자 의도치 않게 청와대로의 진입을 운동의 성패를 가늠하는 중요한 척도로 만드는 동시에 경찰이 지키고 있는 선을 넘어서면 촛불운동이 폭력화되는 것인 양 느껴지도록 만들었다. 적은 분명해지고(단순화되고), '폭력이냐/비폭력이냐'가 촛불운동을 평가하는 중요한 잣대로 부각되었다. 그 사이에 이명박 대통령의 정치적 지지세력들도 결집했다. 또한 운동기간 동안 촛불운동을 지지할 힘 있는 야당은 부재했으며,

촛불시위의 참가자 역시 너무도 길게 이어진 촛불운동에서 '촛불 피로감'을 느꼈다. 여기에 당시 금강산에서 한국인 관광객이 피살된 사건이나, 독도 문제, 베이징 올림픽 등의 외부 요인이 겹쳐 이명박 정권으로서는 촛불로 집중된 여론을 분산시키는 호재로 작용했다. 그러나 촛불이 수그러들게 된 까닭을 운동 내부의 논리에서 찾는다면 적과 목표, 그리고 표현방식의 단순화가 중요하게 작용했다고 여겨진다. 그리고 이제 '반동의 계절'로 접어들었다.

3. 가늠하기 힘든 성과

촛불운동으로 갓 출범한 이명박 정권은 커다란 타격을 입었다. 촛불운동은 집권초기에 이명박 정권의 국민적 상징성을 부정했다. 이제 이명박 정권은 패러다임 수준의 종합적인 정책을 제시할 기회를 다시 얻기는 힘들 것이다. 또한 촛불운동으로 한반도대운하, 공기업 민영화를 비롯한 이명박 정권의 핵심공약에 차질이 생겼다. 그리고 이명박 정권의 권력을 지지하는 사회의 말단조직(뉴라이트, 관변어용단체, 보수개신교 권력)과 기득권 언론 등과의 유착관계가 너무 일찍 노출되어버렸다. 혹자들은 이명박 정권의 레임덕이 벌써 시작되었다고 말한다.

그러나 촛불 측 역시 정책적 수준에서 얻어낸 성과는 크지 않다. 30개월 이상의 미국산 소고기는 유통되고 있으며, 이명박 정권은 포기선언을 했던 대운하와 민영화 정책을 다시 가동하려는 듯하다. 또한 운동으로 인한 부상자와 구속자는 너무도 많고, 이명박 정부는 인터넷의 표현물에 대한 검열에 나서고 있으며, 얼마 전에는 KBS의 사장을 해임하고 자기 인물을 그 자리에 앉히는 등 언론통제에 나서고 있다. 더구나 여당이 과반수를 넘어선 국회에서 앞으로 이명박 정권의 독재가 예감된다. 독재는 낡은 표현이지만, 이명박 정권은 확실히 낡은 정치로 회귀하려 하고 있다.

하지만 주목하고 싶은 성과는 따로 있다. 이것은 정책의 수준에서도 정치권의 역학관계로도 환원되지 않는 무형의 것이다. 감각상의 성과라고 해야 할지도 모르겠다. 그것이 운동의 동력이자 진정한 성과였다. 첫째, 촛불운동의 참가자들은 표현자의 위치에 섰다. 아고라에서는 하루에도 수만 명의 네티즌이 글을 쏟아내고 읽고 평가했다. 감정적 분노와 이성적 분석과 냉철한 사태 판단까지, 지도부가 따로 존재하지 않았던 이번 운동에서 대중은 판단하고 비평하고 제안하고 기록하는 훈련을 거쳤다. 일본에서 생활하면서도 얼마간 현장감을 느낄 수 있었던 까닭은 촛불집회를 인터넷을 통해 생중계로 볼 수 있었기 때문이다. 촛불집회는 생중계되었고, 그동안에 인터넷에서는 네티즌들이 어디로 행진할 것인지 작전을 세웠으며, 광장에 모여 있는 시위자들에게 경찰의 움직임을 전달했다. 아마도 촛불운동이 조중동의 폐간운동이나, 『한겨레』와 『경향신문』의 구독운동에 나섰던 것도 단지 독자로서보다는 스스로 미디어가 된 경험 덕택이었으리라. 촛불운동의 기간 동안 『한겨레』와 『경향신문』의 구독율은 각각 5배, 15배 증가했다.

둘째, 정치감각이 바뀌었다. 시위참가자들은 정치적 체념의 다른 표현이었던 양비론을 걷어내고 스스로 선택지를 만들어내고 있다(이명박은 양비론의 최대 수혜자였다). 정권이나 정책에 대한 반대와 찬성 사이의 공백지대에서도 생산적 논점을 찾는 시도가 생겨났다. 정치적 선택에서 동기만이 아니라 효과도 고려했으며, 시각을 넓혀 사회의 구석구석까지 침투해 있는 권력관계를 전방위적으로 사고했다. 그 연장선상에서 제도정치의 수준만이 아니라 일상에 뿌리를 내리는 운동도 등장했다. 안전한 먹거리 유통운동, 조중동에 광고를 게재한 기업에 대한 불매운동, 운동의 희생자를 위한 모금운동 등이 전개되었다. 또한 현재는 정권의 검열로부터 자유로운 포털사이트를 제작하려는 움직임이나 '시민공공국민연대'처럼 정책감시기구를 만들자는 제안까지, 거리의 바깥에서도 이후의 운동을 고민하는 움직임들이 엿보인다.

셋째, 사회적 연대감이 회복되었다. IMF 경제위기 이후 한국사회를 감돌았던 불안감은 경쟁사회, 위험사회 속에서 개체로서 고립되어 있다는 데서 연유한다. 하지만 이번 운동에서 여중생들은 교복을 입고, 직장인은 양복을 입고, 예비군은 군복을 입고, 어머니는 유모차를 끌고 거리로 나왔다. 그들이 섞이면 그곳이 그대로 작은 사회를 이룬다. 그리고 그곳에서 큰 사회를 읽어내는 감수성도 움튼다. 어쩌면 이 감수성은 2년 전인 2006년 한미 FTA 반대투쟁에서 기대할 수 있었던 성과였는지 모른다. 한미 FTA가 체결되면, 한국인의 일상의 구석구석까지 엄청난 변화와 파국을 가져올 것이다. 그토록 비싼 대가를 치르고서도 한미 FTA 반대투쟁은 별다른 성과를 얻어내지 못한 채 실패했다. 그 성과, 즉 농민과 노동자와 학생과 주부, 각자의 삶이 서로 얽혀 있으며, 공동의 억압과 불평등에 맞서 함께 싸운다는 감각을 2년이라는 시간이 지나서 얻어낸 것이 아 닐까.

4. 어떻게 기억할 것인가

하지만 그 성과들로 글을 마무리하기에는 역시 결정적 시차가 느껴진다. 최근 1, 2개월 동안 한국에서 들려오는 소식은 이명박 정권이 고등학교에 이어 중학교마저 서열화하거나, 공항이나 은행을 외국계 기업에 매각하려거나, 부자들의 세금을 감면하고 서민들의 복지제도를 축소하거나, 거센 반대여론으로 중단을 선언했던 공기업·의료 민영화나 대운하 정책들을 다시 재개한다는 내용들이었다. 반면에 촛불운동은 여러 매체에서 밀려나 있어 상황을 알기 어려웠다.

저러한 이명박 정부의 동향을 보고 있노라면, 나는 극단적인 상상을 하게 된다. 하지만 그 상상에서 내 손에는 피를 묻히지 않는다. 이렇듯 즉흥적인 분노는 어쩌면 체념의 다른 표현일지도 모른다. 그 분노는 현재의 상황을 바꿔내는 구체적인 일보로 이어지지 않는다. 그래서 호흡을 가다듬고 다시 이 물음으로부터 출발하고 싶다. 그 뜨거운 여름을 어떻게 기억해야 할까. 아직 이른 물음이라는 사실을 알고 있다. 하지만 촛불운동을 과거의 것으로 삼아 떠나보내기 위해서가 아니라 현실 속의 유산으로 계승하기 위해서 이물음을 던져야 한다.

촛불운동이 한창이던 시기에 사상계에서는 촛불운동의 의미를 둘러싸고 논의가 일었다. 그때의 분석들은 단지 지적 취미가 아니라 일종의 서사구도를 만들려는 시도였다. 운동의 서사구도는 참가자로 하여금 자신이 역사와 어떻게 이어져 있는지를 느끼게 하며, 거기서 운동은 소중한 에너지를 얻기 때문이다. 혹자는 이번 촛불운동을 한국의 80년대 민주화 운동의 연장선상에서 보았다. 그리하여 '독재 대 민주화'라는 구도 내지 '미완의 민주화의 완성'라는 관점에서 해석했다. 혹자는 촛불의 새로운 면모를 주목하여, 가령 프랑스의 68혁명을 참조틀로 삼았다. 특히 다양한 주체의 참가 그리고 권위에 대한 반발을 적극적으로 해석하는 경우였다. 물론 유비를 통해서 사회변혁의 사건을 비교한다면, 보이는 것만큼이나 흘려버리는 것이 많다. 다만 87년 민주화 투쟁과 68혁명을 사례가 아니라 구성 요소의 수준에서 참고한다면, 촛불운동을 해석하는 데도 중요한 자원이 될 것이다. 하지만 그 경우도 촛불운동에서 등장했던 언어와 촛불운동을 해석하는 언어 사이의 거리감은 좀처럼 지울 수 없다.

차라리 2000년대에 들어 발생한 새로운 유형의 거리집회는 비교적 가까운 사례인데다가, 이번 운동과 닮은 점이 많다. 2002년 미군 장갑차에 압사된 여중생을 추도하는 촛불집회가 벌어진 이후, 2003년에는 이라크 파병 반대운동, 2004년 한나라당에 의한 노무현 전대통령의 탄핵시도에 반대하는 운동에서 촛불이 등장했다. 그 운동들의 연장선상에서 이번 촛불운동을 해석하는 일은 상당한 설득력을 가진다. 하지만 내게는 그러한 해석이 그 운동들과 지금의 2008년 사이에 있었던 쓰라린 패배를 누락시키고 있는 것만 같아 불안하다.

5. 내재하는 적대성

2004년과 2008년 사이에는 정말 중요한 두 가지 운동이 발생했고 모두 실패했다고 보인다. 2006년에는 정부가 한미FTA를 강행 체결하려는 시도에 반대하는 운동이 있었고, 2007년에는 대추리에서 주민들을 내쫓고, 평택으로 미군 기지를 이전하겠다는 양국 정부의 결정에 맞서 마을을 지키는 운동이 일어났다. 하지만 한미FTA는 체결되었고, 대추리의 주민들은 쫓겨나 지금 그 자리에서 미군기지가 건설 중이다.

그러나 당시 활동가들은 정부하고만 싸운 것이 아니다. 여론과의 힘든 싸움도 있었다. 대추리의 주민들이 마을을 지키려 싸우고 있을 때 많은 사람은 토지보상을 더 받으려고 저런다며 주민들을 비난했다. 한미FTA 문제가 달아올랐을 때는 정부가 제공한 '선진화'의 설익은 선전들에 매달려 반대운동을 하는 영화인들을 집단이기주의라고 매도했다. 물론 당시는 노무현 정권의 시기였다. 그리고 정권은 교체되었다. 하지만 이명박 정권의 등장은 저렇듯 운동을 실패로 몰고 간 논리 내지 감수성의 승리처럼 보였다. 그래서 나는 이번 촛불운동을 정치적 성과를 거둔 과거의 운동과 비교하는 일이 쉽게 내키지 않는다. 그보다는 먼저 최근 몇 년간의 실패의 경험과 겹쳐 사고하고 싶다.

사실 이번 촛불운동의 참가자들이 이명박 정부의 '두 국민 선진화' 정책에 전면적으로 반대한 것은 아니다. 대운하 건설과 공기업·의료 민영화는 반대여론이 높았지만, 평등교육을 훼손하는 자립형 사립 고등학교, 국제중학교 신설은 지지하는 사람이 많아서 얼마 전 교육감 선거에서는 이명박의 교육정책을 반대하는 이른바 '촛불 후보'를 누르고 여당의 후보가 당선되었다.

좀 더 감각의 면으로 내려가 아픈 부분을 지적하자. 이번 촛불운동은 안전한 소고기의 수입을 요구했지만, 피해를 입은 낙농업자에 대한 구제책은 적극적으로 요구하지 않았다. 다소 뜬금없는 사례가 될까. 촛불운동이 한창이던 때, 중국의 쓰촨에서는 대지진이 일어나 많은 중국인이 죽었다. 그러나 그때 한국의 인터넷을 보면 애도보다는 비아냥거리는 반응이 많았다. 이는 공교롭게도 중국의 언론에 소개되어 양국 간의 국민감정은 악화되었다. 그렇듯 인터넷에 중국인을 비하하는 글을 올린 사람들이 촛불운동을 지지한 사람들과 전혀 무관하다고는 생각하지 않는다. 나는 촛불운동의 한계를 말할 작정이 아니다. 그보다는 이번 촛불운동을 생산적인 유산으로 삼기 위해 다소 아프더라도 지난 운동의 실패까지를 포함해서 그 감각상의 일들을 들추고 싶은 것이다. 내게는 정책상의 성과만큼이나 그곳이 중요하게 느껴진다.

내친김에 한 가지를 더 집어보고 싶다. 현재 이명박 대통령에 대한 비판에서는 '친일파'라는 레토릭이 퍼져가고 있다. 지나친 표현이지만, 전혀 근거가 없는 것은 아니다. 이명박 대통령은 식민지사와 국가폭력 등을 조사하고 처리하던 기관인 과거사위원회를 해산하려 하고 있다. 또한 식민지 과거를 묻어두기 위해 올해 8월 15일

을 광복절이 아니라 '건국일'로 개칭했으며, 이명박 정부의 지지기
반인 소위 뉴라이트는 최근에 일본의 식민지배를 미화하는 교과서
를 내놓았다. 물론 이명박 대통령이 오사카 출신이라는 점을 들추
며, 그를 일본명인 '츠키야마 노리히로'라고 부른 대목은 과도하다
고 해야겠다.

그런데 묻고 싶다. 왜 '미국의 개'가 아니라 '친일파'인가. 미국산
소고기 수입도 한미FTA도 미군기지 이전도 모두 미국과 직접적으
로 관련된 문제임에도 불구하고 왜 이명박은 '미국의 개'가 아니라
'친일파'로 불리는가. 아마도 그 경우 일본은 적을 우리의 바깥에서
실체화시켜 상대하기에 편한 매개지만, 미국을 추궁하려면 한국사
회를 움직이는 가치체계도, 우리의 감각들도 되짚어야 하는 부담이
따르기 때문은 아닐까.

나는 이 점을 말하고 싶다. 촛불운동을 진정 유산으로 삼으려면
이명박이라는 존재를, 이명박이라는 적을 우리의 바깥에 둘 것이 아
니라 안으로 품어야 하지 않을까. 촛불운동은 한국사회에서 억압받
는 자와 지배하는 자, 가진 자와 못가진 자들 사이의 적대성을 분명
히 보여주었다. 그리고 촛불운동의 '우리'란 그 억압의 조건에서 저
항하는 자들의 이름이었다. 하지만 그렇듯 '우리'는 이명박 정권과
자신을 구분하고 그 적대성을 분명히 밝히는 표현이었지만, 동시에
'우리'는 이명박으로 대변되는 가치체계를 되묻기 위해 그 적대성을
끌어안아야 하지 않을까.

내게 이명박은 한 개인인 동시에 한국의 성장제일주의의 근대화
가 낳은 한 가지 인간 군상으로 보인다. 혹은 우리가 지닌 어떤 근

성이나 감각이 집약되어 인격화된 모습으로 보인다. 그는 전형적인 인물이며, 그 전형성에서 유례없는 인물이며, 그렇기에 대통령으로 당선되었다. 그러나 이명박은 특별하지 않다. 특별하다기보다 일반인의 감각이 속화된 평균치에 가까울 것이다. 나는 이명박 대통령의 탄핵을 원한다. 그러나 그 탄핵은 이명박 대통령과의 적대성을 안으로 품어, 우리 안의 이명박적 속성과 맞서 싸우는 과정에서 이뤄져야 한다.

물론 이러한 주장은 쉽게 내놓을 수 있는 게 아니다. 어느 운동이건 적을 내재화하려면 가장 높은 성찰력이 요구될 것이다. 더구나 그 작업에서 얻어지는 감각상의 변화는 제도정치의 지표로는 포착되지 않는다. 우리에게는 아직 그 성과를 읽어낼 수 있는 충분한 사상적 준비가 되어 있지 않을지도 모른다. 그러나 격렬한 분노 이후에 찾아온 지금의 체념(적어도 내가 느끼는)이 체념에 그치지 않고, 자신을 응시하는 물음으로 바꿔낼 수 있으려면 우리는 이명박과의 적대성을 안으로 품어야 하지 않을까. 촛불운동은 그곳까지 성장해온 것이 아닐까.

다케우치
요시미의
독자

나는 그저 한 명의 독자다. 그러나 다케우치 요시미의 독자다. 다케우치 요시미의 독자일 경우, 그 '의'는 몹시 불투명하다. 그 '의'에서는 다케우치가 이끄는 강렬함과 그에게로 육박하겠다는 독자의 절실함이 맺어지지만, 그 '의'는 여전히 불투명하다.

다케우치 요시미의 글을 옮기려고 같은 문구를 몇 번이고 읽었다. 내용만이 아니라 말투에도 마음이 끌렸다. 어떤 구절은 전부터 찾아 헤매던 표현 같아 반갑고, 어떤 구절은 내 마음의 응어리를 대신 토해내준 것 같아 연대감을 느꼈다. 그러다가 그 표현을 골라내려면 그가 무언가를 그만큼 버렸으리라는 데 생각이 미쳤다. 그 무언가는 행간에 남아 쓰여진 것의 주위를 감돌며 글의 보이지 않는 버팀목 역할을 하고 있었다. 그의 글을 옮기기 전에는 행간에 잠재되어 있는 무언가에 이토록 마음이 머문 적이 없었다. 글이 대신 토해내준 것 같다던 내 마음의 응어리도 글을 읽고 나서야 그런 것이 내 안에 있었구나 알아차렸다.

다케우치 요시미의 글은 거시적 범주나 이론적 전제에서 출발하지 않고, 유동적이며 불균형하며 미세한 감각의 주름진 곳으로까지 다가간다. 대상을 지식에 꿰맞추지 않으며 오히려 대상의 섬세한 결, 균열, 틈을 민감하게 포착하여 표현을 길어 올린다. 그리하여 비약과 섣부른 추상화를 허용치 않는 한 인간의 지난한 사고과정이 독자인 내게는 오히려 보편적 물음으로 다가온다. 텍스트의 문제의식은 그 짙은 농도로 말미암아 독자에게로 삼투되고 독자는 그 텍스트에 자신의 복잡한 내면세계를 투사하여 거기서 잠재되어 있던 여러 물음이 모습을 이룬다. 나는 이렇게 표현해보고 싶다. 그의 글에는 어떤 번역성이 감돌고 있다. 원문 속에서 이미 번역이 시작되고 있다.

다케우치 요시미는 번역자다. 물론 그는 루쉰의 번역자였다. 말의 번역자였고, 동시에 사상의 번역자였다. 하나의 사상은 구체적인 상황을 향해 던져져 시간의 흐름에 노출된다. 언제까지고 올바를 수 있는 사상이란 존재하지 않는다. 하지만 시간이 지난다고 사상도 그저 바래는 것은 아니다. 과거의 사상은 훗날 특정한 시대에서 조성된 긴장감에 의탁해 다시 모습을 이룬다. 과거 인간의 고뇌를 역사의 뒤에 오는 자로서 되살리려면 어떤 전환이 필요하다. 다케우치는 그 전환을 의식하면서 루쉰의 말에 다시 시대의 숨결을 불어넣고자 했다. 사상을 번역하고자 했다.

그러나 루쉰은 속내를 다 내보이지 않았다. 루쉰은 끝내 우물거리고 있었으며, 말할 때는 무언가를 삼키고서야 토해냈다. 그 순간 루쉰의 내면에서는 무언가가 끓고 있었지만 차갑게 끓고 있었다. 다케우치는 루쉰의 중얼거림에서 그 내면의 동요를 듣고자 했다. 그것이 가능했던 까닭은 다케우치에게 루쉰은 바깥의 해석대상으로 머물지 않고 자신의 고뇌와 마주하는 매개로 작용했기 때문이다. 그는 루쉰이 남긴 문자들을 읽었을 뿐만 아니라 그 문자들을 통해 루쉰이 끌어안고 있던 내적 모순을 헤아리려고 했다. 상대와 그 시대 상황 사이의 긴장관계 속으로 들어가 상대의 텍스트에서 여전히 읽혀지지 않은 사상적 요소를 건져올리려고 했다. 그리고 문자로 남겨진 자료에 다시 생의 호흡을 주입하여 생은 육을 떠났지만 루쉰을 사상적으로 되살리려고 노력했다. 그러한 방식으로 다케우치는 『루쉰』을 통해 사상적 생을 얻었다. 그는 훗날 '유서'와도 같은 심정으로 『루쉰』을 써냈다고 소회를 털어놓은 바 있다. 그러나 진정한 유서는 그가 죽는 순간까지 손에서 놓지 않았던 『루쉰문집』의 번역이었을지도 모른다. 그는 루쉰에게서 사상의 생명을 얻고 육신의 죽음으로 되갚았다.

다케우치 요시미는 번역자다. 물론 말의 번역자며, 사상의 번역자다. 그러나 나는 다케우치가 루쉰을 두고 본질에서 문학가였다고 말했던 의미에서 그가 번역자였다고 믿는다. 그는 정치와 문학 사이의 번역자였으며, 세대감각의 번역자였으며, 정치세력 사이의 번역자였으며, 지식세계와 피부감각 사이의 번역자였다.

다케우치 요시미는 평론가다. 그러나 그가 평론을 썼기 때문이 아니라 그의 글에 담긴 어떤 리얼리티가 여느 학자와 달랐기 때문이다. 다케우치는 이론과 개념세계의 유한성을 꿰뚫어보며 말을 구사했다. 지식의 언어로 구축된 세계와 그 언어가 개재하지 않는 피부감각의 세계 사이의 단층을 민감하게 의식하며 말을 운용했다.

추상 개념들로 문장을 직조할 때도 자기 생의 체험과 고뇌를 문장 속으로 불어넣어 표현의 관성에 저항했다. 나는 여기서 어떤 번역성을 느낀다.

다케우치 요시미는 선각자가 아니었다. 그는 존재의 축소감에 시달렸다. 그것은 루쉰적 기원을 가지고 있는지 모른다. 그는 자신의 활동이 역사적 과제에 답을 내어줄 수 없다면, 그 무력감을 자각했기에 시대의 선각자가 되기보다 역사적 중간물이 되어 사상의 언어로 시대의 물음을 형상화했다. 선각자가 되기를 포기하는 대신 대립하는 가치들과 입장들과 세대들 사이로 들어가 양측의 무게를 받아안으며 그 사이에서 다리를 놓고자 했다. 가령, 그는 정치의 장에서 위태로운 곳에 몸을 뒀다. 차이를 생산하지 못한다면 사라질 운명에 처하는 곳이지만, 적극적인 차이를 만들어내는 곳도 아니었다. 그는 '종이 한 장 차이'라는 표현을 종종 사용했다. 그 '종이 한 장 차이'는 자명한 이론적 전제나 정치적 입장에서 출발하면 식별해낼 수 없다. 동시에 미묘하지만 '차이'라는 점에서 독특한 의미의 자장을 형성한다. 그가 만들어내는 차이란 실재적이라기보다 기능적인 것이었다. 정치세력 간, 세대 간, 지식인과 대중 간의 대치구도 속에서 그가 만들어내는 기능적인 차이는 대립하는 양측을 맞물리게 하여 양측 모두에 결여된 전환의 계기를 주입하는 것이었다. 나는 여기서도 어떤 번역성을 본다.

다케우치 요시미는 사상계와 일상생활의 갖은 문제들을 날실과 씨실로 삼아 열일곱 권에 이르는 다작을 내놓았다. 그의 문제의식은 광범위했으며, 그의 문체는 홀로 솟기보다 시대의 무게를 간직하며 널리 퍼지는 특징을 지녔다. 그리고 다케우치 요시미는 친중파, 아시아주의자, 반근대주의자, 근대적 계몽가, 내셔널리스트, 반마르크스주의자, 민주주의 운동의 사상적 지도자, 학자에 이르지 못한 평론가, 일본의 대표적 지성 등에 이르기까지 상이한 평가를 받았다. 나는 다케우치 사상을 둘러싼 이러한 여러 요소가 저러한 번역성을 낳는 곳과 같은 곳에서 발원한다고 생각한다.

나는 다케우치 요시미의 독자다. 나는 그의 독자로서 저러한 다채로운 면모를 낳은 내면의 풍경으로 들어가고 싶다. 그의 사유의 본원에 이르는 길을 내고 싶다. 하지만 내게는 그럴 만한 역량이 갖춰져 있지 않다. 내가 번역성이라 불러둔 무엇인가를 뿜어내는 곳은 정작 번역불가능하다.

먼저 그의 글에는 혼란을 야기하는 사회적, 역사적 먼지가 잔뜩 껴 있다. 그것은 그가 시대와 공존했기 때문이다. 그는 곤란하고 때로 오염된 문제를 회피하지 않고 격동하는 시대상황의 한복판으로 들어갔다. 그는 시대와 공존했고, 시대의 제약으로 인하여 오류를 범했지만, 그렇기에 시대적 한계를 초월할 가능성도 품었다. 동시에 그것이 다케우치의 글을 불투명하게 만들었다.

그러나 정말로 어렵고, 번역불가능한 지점은 그것이 아니다. 다케우치라면 루쉰을 향해 그림자 혹은 '회심의 축'이라고 불렀을, 다케우치의 그 무언가가 진정 번역불가능하다. 나는 그것을 번역해낼 수도 설명해낼 수도 없다. 다만 내게는 다케우치가 루쉰을 두고 남긴 말들은 다케우치가 자신을 위해 예비해둔 말이라는 직감이 있

다. 다케우치가 루쉰을 향해 다가갔던 방식이, 자신을 향해 다가올
수 있도록 깔아둔 복선이리라는 짐작이 있는 것이다.

　다케우치 요시미 역시 문자를 새길 때 토해낸 것만큼이나 버린
것이 있었다. 이제야 나는 그것들이 마음에 걸리기 시작했다. 나는
그 버린 것들을 훗날 누군가가 건져주기를 그가 바랐다고 믿는다.
그러나 내게는 역부족이다. 그래서 나는 그가 남긴 말을 번역한다.
번역할 수 있는 것을 번역하여 그것을 단서로 삼아 다케우치의 번
역불가능한 곳으로 누군가가 들어서기를 기다린다.

생을
위한
사

1. 생을 위한 사

자본의 논리에서 벗어난 '자유공간'이라는 주제 아래 연구공간 수유+너머(이후로는 수유너머라고 약칭하겠다)의 현주소를 소개해 달라는 청탁을 받았다.

그러나 수유너머의 현주소는 실질적으로도 비유적인 의미에서도 하나가 아니다. 수유너머는 2009년 하반기에 몇 개의 그룹들로 분화되어 네트워크를 이루고 있다. 혹은 해체되었다. 이 중에 어떤 표현이 실상에 가까운지는 아직 알 수 없다. 아무튼 수유너머라는 하나의 운동체는 더 이상 존재하지 않는다.

그래서 나는 누구를 향해, 어떤 위치에서 발화해야 할 것인지를 고민하게 된다. 지금의 상황에서는 수유너머를 모르는 사람들에게 수유너머는 이러한 곳이라며 소개하는 글을 쓰기는 어렵다. 나는 역시 그간 일본어로 출판된 글들을 통해 수유너머의 존재를 알고 있거나, 수유너머에 방문했던 사람들을 독자로서 먼저 의식하게 된다.

그리고 그들에게 바란다. 수유너머가 해체되었다고 알리더라도 '아! 거기도 그렇게 끝났는가'라며 속단하지 말기를 바란다. 수유너머에 관심을 가지고 있던 분들이라면, 탄생과 성장과 죽음이라는 알기 쉬운 서사로 정리하는 것이 아니라, 수유너머를 어떻게 공동의 유산으로 삼을 수 있는지에 관해 생각해주기를 바란다. 재작년 수유너머를 분화하기로 결정했을 때, 나는 중국에 있는 나의 선생에게 무거운 마음으로 상황을 간단히 알렸다. 그녀는 감각적으로 '생을 위한 사'라고 표현했다. 그런 그녀의 이해가 내게는 다음의 일보를 내딛는 데 힘이 되었다. 수유너머의 존재는 과거형이지만, 수유너머라는 문제의식은 여전히 현재형이다. 그런 이해를 외국의 벗들에게 바란다.

나로서는 그 다음의 일보를 내디뎌 지금은 수유너머R이라는 그룹에서 활동하고 있다. 그것의 전진의 일보인지 후퇴의 일보인지는 역시 아직 알 수 없다. 수유너머R은 수유너머에서 분화되어 나온 여러 그룹 가운데 하나지만, 공간은 달라졌고 멤버도 달라졌다. 존재로서의 수유너머는 나 자신에게도 외부의 것이며, 과거의 것이다.

이러한 조건 속에서 나는 수유너머가 생경한 독자들을 향해 내부의 정보전달자의 역할을 맡을 수는 없으며, 수유너머를 회고하듯이 떠올릴 만큼의 시간적 거리를 확보하고 있지도 못하다. 그러나 수유너머에 관해 설명을 하지 않는다면, 이 글의 문맥은 전해지지 않을 것이다. 그래서 나는 시도하고 싶다. 수유너머라는 고유명의 사건을 분해하여 그 존재를 몰랐던 이들과도 공유할 수 있는 사고의 자원으로 삼는 것이다.

그래서 내게 중요한 것은 수유너머에 관한 성공과 실패의 단일서사 같은 것을 쓰는 게 아니다. 대신 그 과정을 분석하고 남겨진 흔적들을 살펴보며 복수의 사상적 물음을 연마해내야 한다. 하나의 과정이 일단락되었을 때, 더구나 쓰라림과 아쉬움을 남기며 멈추었을 때에 범하기 쉬운 오류는 그 결말에서 출발하여 우울한 서사를 만들어내는 것이다. 그것은 자기갱신을 낳는 자기비판이 아니라 자신의 재건을 방해하는 자기부정이다. 감정이 사고의 힘을 압도하는 것이다. 그리하여 수유너머의 과정과 흔적들을 매끄럽게 다듬거나 정돈하기보다는 그것들을 다시 통과하는 과정에서 이해의 지평을 재구성해야 한다. 그러려면 수유너머의 경험을 섣불리 일반화하지 않되, 동시에 경험의 직접성에 얽매이지 않고 그것을 공유가능한 형태로 숙성시켜내야 할 것이다.

2. 수유너머라는 현장

수유너머는 "좋은 앎과 좋은 삶을 일치시킨다"를 모토로 삼았다. 서울의 한복판에서 살면서도 도시의 중산층적 삶의 방식에 편입되지 않고 생활의 코뮨을 만들고, 제도권 바깥에서 지식의 향연을 열고자 했다. 지식이 향연이 되려면 분과의 벽을 넘고 스승과 제자의 위계관계를 극복하며 강렬한 문제의식을 생산해야 했다.

수유너머는 코뮨을 구성하고자 할 때 특정한 이념적 지주를 필요로 하지 않았다. 대신 '외부와의 접속' '경계의 횡단'을 활동의 지향성으로 삼았다. 그 지향성이 이름의 절반인 '너머'에 담겨있다. '너머'란 넘어서다의 명사형이다. 그러나 그저 말에 그친다면, 유행하는 가벼운 말이 될 수 있다. 무언가를 넘어선다는 말은 대게 사변

적인 넘어섬이며, 넘어선다는 사변 속에서 대상을 추상화하고 단순화하기 쉽다. 하지만 수유너머의 일상 속에서 '너머'란 지난한 것이었으며, '너머'를 위한 숱한 마찰들이 수유너머의 개성을 발효시켰다. 수유너머에게 '너머'란 문제의 극복이 아니라 새로운 문제의 제기를 뜻했기 때문이다.

개인적인 차이는 있겠지만, 수유너머의 멤버가 되었던 사람들은 그러한 생활상의 마찰과 문제제기 속에서 세포 깊숙이 잠든 열정을 깨워낸 경험이 있을 것이다. 지식을 상대하고 있지만 회색지대에서 나른함에 빠지고, 지식이 늘어간다는 것은 남의 관념을 기성복으로 삼아 더욱 여러 벌 껴입는 것에 불과할지도 모른다는 불안감이 때로 엄습한다. 끊임없이 새로운 지식을 찾아 헤매다가 지친 눈에 현실의 색채는 흐릿하고 윤곽은 겹쳐 또렷하게 보이지 않는다. 그러나 수유너머는 지식의 생산지였을 뿐만 아니라, 바로 지식을 적용하고 쇄신시켜야 할 현장이었다. 그곳에서 지식행위는 생생한 것이어야 했다.

따라서 수유너머의 '공간'이란 고정된 건물이나 구획을 뜻한다기보다, 시간의 축적을 거쳐 이뤄지는 활동의 배치이자 문제의 장으로서 동적이며, 개방적인 것이었다. 그야말로 '현장(現場)'이었던 것이다.

3. 해체와 생존

그러나 수유너머는 분화되었다. 연구공간 수유+너머라는 고유명을 사용하는 단체는 더 이상 존재하지 않는다. 단체가 사라졌다는 것이 문제의 핵심은 아니다. 그처럼 유동하는 현장이 성장을 멈추고 해체되었다. 그리고 나는 현재 수유너머R이라는 그룹에서 열 두 명의 동료와 함께 공간을 개척하고 있다.

수유너머의 분화는 환경의 변화와 내부의 마찰과 우리 스스로의 결단이 함께 작용한 결과다. 분화를 결정한 데는 동료들마다 이유가 다르겠지만 내가 기대했던 내용만을 밝힌다면, 수유너머가 분화되면 시간의 축적과 함께 쌓여간 내부의 타성을 흔들고, 분화된 만큼 활동의 표면적이 늘어나며, 그렇게 다시 새로운 생을 기약할 수 있기를 바랐다. 어쩌면 분화 혹은 해산은 수유너머의 오랜 바람이기도 했다. 우리는 지속의 나날을 원하지 않았다. 발전적으로 해체되는 것은 우리의 오래된 미래의 전망이었다. 그러나 분화되는 과정에는 고통이 따랐다. 그리고 재작년 수유너머의 분화는 충실하게 준비하여 진행되었다기보다 상황에 내몰렸다고 하는 편이 솔직할지도 모르겠다. 그러나 내가 수유너머에서 배운 한 가지는 이중허리다. 상황에 내몰렸더라도 그 상황을 다시 주체적으로 거머쥐는 것이 우리의 삶의 기술이다.

새로운 운동체인 수유너머R은 이제 갓 1년을 넘겼으며 앞으로의 독자적 생존을 기도하고 있다. 수유너머R은 분화된 다른 그룹보다 규모가 작다. 그리고 지금은 작은 규모를 조건으로 삼아 긴 토론을 앞두고 있다. 별들이 모여 성좌를 이루듯이 한 사람 한 사람이 자신의 개성을 밝히고 함께 밀도 있게 토의하여 수유너머R이라는 새로운 현장을 구성하고자 한다.

당장 올해 가을에 건물의 계약기간이 만료되어 우리 그룹은 이사를 가야 할지도 모른다. 도시살이에서 이사는 특별한 것이 아니지만, 수유너머에서는 가장 중요한 결정사항 가운데 하나였다. 어느 정도의 규모에서 어떻게 공간을 배치하고, 어떤 활동으로 채워나갈 것인가, 월세는 어떤 방식으로 마련할 것인가, 어느 마을로 들어가 어떤 생활의 기반을 활용하고 누구와 만나기를 기대하는가, 연구원들이 공부할 수 있는 한적한 공간을 고를 것인가 외부의 사람들이 쉽게 찾아올 수 있도록 접근성이 좋은 장소를 물색할 것인가. 이사를 논의하다 보면 어떤 요소들을 고려하고 우선시하는지에 관해 서로가 지닌 생각의 차이가 구체적으로 드러나며, 그 차이를 조절하려면 수유너머의 작은 역사를 되돌아보며 미래상을 함께 모색해야 한다.

수유너머R이 이사를 간다면 중요한 쟁점 중의 하나는 식당을 둘 것인지다. 현재 수유너머R에는 밥을 해먹는 공간이 따로 없다. 그러나 어떤 의미에서 과거의 수유너머를 수유너머로 만들었던 것은 함께 밥을 지어서 먹는다는 사실이었다고 생각한다. 함께 식사한다는 것은 지식의 장과 일상의 공간을 결합하고, 연구원들이 생활의 하중을 나눠 갖는다는 의미였다. 또한 식당은 누구나 들어올 수 있는 가장 문턱이 낮은 공간이자, 가장 잡음이 많고, 구체적이고 첨예한 문제가 터져 나오며, 그 문제들을 강렬하게 체험할 수 있는 장이기도 했다.

수유너머에서 밥을 먹으려면 적어도 세 가지 규칙을 따라야 했다. 첫째, 정기적으로 밥을 먹는 사람이 돌아가며 밥을 짓는 것이다.

누구든 연구원이라면 한 달에 네 번가량, 매회 대략 30인분 정도의 식사를 준비하곤 했다. 둘째, 흔적을 남기지 말아야 한다. 그리하여 접시에 남긴 것들은 빵으로 닦아 먹는다. 셋째, 육식을 하지 않는다. 생선이나 계란은 먹지만, 고기는 금지한다. 이러한 윤리적 지침들은 오랜 기간의 문제제기와 훈련을 거쳐 형성되었다.

수유너머R은 앞으로 식당을 만들 것인가. 그렇다면 수유너머의 윤리적 지침을 계승할 것인가. 함께 식사를 하는 생활양식과 거기서의 규칙은 오랜 실험과 훈련이 축적된 결과이니 수유너머의 도달점을 수유너머R의 출발점으로 삼을 수 있다면, 비교적 높은 곳에서 출발할 수 있을 것이다. 그러나 쉽지는 않을 것이다. 우리에게는 식당을 둘 만한 경제력이 부족하며, 열세 명의 회원들이 주방을 일상적으로 운영하려면 생활의 하중이 너무 크고, 또한 수유너머R의 동료 가운데 반은 수유너머의 회원이었지만 반은 그렇지 않아서 윤리적 지침에 관한 견해차가 있을 수 있기 때문이다. 우리는 수유너머의 성과를 참조하면서 우리의 조건에 근거해 다시 방침을 정하고 윤리를 세워야 한다. 우리는 현재 일주일에 한 번씩 각자가 먹을거리를 준비해 와서 함께 밥을 먹는 것으로부터 시작하기로 했다.

공동식사는 한 가지 사례다. 그러나 지금의 단계에서는 다른 활동을 추궁해보아도 같은 지점으로 들어설 것이다. 수유너머R은 생명체라서 각각의 부분으로 나누기는 어렵지만, 사고를 정돈하기 위해 굳이 구분해본다면 일상, 연구, 교육, 운동이 중심축을 이루고 있다. 수유너머R은 그 여러 활동들의 대명사다. 그러나 앞으로 수유너머R이 커진다면 내적 분화와 제도화가 진행될 것이다. 그렇듯 체계화를 거치다 보면 '왜'보다는 '어떻게'라는 물음이 우선시되며, 근본적으로 묻기보다는 능률적으로 해결하는 데 익숙해질지 모른다. 그러나 지금은 원형질에 가까운 상태이기 때문에 어느 쪽으로 문제를 파고드나 전체의 문제와 만날 수 있다. 즉 무엇을 왜 할 것인가. 이 원점의 물음을 에네르기의 상태로 유지할 수 있느냐, 아니면 그 물음이 딱딱하게 굳어가느냐에 코뮨의 생명력이 달려 있다고 생각한다. 그것 또한 수유너머에서 얻은 귀중한 유산이다.

4. 유산의 계승

수유너머R의 앞으로의 생존을 위해 우리는 수유너머의 유산을 생산적으로 계승해야 한다. 그리고 진정한 계승이려면 마이너스의 유산으로부터도 배워야 한다. 수유너머의 유산을 역사화하려면 수유너머를 실패의 서사로 뭉뚱그려서도 안 되지만, 회고조로 미화해서도 안 될 것이다. 좋은 것만이 유산은 아니다. 유산은 역사에 속해 있기에 구체적인 한계를 지니며, 뒤에 오는 자가 그 한계에 내재함으로써 지금의 가능성으로 전화시킬 때, 유산은 진정한 유산이 되는 것이다.

수유너머는 문제가 있는 장이었고, 문제를 생산하는 장이었다. 그 가운데 해결한 것과 남은 것을 가려내지 못한 채 수유너머의 서사를 뭉뚱그린다면 그 실험과 노력들을 헛되이 흘려버리고 말 것이다. 그 유산에 짓눌려서도 안 되지만, 유산을 헛되이 낭비해서도 안 된다. 그러려면 과거의 수유너머를 목표지가 아니라 이정표로 삼아야 한다. 수유너머R에서 활동하던 중에 어떤 문제에 직면한다면 수유너머의 과정을 참고해야 할 것이다. 또한 미리 수유너머가 해결하지 못한 부분을 분석하여 앞으로의 활동에서 참고해야 할 것이다.

나는 수유너머에서 함께 읽었던 사상가들의 사상적 생애를 이렇게 이해한다. 기성의 정신적 체계가 비틀린 자리에서 한 사상, 한 사상가가 출현한다. 그러나 시간이 지나 그 사상을 간직한 사상가의 내적 모순이 평정되어 긴장을 잃는 때가 찾아온다. 내면의 모순이 사그라들면 사상은 평면화된다. 어둠 속에서 토해낸 사상이 빛 아래서 형상을 갖춰가다가 굳어버린다. 안정이 도래한다. 이후로는 지속의 나날이다. 그러면 타락한다. 남들이 바깥에서 볼 때는 발전으로 비쳐질지 모르지만, 생명력을 소진해가는 것이다. 그렇게 응고되지 않으려면 내부 모순을 간직하고 버티는 행위가 필요하다.

그리고 나는 사상가의 사상적 생애를 이해하듯이 수유너머의 생애도 이해하고 싶다. 원형질에서 세포가 분화되고 뼈와 근육으로 갈리며 골격을 갖춰가듯이 수유너머도 출현한 이후에 성장하고 현실과 시간에 노출되며 체계화되어갔다. 물론 여러 사람이 꾸려가는 일상의 영역은 체계를 갖추고 안정되어야 한다. 동시에 일상이 타성에 젖으면, 문제를 포착해 일상을 흔들어야 하며, 그러한 문제제기는 수유너머에서 지속되어왔다.

그러나 나는 일상이 아닌 교육과 연구 활동에서의 타성을 지적하고자 한다. 수유너머는 애초 분과적 구획을 넘어서고, 스승과 제자 사이의 위계적 관계의 극복을 지향했다. 그러나 구획화, 위계화는 우리 안에서도 발생했다.

먼저 수유너머는 학문적 개방성을 지녔다. 여러 전공의 연구자들이 자신의 전공에 얽매이지 않고 테마와 문제의식에 따라 공동연구를 진척해나갔다. 그러나 그러한 개방성 안에서 어떤 폐쇄성도 자라났다. 수유너머는 기존의 담론틀에 얽매이지 않고 새로운 사유와 이론들을 수용했다. 그러나 그것들은 이곳의 현실, 그리고 과거의 사상과 충분히 대결하지 않은 채로 섭취되기도 했다. 저항을 겪지 않기 때문에 새로운 사유는 빠르게 소화된다. 그러나 그만큼 세속화되고 쉽사리 실질을 잃어버린다. 비판적 사유에도 상업적 인장이 찍히고, 역설은 역설로서 받아들여지지 않고, 안티테제는 테제로서 수용된다.

그러한 지식 유입의 방식이 전통처럼 되어버리면 도리어 아무것도 전통이 되지 못한다. 다양한 이론들은 무관련하게 잠입하여 공간적 배치를 바꿔가며 병존한다. 그러한 경우에는 오히려 사고의 획일화와 고립화가 번져간다. 지적인 유행에 민감하면 정신의 쏠림 현상이 생겨나 획일화가 심화된다. 그러나 외부에서 들어온 지식들이 내부에서 교통하지 않은 채 뒤섞임도 충돌도 없이 병존한다면, 정신의 고립화도 동시에 진행된다. 사회화되지 않는 지식은 그 지식을 공부하는 그룹 안에서만 유통된다. 그리고 일상인의 피부감각에 닿지 못한 채 자가소비의 대상으로 전락하기도 한다.

이것이 분과적 경계를 극복하고 나서도 발생할 수 있는 일종의 폐쇄성이라고 한다면, 한편에는 위계화의 문제도 있다. 수유너머는 한국의 사상계에서 분명히 개성을 지녔었다. 다양한 분야의 연구자들의 공동체였으며 현대철학, 자본주의 분석, 근대성 연구, 동아시아 사상사 등 문제적 영역에서 독자적 해석을 내놓았다. 그리고 가령 20세기 초의 근대 계몽기를 근대주의의 강박에서 벗어나 탈근대적 관점에서 조명하는 것처럼 경계를 횡단하는 연구를 진척시켰다.

그러나 한편으로 수유너머의 사회적 개성은 내부의 어떤 몰개성을 대가로 치르고 있다는 징후도 포착되었다. 연구자들이 집단을 이뤄 함께 공부하면 인정욕망이 작동하기 마련이다. 그것은 연구에 매진하는 동력이 되기도 하지만, 한편으로 수유너머처럼 여러 세대가 모여 있는 곳에서는 새로운 세대가 스승의 그늘을 벗어나지 못하는 이유가 되기도 한다. 그런 의미에서 담론을 선도했던 1세대 이후에 다음의 지적 세대가 출현하지 않았다는 인상이 내게는 있다. 혹은 도제제도(徒弟制度)처럼 1세대의 사고를 다음 세대가 반복재생산, 더욱이 축소재생산하는 경향을 느끼기도 했다. 만약 그런 식으로 몇몇 스승들을 중심으로 계열화된다면 폐쇄성도 더욱 짙어지게 된다.

5. 1세대와 공통감각

물론 이러한 진단에는 동의하지 않을 동료도 많을 것이다. 또한 여느 대학이나 연구소와 비교해보건대 수유너머는 분명히 개방적이며 자신의 지식을 사회 속에 뿌리내리려고 노력했다. 그리고 "서로에게 스승이 되기" 위해 여러 프로그램을 힘겹게 운영했다. 그러나 나는 위와 같은 진단을 타 단체와의 상대적 비교를 통해 내놓는 것이 아니다. 사후적 평가를 하려는 것도 아니다. 나 자신을 향한 비판이며, 이제 새로운 시작을 준비하고 있기에 그 마이너스의 유산마저도 앞으로의 밑거름으로 활용하기 위해 짚어두려는 것이다.

나는 사상적 개성이란 바깥에서 새로운 지식을 도입함으로써가 아니라, 자신의 진실은 추상적인 개념틀로 파악될 수 없음을 자각하고, 자신의 조건과 한계에 철저히 내재하여 거기서 타인과 공유할 수 있는 사고와 표현을 이끌어낼 때 생산된다고 믿는다. 그리고 지금 수유너머R은 집단으로서 그러한 개성을 만들어야 할 시기에 직면했다.

수유너머R은 앞으로의 삶의 형태를 모색하기 위해 당분간 토론을 거듭할 것이다. 나는 그 토론과정에서 어떠한 결론이 나오든 간에 그것이 함께 1세대가 되는 경험이기를 바라고 있다. 물론 현재 열세 명의 멤버는 수유너머R의 시작과 함께 하고 있으니 1세대다. 그러나 우리 같은 집단에서 1세대는 생물학적으로만 형성되지 않는다. 1세대란 코뮌의 활동을 전방위적으로 관찰하고 문제제기할 수 있는 사람들이다. 초발심은 점차 잊혀갈지 모른다. 이심전심의 시절은 길게 이어지지 않는다. 시간이 축적되고 규모가 커지다보면 수유너머R 또한 체계화될 것이다. 그 사실을 예감하며 우리는 지금 1세대가 되는 훈련을 해야 한다.

여기서 문제제기란 객관적으로 문제가 있어서 그것을 지적한다는 의미만은 아니다. 우리에게 문제란 만들어내야 하는 것이기도 하다. 문제를 발명하여 현재를 전환기로 움켜쥐는 힘이 필요하다. 그러나 책임감에서 비롯되지 않는 문제제기란 파국의 징후다. 진정한 문제제기는 자신의 무언가를 걸고 남들과 공유할 수 있는 형태로 문제를 제출하여 그것을 해결해나가는 과정에서 성장을 도모하는 것이다. 공동체 안팎의 복잡한 요소들을 고려하여 집단으로 문제를 제기하고 해결해나갈 수 있을 때 1세대가 구성된다고 믿는다.

따라서 1세대는 반드시 수유너머R의 시작과 함께해야 하는 것은 아니다. 이후에 참가한 사람도 1세대가 될 수 있다. 그러나 여기에서는 공통감각이 문제로 남는다. 현재 얼마 되지 않는 수유너머R의 멤버들만을 보더라도 경험의 차이에서 비롯되는 공통감각의 균열이 있다. 수유너머R의 멤버들 가운데는 수유너머에서 오랫동안 활동했던 사람도 있고, 그렇지 않은 사람도 있다. 수유너머라는 무게에서 벗어나고 싶은 사람도 있으며, 수유너머의 유산을 계승하여 여전히 수유너머라는 이름으로 운동하려는 사람도 있다. 물론 그밖에도 각자의 인생경험과 고민의 내용이 다르다.

그러한 차이로 인해 어떤 상황을 체감하는 양상이 달라진다. 수유너머의 유산을 활용하고자 할 때도 그것은 문제로서 작용할 수있다. 가령 수유너머에서는 육식을 하지 않았다. 그것은 윤리적 이유도 있지만, 생활상의 필요도 있었다. 초창기 수유너머는 공간이 비좁았다. 주방이 따로 있지 않았다. 함께 식사를 하면 화장실에서 식기를 닦아야 했다. 그런데 육식을 하면 접시에 기름기가 남고 각자가 식기를 닦으려면 시간이 오래 걸렸다. 또한 식당이 따로 없어서 식사를 한 다음에는 그곳에서 바로 세미나를 해야 했는데, 육식을 하면 냄새가 남았다. 물론 전원이 참가하는 세미나에서 자본주의화된 육식문화에 관해 공부하며 육식 금지를 결정했지만, 그러한 결정에는 생활상의 요구가 크게 반영되었다. 그러나 그 과정을 공유하지 않은 멤버들과 앞으로 채식을 시도하려면 감각의 조율이 필요할지 모른다.

한편으로 자칫 수유너머의 회원이었던 사람들이 수유너머의 유산을 수유너머R에 적용하려고 할 경우, 그들의 경험은 자산이 될 수도 있지만 자칫 권위주의로 흐를 가능성도 있다. 또한 앞으로 수유너머R에서 어떤 실험을 하는 경우, 수유너머의 회원이었던 사람들은 기시감을 느낄지도 모른다. 그것은 전에도 해봤다는 느낌을 갖는 것이다. 그러한 기시감은 피로감으로 작용할 수도 있다. 처음에 길을 개척할 때는 실패로부터도 배우고, 객관적인 환경의 열악함을 주체적인 에너지로 전환시킬 수 있었다면, 지금은 되도록 실패를 피해가려는 심리가 있을지도 모른다. 물론 그러한 의미에서 그들은 수유너머가 지나간 길을 되물으며 진정 수유너머의 유산을 계승할 수 있는 조건에 놓여 있기도 하다.

6. 지식의 용법

우리는 긴 토론을 앞두고 있다. 경험이 다른 우리는 연대의 기초를 다지기 위해 서로 간의 참가동기, 활동에 부여하는 의미, 시시각각 움직이는 과거 체험의 환기작용의 차이를 선명하게 드러낼 필요가 있다. 그 차이들 위에서 공통감각을 형성해야 한다.

그때의 공통감각이란 감각의 균질화를 의미하지 않는다. 개별적 차이를 뭉뚱그리거나 굴곡들을 고르게 만든다는 의미가 아니다. 공통감각의 형성이란, 서로의 다른 생각과 실감의 방식을 바로 일치시킬 수는 없겠지만, 그러한 생각과 감각의 차이로부터 서로 공유할 수 있는 문제의식의 지평을 열어낸다는 의미다.

공통감각을 형성하려면 각자의 생각과 감각은 입장이 다른 타인의 그것과 맺어져야 한다. 그러려면 그것은 사상적 가공을 거쳐야 한다. 즉 각자의 생각과 감각이 그 상태로 굳어버리는 것이 아니라 그 속에서 분해가능하고 성장가능한 요소를 끄집어내 공유가능하도록 연마하는 것이다.

그런 의미에서 우리는 우리의 지식의 용법을 시험하게 될 것이다. 분석대상이 바깥에 있는 것이 아니라 우리 스스로를 분석대상으로 삼는 지적 관계에 들어서야 한다. 바깥의 대상에 관해 말할 때면 추상적이고 과감한 언어를 사용했지만, 우리 스스로를 조명할 때면 어떠한 정신적 매개도 거치지 않고 직접적이며 날것 그대로의 언어밖에 쓸 수 없다면, 그리하여 그 언어가 너무도 초라하다면 우리의 지(知)는 과연 무엇을 뜻하는 것일까.

토론의 과정에서 우리의 지는 자기검증을 거쳐야 한다. 바깥의 지식은 자신의 삶을 통과하고 나서야 진정 자기 정신의 일부를 이룰 수 있다. 이것은 수유너머가 알려준 또 하나의 귀중한 유산이다. 그리고 우리 안에서 풍부한 공통감각을 만들어내기 위해서는 스스로 강한 시차(視差)를 만들어내 자신의 생각과 감각을 타인의 시점에서 고찰해야 할 것이다. 만약 그렇게 공통감각을 만들어나갈 수 있다면, 토론의 과정을 통해 우리가 무엇을 왜 하려는가를 선명하게 확인할 수 있을 것이며, 이사와 주방 등의 문제에 관해서는 자연스럽게 결정의 윤곽이 나올 것이다.

7. 고민의 연대

마지막으로 적고 싶은 것이 있다. 앞으로 수유너머R의 내부 활동방침은 지금의 멤버들이 결정하겠지만, 수유너머는 이미 역사적 자산과 아울러 채무를 가지고 있다. 그것을 채무라고 말한다면 적당한 표현이 아닐지도 모르겠다. 그것은 갚을 수 없는 것이기 때문이다.

수유너머는 이곳을 거쳐 간 여러 사람의 열정과 헌신으로 10년 가까운 삶을 지속할 수 있었다. 그리고 관심과 애정을 갖는 외부의 친구들이 있었기에 그만큼 성장할 수 있었다. 우리는 우리를 수유너머라고 불렀지만, 그 친구들이 그렇게 불러주기도 했다. 수유너머는 우리의 삶의 터전인 동시에 친구들을 만나는 매개이기도 했던 것이다. 그렇기에 수유너머는 사회적인 생명을 얻을 수 있었다.

이 글은 일본어로 옮겨질 것이다. 나는 수유너머에서 일본의 많은 벗들을 만났다. 이 글을 작성하고 있는 지금, 그 구체적인 사람들을 떠올리고 있다. 그리하여 그 만남의 기억들은 이 글이 공론(空論)이 되지 않도록 표현을 고르게 만드는 중력으로 작용하고 있다.

나는 이제껏 일본에서 온 친구들에게 수유너머를 지식공동체, 밥상공동체라고 소개해왔다. 지금 그러한 말은 우리 자신에게 얼마만큼 진실인가. 그리고 이제는 더 이상 수유너머를 단수로서 소개할 수 없다. 지금의 상황을 설명하려면 우리는 보다 깊이 고민해야 할 것이다. 그러나 그 조건이 지금의 우리를 더욱 단련시켜줄 것이라 믿고 있다. 그리고 거기서 전과는 다른 우정이 만들어지기를 기대한다. 그 우정은 입장이나 목표의 동일함을 확인하는 데서가 아니라 고민의 연대를 통해 이루어질 것이다. 그리고 나는 그 우정을 위해 수유너머를 어떻게 공동의 유산으로 삼을 수 있는지를 사고하는 데서 출발하고자 한다.

공동체는 생명체여야 하고 생명체라면 수명을 갖는다. 그것은 나쁜 것이 아니라 자연스러운 것이다. 부침이 있고 성장과 노쇠가 있고 에너지로 등장한 것은 시간이 지나면 굳어간다. 그러나 그 생명체는 외부와의 만남 속에서 다시 생의 동력을 얻기도 한다.

이제 나는 그 끝이 있다는 자각을 가지고 앞으로 임하려고 한다. 나 역시 언제까지고 이곳에서 살아가지는 않을 것이다. 나의 코뮌, 그리고 코뮌 속에서의 나의 삶에는 끝이 있으리라는 자각에서 지금을 출발하고 싶다. 그것 또한 내게는 수유너머로부터 얻은 귀중한 유산이다.

'멀다'와 '가깝다' 사이

1.

2011년 3월 11일, 지진이 일본 도호쿠 지역을 강타한 날 일본의 지인들에게 안부를 묻는 메일을 보냈다. 하루이틀에 걸쳐 다들 답장을 보내줘 일단 안심할 수 있었다.

나는 도쿄에서 2년 가까이 생활한 적이 있다. 그동안 규모는 크지 않더라도 이따금 지진이 일어났다. 뉴스에 지진 속보가 올라오는 것은 낯설지 않은 일상의 풍경이었다. 그러나 이번 지진은 참담한 피해를 내며 일상을 무너뜨렸다. 나는 이미 도쿄 생활을 정리하고 떠나온 뒤였다.

3월 12일, 고등학생들과 만날 일이 있어 지진을 화제로 삼아 강의를 시작했다. 그리고 당부했다. "인터넷에 일본의 사태를 희화화하거나 피해자들에게 상처가 될 글은 쓰지 말아다오."

내가 도쿄에서 체류하던 2008년에는 중국의 쓰촨에서 지진이 일어났다. 그해 내내 일본의 언론 공간에서는 중국이 화두였던 것으로 기억한다. 소위 독만두 사건으로 그해를 시작해, 봄에 티베트 사태가 발발하고, 여름에 베이징 올림픽이 개최되고, 그 사이 쓰촨 지진이 발생한 것이다.

쓰촨 지진 이후 나는 한국의 포털사이트 등을 지켜봤다. 한국의 네티즌들 가운데는 "쌤통이다" "더 죽어야 한다"며 중국인을 조롱하는 자들이 적지 않았다. 한국어를 할 줄 아는 중국의 네티즌이 그런 댓글을 번역해 중국의 사이트에 올렸고, 그리하여 한국인에 대한 감정이 격앙되기도 했다. 하지만 지진의 무서움이 무엇인지를 아는 일본인들의 글은 대체로 중국인을 위로하는 논조였다. 그때 일이 떠올라 고등학생들에게 당부한 것이다. 그러나 비방조의 댓글이 자칫 일본인을 화나게 할 수 있으니 쓰지 말라고 부탁한 것은 아니었다. 무엇보다 그런 뒤틀린 적대감이 자신을 먼저 해칠지도 모른다고 강조했다.

3월 13일, 후쿠시마 원전의 긴박한 사태가 속보로 오르기 시작했다. 연일 보도가 이어지면서 사태의 심각성이 드러났다. 다시 지인들이 염려되었다. 그러나 지진이 발생하자 바로 피해를 확인했던 때와 달리 선뜻 메일을 보내기가 어려웠다. 시시각각 변하는 원전 사태 아래서 어떤 표현을 골라야 할지 조심스러웠다. 어제와 오늘이 다르고 내일이 또 오늘과 어떻게 달라질지 모르는 상황에서 괜찮은지 물어보아도 상대가 답하기란 쉽지 않으리라 짐작했기 때문이다.

그렇게 망설임이 길어지는 동안 한국의 언론 공간에서 일본 사태를 대하는 반응은 전과 다른 양상을 보였다. 특히 사태의 초기에는 쓰촨 지진 때와 분위기가 달랐다. 신문도 인터넷도 민족 감정을 부추기기보다는 인간애를 중시하는 논조였다. 어쩌면 일본의 도호쿠 지역이 중국의 쓰촨보다 실감의 거리가 가까워서였는지 모른다. 이번에는 지리적 인접이 정서적 유대로 옮겨질 수 있었다. 여기저기로 모금 운동이 번져가고 언론사들도 일본 돕기에 거들고 나섰다.

물론 일본 사태를 대하는 반응이 단색은 아니었다. 3월 12일, 나는 『조선일보』 기사를 보고는 경악했다. 이번 지진으로 일본의 내수가 되살아나 장기적으로는 경기가 부양할 것이라는 내용이었다. 해서는 안 될 진단은 아니지만 적어도 그날은 지진이 발발한 다음 날이었다. 사람 목숨이 오가는 다급한 마당인데 너무도 여유를 부리는 기사를 보고는 화가 치밀었다. 『조선일보』만이 아니었다. 뉴스에서는 어김없이 일본 사태가 한국의 주가에 어떤 영향을 줄 것인지가 줄곧 메인으로 올라왔다. 언제부턴가 뉴스를 보면 주가는 전 국민이 기르는 자식처럼 의인화되어 모두가 그 성장을 염려하는 것 같다. 연구실의 동료에게 아마도 우리는 지구 종말 때까지 주식을 할 테고 그때는 종말테마주가 인기일 거라고 쓴 맛으로 말했다.

그러나 전반적으로는 일본을 향한 안타까움 어린 시선, 나아가 고통을 나누려는 태도가 마련되었다. 그간 언론 공간에서 어떤 소재로든 일본이 화제로 부상할 때면 일본은 한국인의 민족감정을 발산시키는 가장 편리한 회로로 기능했으나 이번에는 그 구도에서 벗어날 기미를 보였다.

일본의 시민 정신을 상찬하는 기사도 이어졌다. 참담한 상황 앞에서도 동요하지 않고 질서를 지키는 모습을 세계가 주시하며 감탄하고 있다는 내용이었다. 이런 보도에는 일본인들이 싫더라도 배울 건 배워야 한다는 훈계조가 곁들어지기도 했다. 그러나 나는 이런 보도가 한편으로 불편했다. 일본에서 체류한 경험에 비춰 보건대 일본의 매스컴에서도 "세계가 우릴 지켜보고 있다"는 식의 논조가 기승을 부리며 문제 상황을 덮어두고 있을 것이기 때문이었다.

아무튼 한국의 언론 공간에서는 동정 어린 분위기가 조성되었다. 그러나 그 분위기는 채 3월을 넘기지 못했다. 적어도 신문과 뉴스를 보건대 일본인을 위로하는 분위기는 피해를 바다 건너 구경할 수 있을 때까지만 이어질 수 있었다. 방사성 물질이 바다 건너 한국까지 날아올지도 모른다는 사실이 알려지고 그 우려가 현실화되자 '일본발 재앙'에 대한 두려움이 동정의 감정을 대신하기 시작했다. 결국 애도의 분위기는 피해의 당사자가 아니라는 여유가 있을 때 유지될 수 있었던 것이다.

한 달도 되지 않는 기간에 일본 사태에 대한 보도는 폭증하고 유동하고 바람의 방향에 따라 크게 회전하더니 결국 독도 문제로 안착했다. 일본을 대하는 기존의 프레임은 되살아났고 여전히 건재했다. 그렇게 방사능비를 동반한 바람은 잠시 자리를 잡고 있던 '가까운 일본'을 밀어냈다.

2.

가깝고도 먼 나라. 일본은 곧잘 그렇게 묘사된다. 상투적 표현이지만 이런 수식에는 어떤 진실이 담겨 있는지 모른다. 흔히 '가깝다'는 지리적 거리에서 그렇다는 것이며, '멀다'란 일본과의 민족감정에서 간극이 크다는 의미다.

그러나 일본에서 지내는 동안 나는 '가깝다'와 '멀다'에 관한 다른 원근감을 경험했다. 어느 사회든 그 사회에 관심을 갖고 그곳 사람들 속에서 헤맨다면 그 사회는 가까운 곳이 될 수 있다. 현지인의 살아가는 모습에서 뜻밖에 친근한 구석을 발견하거나 낯선 정경이 마음속에서 바라왔던 장면과 포개지거나 혹은 자신의 것과 닮은 고민을 품은 사람을 만날 수 있을 것이다.

하지만 그 사회와 사람들에게 관심 이상을 갖는다면 가까워지는 만큼 멀어지기도 한다. 진정 그 사회를 소중하게 여긴다면 함부로 다가가 멋대로 의미를 부여하거나 끄집어낼 수 없다. 그 사회에 매력을 느낄수록 서둘러 그 사회의 본질이라고 할 만한 것을 꿰차고 싶어지지만 진정한 애정이라면, 애정의 대상이 타사회라면 인식의 거리도 생겨난다. 진정한 애정이라면 대상에 관한 자신의 인식이 결국 대상의 본질을 알아낸 것이 아니라 자신이 원하는 대로 대상을 연출한 것이었음을 직시하게 될 것이다. 즉 자신의 관심사에 따라 대상을 확대하거나 축소하고 미화하거나 왜곡했던 것이다. 따라서 진정한 애정을 갖는다면, 대상을 멋대로 좋아할 수 없다. 그것이 이웃나라를 대할 때 '가깝고도 멀다'는 말의 진정한 의미가 되어야 한다고 생각한다.

3월 11일 이후의 날들에서 한국사회가 일본을 대하는 기존의 원근감은 동요했다. 한편으로 일본은 기대보다 가까웠다. 후쿠시마 원전 사태가 불거지자 방사성 물질이 한국으로 유입될 것인지에 관심이 쏠렸고, 정부는 한국이 편서풍 지대에 속한다는 근거를 들어 유입 가능성은 거의 없다고 발표했다. 그러나 3월 27일, 정부는 강원도에서 방사성 제논이 발견되었다고 공식 발표해야 했다. 방사성 물질이 캄차카 반도와 시베리아를 따라 일종의 우회경로를 거쳐 한국으로 유입된 것이다(당시 제논 검지기는 강원도에만 있었는데 북한의 핵실험을 모니터링하기 위한 용도였다).

방사성 물질이 대기 중으로 방출된 상황에서는 어느 곳도 충분히 '멀 수 없었다'. 더구나 한국은 일본에서 가장 가까운 나라였다. 지금 내가 거주하는 서울에서 후쿠시마까지는 약 1240킬로미터에 불과하다. '불과하다'라고 표현하는 까닭은 1986년 체르노빌 원전 사고 당시 방사성 물질이 2000킬로미터 이상을 날아가 중부유럽과 북유럽을 덮었기 때문이다. 일본은 가까웠다.

다른 한편에서 일본은 여전히 멀었다. 3월 11일 이후 일본 상황이 매일처럼 기사거리로 오르고 후쿠시마 사태가 실시간으로 보도되었지만 일본인, 일본사회에 관한 시선은 여전히 패턴화되어 있어 인식의 거리를 좁히지 못했다. 일본인의 차분한 대응에 찬사를 보내는 논조도 기존의 일본인론을 강화할 따름이었다. 질서정연한 일본인상은 기존의 일본인론과 결합되어 이면에 있을 혼란과 갈등을 가리는 효과를 낳았다. 그리고 나는 그런 일본인상이, 배려 없고 늘 불평만 뇌까리는 듯한 중국인상과 대비되면서 한국에서 고착되었다고 생각한다.

지진과 해일은 사람을 가리지 않았지만 후쿠시마 사태 이후 피난하는 것은 모두에게 주어지는 공평한 권리가 아니었다. 일본의 다른 지역이나 해외에 연고가 있는 자와 없는 자, 집을 떠나서 지낼 만한 경제적 여력이 있는 자와 없는 자, 그렇게라도 해서 떠날 의지가 있는 자와 삶의 터전을 차마 버리지 못해 머무는 자. 상황이 절박하고 이동이 절실해지면 그 전에서는 드러나지 않았던 복잡미묘한 차이가 부각되며, 그것이 일본사회의 현주소를 읽어내는 핵심적 요소일 것이다. 그러나 급박한 상황에서 벌어진 일들은 기성의 인식 패턴으로 회수되었으며, 그러다가 결국은 독도 문제로 돌아왔다. 파국적인 규모의 지진이 일어났지만 일본인, 일본사회를 대하는 인식에는 균열이 생기지 않았다. 그런 의미에서 일본은 여전히 멀다.

3.

후쿠시마 원전 사태가 번져가는 동안 표현을 고심하며 일본의 지인에게 다시 메일을 보냈다. 그분들이 답장을 보내주셨는데 허락을 구해 한 분의 것을 여기 옮겨둔다.

정성 어린 메일을 보내주셔서 감사합니다. 기쁜 마음으로 답장을 드립니다.

계속 걱정을 끼치고 있군요. 이쪽 상황을 속히 메일로 알려야 한다고 생각하면서도 매일매일 시간을 흘려보내고 있습니다. 언제나 따뜻한 우정을 전하고 있는데 사려 깊지 못한 행동을 이해해 주시기 바랍니다.

후쿠시마 원전은 이웃나라를 전혀 배려하지 않고 일을 저질렀습니다. 귀국으로부터 중국으로부터 러시아로부터 정말이지 여러 도움을 받아 놓고는 무단으로 오염수를 바다로 흘려보내고 오염도를 측정해 놓고도 발표하지 않습니다. 몹쓸 짓을 거듭하고 있습니다. 사과해야 할 정도를 벗어나 있는 사태에 가슴 아프도록 죄송하게 생각합니다.

귀국에서 "일 년 후에는 반경 50킬로미터 내에 사람이 살 수 없게 된다"라는 보도가 나왔다니 다시 마음이 괴로워집니다. 실제로 그런지 저는 알지 못합니다. 그 보도가 사실이라면 일본의 매스컴은 이미 유해무익한 것이겠죠.

어디가 끝인지, 앞일이 무엇인지를 전혀 알지 못한 채 그저 하늘에 기도하며 현장에서 분투하는 것이 지금 할 수 있는 일입니다. 여진도 그치지 않으니 해외에서 사람들이 오지 않는 것도 당연합니다.

제가 사는 곳에서 후쿠시마 원전까지는 200킬로미터 떨어져 있습니다. 그 사이에 도카이무라 원전이 있습니다. 이제야 이 원전이 1960년 안보투쟁 무렵에 건설되기 시작했음을 알았습니다. 비키니 환초에서 자행한 미국의 수폭 실험으로 일본의 참치 어선단이 방사능을 뒤집어쓴 이후 일본에서는 핵실험을 반대하는 기운이 고조되었습니다. 1954년 도호쿠의 태평양 연안은 1960년 5월 칠레 지진의 해일로 큰 피해를 입기도 했습니다.

이런 상황이었는데 도카이무라와 후쿠시마에서 건설되는 원자로에 반대하는 소리는 어째서 커지지 않았는지, 안보조약 체결에 반대하는 목소리와 어째서 합류되지 않았는지 아버지께 물어보고 싶어집니다.

체르노빌을 떠올립니다. 당시 제 딸은 세 살이었습니다. 일본에서도 큰 소란이 났습니다. "밖에서 놀지 마라! 모래에 손대지 마라! 비에 젖지 마라!" 좋은 계절인데도 집 안에 틀어박혀 있던 일을 기억합니다. 당시에는 소련을 향한 비난이 쏟아졌습니다. 거리가 저렇게나 떨어져 있는데도 일본은 패닉이었습니다. 지금 귀국에서의 격정은 거기에 비할 바가 아닐 것입니다. 지금 러시아에서는 검지기를 사용하고 중국과 타이완에서는 물자 입국을 거부하고 유럽에서도 비슷한 일이 벌어지고 있습니다. 25년 전 우리도 그렇게 했습니다.

히로시마에서 나가사키에서 "원폭은 허락할 수 없다"고 염원해온 것은 대체 어찌된 것인지, 적어도 그렇게 염원해온 사람들에게 나는 어떤 행동을 해왔는지, 그것을 생각하면 규탄할 수도 피난할 수도 없습니다.

어찌해야 좋을지 몰라 웅크리고 있을 뿐입니다. 무력감을 곱씹을 뿐입니다. 자기 자리에서 구원의 손길을 내밀어주는 따뜻한 이웃들에게 무력함을 사죄할 뿐입니다.

일찍이 있었던 역사에 이제야말로 응할 때인데, 미안합니다.

이러한 일본에 아끼지 않고 힘을 써주는 당신들의 강한 의지와 진심에 깊이 감사드립니다.

2011년 5월 4일 혼다 히로코

나는 일본에서 체류하는 동안 혼다 히로코 씨를 알게 되었다. 이 편지에서 언급된 "아버지"는 이미 역사 속 인물로 다케우치 요시미라는 사상가다. 나는 그의 글을 번역하고 행적을 좇던 중에 유족분을 만난 것이다.

나는 유족분의 편지에 이어 그분의 아버지인 다케우치 요시미의 문장을 잠시 빌리고 싶다. 이웃나라를 대할 때 내가 찾아 나서려는 거리감을 그 문장이 간직하고 있기 때문이다. 다케우치에게 이웃나라는 중국이었다. 그는 중국연구자였다. 그러나 그에게 중국은 그저 자기 바깥의 연구대상이 아니었으며, 그의 중국연구도 중국에 관한 확실한 지식을 움켜쥐는 데 그 목표가 있지 않았다.

내가 먼저 가져오고 싶은 문장은 「지나와 중국」이라는 글 속에 있다. 이 글은 1937년부터 2년간 베이징으로 유학한 다케우치 요시미가 당시의 심경을 담은 것이다. 먼저 이 글은 제목이 암시하듯 '지나'와 '중국'이라는 말을 구분하고는 그 유래를 설명한다. '중국'은 중화나 화하(華夏)처럼 오래전에 생긴 말이다. 한편 '지나'는 보다 나중에 출현한 말로, 외국인이 중국을 부르던 소리를 한자로 옮겨 적은 것이다. 그리고 일본에서는 다이쇼기를 거치면서 지나라는 말에 멸시의 뉘앙스가 배었다.

그런데 다케우치는 이 글에서 도리어 '중국'보다는 '지나'라는 말에서 느끼는 애착을 토로한다. 마침 당시 일본의 지식계 안에서는 '지나'가 중국인을 업신여기는 말이니 '지나' 대신 '중국'을 사용하자는 주장이 나왔다. 선의도 있었겠고 교착상태에 빠진 중일전쟁을 타개하려는 계산도 있었겠다. 하지만 다케우치는 묻는다. 그게 진정 중국인들의 마음을 알고서 하는 소리인가. 그리하여 이 글의 전반부에서 그는 '지나'와 '중국'이라는 말의 유래를 밝히지만, 그와 어울리지 않게 후반부에는 베이징에서 인력거를 타고 거닐던 때의 감상이 반복된다. 다음은 그 사이에 나오는 문장이다.

> 그런데 나는, 일찍이 중국이라고 입에도 담고 붓으로도 적었던 나는, 지금 입에 담고 붓으로 적기가 영 꺼림칙하다. 이런 변화는 언제쯤 일어났던가. 2년간 베이징에 살게 되면서부터, 나는 지나라는 말에서 잊고 있던 애착을 느끼기 시작했다. 벌써 익숙해진 말인데도 문득 입으로 꺼내면, 이제 와서 뭔가 불편한 중국이라는 울림. 말이란 이토록 부질없이 사람을 놀리는가. … 나는 어떤 이치가 있어 중국을 싫어한 게 아니다. 나는 지나가 내게 어울린다고 직감했다. 지나야말로 내 것이다. 다른 무엇보다도 그게 지금 내 심정에 들어맞는다. … 나는 다만 말의 옛 가락을 사랑하며 그것을 변변찮은 생의 위안으로 삼고 싶을 따름이다. 이 마음의 풍경을 어찌 전해야 좋단 말인가!

본인이 지나와 중국의 유래를 기껏 설명해놓고도 "어떤 이치가 있어" 지나를 고른 것이 아니란다. '이치'를 설명하는 대신 이후에는 인력거로 거리를 거닐던 때의 감상을 늘어놓는다. 인력거를 타면 "감동 없는 지상"에서 벗어나 잠시나마 해방감을 만끽한다. 사고의 힘이 되살아난다. 그러다가 문득 생각한다. 인력거꾼, 목덜미로 땀이 번져 오르는 이 사람, "비참하고 안쓰럽고 그런데도 사람을 부끄럽게 만드는 집요한 본능이 넘쳐흐르는 생명체"에게 "나는 무엇을 해줄 수 있을까". 그렇듯 조리 없는 자문이 몇 차례 거듭되다가 바로 내가 옮겨보고 싶었던 그 문장이 이어진다.

그들(일본의 지식인)이 지나인을 경멸하건 하지 않건 내게는
다르지 않다. 그들은 아이들을 구슬리듯 지나인을 동정할 수 있
다고 믿는지 모른다. 하지만 지나인에게 그만큼 경솔한 짓은 없
다. 동정받아야 할 것은 한 사람의 지나인을 사랑하거나 한 사람
의 지나인을 증오하지 못하는 그들 자신의 빈곤한 정신이다. 만
약 지나라는 말에 지나인이 모멸을 느낀다면 나는 모멸감을 불식
하고 싶다. 언젠가 지나인 앞에서 망설이지 않고 상대의 비위도
신경 쓰지 않고 당당히 지나라고 말할 자신감을 기르고 싶다. 나
는 지나인을 존경할 생각은 없다. 다만 지나에 존경할 만한 인간
이 살고 있음을 안다. 일본에 경멸해 마땅할 인간이 살고 있듯이.
나는 지나인을 사랑해야 한다고 믿지 않는다. 그러나 나는 어떤
지나인을 사랑한다. 그들이 지나인이어서가 아니라 그들이 나와
같은 슬픔을 늘 몸에 간직하고 있어서다.

감히 헤아려 본다면, 다케우치가 말한 "같은 슬픔"이란 유럽의 주
변부에서 근대화를 겪고 있는 자들의 아픔일지 모른다. 아니, 더욱
개인적인 감상일 수도 있겠다. 아무튼 베이징 유학에서 그는 중국
을 자기 바깥에 놓인 대상이 아니라 자신과 대면하는 매개로 경험
했으며, 베이징 유학 동안 그는 중국인을 만나며 자신의 고통과 슬
픔을 대상화할 수 있었다. 그리고 이 대목에서 '중국'과 '지나'라는
말의 어감은 중국에 대한 정치적으로 올바른 입장과 중국인에 대한
개인적인 정감만큼의 거리에서 대응하고 있다.

나는 위의 문장을 따라 적어본다. "동정받아야 할 것은 한 사람의 지나인을 사랑하거나 한 사람의 지나인을 증오하지 못하는 그들 자신의 빈곤한 정신이다." "나는 지나인을 사랑해야 한다고 믿지 않는다. 그러나 나는 어떤 지나인을 사랑한다. 그들이 지나인이어서가 아니라 그들이 나와 같은 슬픔을 늘 몸에 간직하고 있어서다."

일본에서 체류하는 동안 내게는 그 '한 사람의 일본인'들이 생겼다. 비록 역사 속 인물이지만 다케우치 요시미가 그 한 사람이고, 유족분이 그 한 사람이며, 또한 몇몇 그 한 사람들이 있다. 그들이 살아가는 혹은 살다가 떠난 곳이 돌이킬 수 없이 파괴된 것이다. 나는 그 슬픔을 공유하고 싶었다.

4.

그러나 나는 일본에 있지 않았다. 상황 바깥에 있었다. 그래서 조바심을 냈고 무력감을 느꼈다. 3월 11일 이후 멀리 떨어져 메일을 보낼 뿐 좀처럼 일본에 갈 기회를 만들지 못했다. 이곳에서라도 무언가를 해야 했다.

잘 보지 않던 뉴스를 챙겨 봤다. 뉴스는 '일본 사태 특집'을 꾸려 지진과 해일, 원전 사태의 쓰라린 피해 영상을 보여줬다. 그러나 점차 방송사들의 피해 보도는 경쟁적 양상을 띠기 시작했다. 기록하고 기억해야 할 장면이지만 피해자보다는 피해의 스펙터클에 초점을 맞춰 영상적 자극을 제공했다. 그리고 피해자에 관해 보도할 때면 불행의 장면들이 파편화되어 있어 전체상을 알기 어려웠다. 그런 장면이 반복되면 시청자는 그 많은 불행과 고통을 엿보고도 견딜 만해진다. 이미지의 포화상태에 이르면 충격이 점차 엷어진다. 뉴스는 일본 상황의 비참함을 보여주지만 "이건 봐야 할 영상이다"라기보다 "이건 그저 영상일 뿐이다"라고 말하는 것 같았다.

신문도 열심히 들췄다. 신문은 변동하는 일본사회를 깊이 파고들기보다 원전결사대 등의 영웅 만들기 서사나 재해지에서 전해오는 미담을 주로 유통시켰다. 그런 기사들은 참담한 현실을 아름답게 덧칠하고 결과적으로 통각을 무디게 만들었다. 그리고 이제 소식 자체가 끊기고 있다. 여진이 발생하거나 후쿠시마 원전에서 사고가 재발할 때만 보도가 드문드문 이어진다. 사실 여진이란 것도 진도 5에서 7에 이르는 규모지만 3월 11일의 진도 9는 우리의 통각을 자극하는 데 치러야 할 대가를 엄청나게 올려 놓았다.

확실히 현대 사회에서 대중매체는 사건을 창조하고 또 그만큼 낡아빠지게 만드는 유일한 능력을 갖고 있다. 뭐든 손쉬운 흥밋거리로 바꾸고 뭐든 편히 소화할 수 있는 형태로 가공한다. 그리고 경중이 아닌 신선도에 따라 정보의 가치를 매긴다. 일본 사태도 예외는 아니었다. 아무것도 해결되지 않았는데 상품가치를 잃자 서서히 망각 속으로 추방되고 있다.

나는 떠나가는 관심을 조금이라도 붙잡고 싶었다. 비록 사건의 현장에 있지 않지만 뭔가 해야 했다. 사건의 현장에 있지 않은 채 이곳에서 할 수 있는 작업이란 일본이 치른 막대한 희생을 헛되이 흘려보내지 않고 그 희생의 하중을 이식하는 것, 아울러 그 희생을 사상의 위상으로 끌어올려 일본을 대하는 기성의 인식 패턴에 작은 균열이라도 내는 것이었다. 그러나 사건의 현장에 있지 않기에 구체적으로 무얼 거머쥐고 그 작업에 나설 수 있을지를 알지 못했다. 그래서 일본에서 체류하는 동안 얻게 된 일본어 능력을 활용해 번역을 하기로 마음먹었다. 3월 11일 이후 일본에서 나오는 책들을 주시했다.

번역할 책을 고르는 데는 기준이 있었다. 바로 그 '가깝고도 먼' 기존의 거리감을 조금이라도 흔들 수 있는 책이기를 바랐다. 여기서 다케우치 요시미의 문장을 한 가지만 더 가져오고자 한다. 앞서 인용한 문장은 중국을 대하는 다케우치 요시미의 거리감 가운데 절반만을 담고 있기 때문이다. 분명히 그는 "한 사람의 중국인"을 사랑하고 슬픔을 공유하려 했다. 그는 중국인을 향해 다가가고자 했다. 그러나 중국사회를 향해서라면, 섣불리 중국사회를 이해하고 판단하려 들어서는 안 된다며 인식론적 거리를 유지하려 했다. 그래서 나는 「지나와 중국」을 집필하고 나서 3년이 지난 뒤에 발표한 「현대지나 문학정신에 대하여」에서 하나의 문장을 더 가져오고자 한다.

「지나와 중국」에서 다케우치가 '지나'와 '중국'을 구별하고 '지나'에서 느끼는 애착을 토로했다면, 「현대지나 문학정신에 대하여」에서 그는 '현대지나'와 '고전지나'를 구분했다. 먼저 '고전지나'에 관해 그는 말한다. "'천(天)'이나 '유교', '중화사상'이라든가, 내려와서는 '현실적 생활태도'나 '생존본능' 등 지나인 특유의 성격처럼 회자되는 것들은 물론이고 '종법사회(宗法社會)'나 '동양적 정체성', '아시아적 생산양식'까지 이 모두가 한결같이 고전지나라는 추상에서

도입된 원리들이다." 즉 고전지나는 과거형의 지나일 뿐 아니라 어떤 원리를 가지고 사물처럼 쥐락펴락할 수 있는 대상을 뜻하고 있다. 그리고 '현대지나'에 관해 그는 이렇게 적는다. "현대지나를 근대로만 이해할 수 있다는 말은 지나가 독자적 근대를 지녔다는 뜻이다." 즉 현대지나는 바깥에서 끌어온 잣대 혹은 추상적인 원리로는 설명할 수 없으며, 자신의 고유한 근대를 개척해간 지나를 가리킨다. 그리고 뒤이어 내가 옮겨오고 싶은 문장이 나온다.

나는 겉으로 드러나는 현대지나의 혼란과 모순은 고전지나를 규범으로 삼아 바깥에서 부당하게 비판할 것이 아니라 외관으로 드러난 모순 자체에서 출발하여 통일을 향한 근대지나의 국민적 염원이 열렬하다는 표현으로 받아들일 때 비로소 이해되리라고 생각한다. 모순은 대상의 모순이 아니라 인식하는 측의 모순이다.

그가 지나를 고전지나가 아닌 현대지나로 이해해야 한다고 힘주어 말했을 때, 그 발언은 지나에 대한 정확한 이해를 요구했다기보다 지나에 대한 이해에는 일본 측의 자기 이해가 비쳐 있음을 직시해야 한다는 의미였다. 즉 그는 지나에 대한 인식을 자기인식의 문제로 되돌리려 했다. "모순은 대상의 모순이 아니라 인식하는 측의 모순이다." 지나에게서 본 모순은 실은 자기모순인 것이다. 따라서 대상을 섣불리 판단하려 들지 말 것이며, 대상을 이해했다고 여길 때 그것은 대상의 본질을 알아낸 것이 아니라 자신의 관심사가 투영된 대상의 일부를 본 것임을 깨달아야 하며, 대상을 진정 이해하려면 대상이 자신의 이해를 초과해야 하며, 그렇게 대상을 매개해 자기 인식을 갱신해야 한다. 이것이 다케우치가 중국사회를 대하며 유지하려 했던 거리감이다.

번역할 책을 고를 때는 다케우치가 중국인과 중국사회를 향해 보여준 '이중의 거리감'을 일본과의 관계로 옮겨오는 데 보탬이 될 수 있는 책이기를 바랐다. 즉 어떤 일본인의 고뇌에 다가가되, 일본 사회는 멈춰서 있지 않고 유동하고 있으며 더구나 복잡한 양상으로 유동하고 있음을 보여주는 책을 고르고자 했다. 그래서 고민 끝에 『사상으로서의 3·11』이라는 책의 번역에 손을 댔다.

이 책을 손에 넣었을 때 띠지에는 '긴급간행'이라는 네 글자가 선명하게 박힌 위로 이런 문구가 적혀 있었다. "그날 이후 무엇이 바뀐 것일까. 무엇이 바뀌지 않은 것일까. 무엇이 바뀌야 하는 것일까. 생, 사, 자연, 지진 재해, 원자력 발전, 국가, 자본주의 … 바로 지금 사색자들이 묻는다."

'긴급간행'인 까닭은 이 책이 대체로 3, 4월에 작성된 글들을 모아 6월에 출판한 것이기 때문이다. 그처럼 긴박한 상황에서 어떤 일본인들이 무엇을 고민하고 어떻게 표현해냈는지가 궁금했다. 또한 이 책의 제목에는 '사상'이라는 말이 새겨져 있다. 나는 그들이 급박하게 돌아가는 상황 속에 내재하되 상황에 직접 반응하는 게 아니라 어떻게 상황과 사상적 거리감 그리고 긴장감을 유지해내는지를 알고 싶었다.

가혹한 환경은 억센 사상을 낳을 것이다. 현실의 진폭이 클수록 현실에 자신을 투입하고 현실에서 자신을 깨뜨리며 사상은 단련되어갈 것이다. 나는 이렇듯 현실의 사상화와 사상의 현실화라는 이중운동 속에서 작성된 글들을 읽고 또 소개하고 싶었다. 긴박한 상황이기에 거칠겠지만, 사상적 가공을 거쳤기에 길다고 할 수 있는 호흡으로 내놓은 목소리를 옮겨내고 싶었다.

또한 사색자가 아닌 사색자'들'의 글이 담겨 있다는 점에도 마음이 끌렸다. 내게는 목소리가 아닌 목소리'들'이 필요했다. 시간을 두고서 정제시킨 이야기가 아니라 어수선하고 동요하는 상황에서 뒤엉키고 맞부딪치는 복수의 목소리를 듣고 싶었다. 이 책은 그저 여러 목소리를 모아 놓은 게 아니다. 활동가, 사상가, 평론가 혹은 기존의 스펙트럼으로 본다면 좌파, 우파, 자유주의자, 무정부주의자로 분류될 사람들이 같은 사안을 두고 다른 목소리를 낸 것이다. 그리고 그들의 목소리는 기존의 스펙트럼으로 회수될 수 없는 것들이었다. 이처럼 갈라지는 여러 일본인의 목소리들에 귀 기울인다면, 일본사회를 단색으로 처리하는 기존의 인식 패턴에 조금이라도 균열이 생기지 않을까 기대했던 것이다.

5.

3·11로부터 1년이 지났다. 상황은 여전히 진행 중이다. 이 책이 작성된 이후로도 피해는 이어지고 있다.

3월 11일로부터 한 달이 지난 뒤 지진과 해일로 인한 사망자는 1만 4천 명을 넘었고 행방불명자도 1만 2천 명에 달했다. 1995년 한신 지진은 6천 명의 사망자를 냈지만 한 달 후 집계된 행방불명자는 두세 명에 불과했다. 이번 지진에서 이처럼 엄청난 수의 행방불명자가 발생한 까닭은 많은 사람이 해일에 휩쓸려 바다로 떠내려갔기 때문이다. 1년이 지난 지금, 여전히 행방불명 목록에 속해 있는 자는 이제 사망자 안에 포함시켜야 할 것이다. 도쿄전력은 사람들을 휩쓸고 간 그 바다에 '낮은 농도'라면서 방사능 오염수를 배출했다.

도호쿠 지진에 이어진 후쿠시마 사태는 체르노빌에 비견되는 심각한 재앙을 초래했다. 몇몇 과학자는 체르노빌이 아닌 후쿠시마를 인류 최악의 핵 참사로 기록해야 한다는 의견을 냈다. 일본 정부가 국회에 제출한 조사 결과에 따르면 후쿠시마 원전 사고로 유출된 방사성 세슘의 양은 1만 5000테라베크렐에 달하는데, 이는 히로시마 원폭 당시 유출된 양보다 무려 168.5배가 많은 것이라고 한다. 사실 나는 0.5배까지 계산해내는 저 통계가 미덥지 않다. 오히려 저런 통계적 신념이 후쿠시마 사태를 낳은 한 가지 원인으로 자리 잡고 있다고 생각한다.

사태 발생으로부터 한 달이 지나자 후쿠시마 원전 사고의 국제 원자력 사고등급은 체르노빌 때처럼 '7등급'으로까지 올라갔다. 등급은 7까지밖에 없다. 그리고 그 의미를 선뜻 알아듣기 힘든 '계획 피난 구역' '긴급시 피난 준비구역'이 설정되고 '옥내퇴피(屋內退避)' '자발적 피난' 명령이 내려졌다. 10만 명의 이재민들은 머물 수도 떠날 수도 없는 애매한 상황에서 피폭의 위험에 노출되어 있다.

원전결사대로 주목을 모았던 노동자들 가운데서 피폭 사망자가 발생했다. 아직 방사선이 직접적 원인이 되어 죽음에 이른 자는 소수다. 그러나 1년 동안 이재민 가운데 200여 명이 스스로 목숨을 끊었다. 나는 후쿠시마 30킬로미터 인근에 살던 93세 여성이 목숨을 끊은 이야기를 들었다. 그는 "무덤으로 피난갑니다. 죄송합니다"라는 유서를 남겼다고 한다.

그 이야기를 접했을 때 5년 전 오키나와 평화기념관에서 봤던 한 영상물이 떠올랐다. 그 영상물에서 한 여성은 갑자기 절벽 위의 숲에서 뛰쳐나온다. 그러더니 사력으로 달려 그대로 절벽으로 뛰어내렸고, 아마도 죽었을 것이다. 15분 간격으로 반복 재생되는 영상물의 한 장면이었다. 나는 그 수초의 장면이 안긴 충격으로 발걸음을 옮기지 못한 채 한 시간이 넘도록 같은 자리에 서 있었다. 다시 그 여성이 숲에서 뛰쳐나오더니 바다로 떨어진다. 절벽에서 그를 기다리는 것은 처참한 죽음이었다. 그런데도 그는 일순의 망설임도 없이 숲에서 달음질치던 그대로 절벽에서 뛰어내렸다.

오키나와 전투 당시에 찍힌 이 실사물에서 그는 미군에게 쫓기고 있었을 것이다. 미군에게 잡히면 죽을 거라고 생각했고 그래서 도망쳐 절벽으로 뛰어내려 죽었다. 앞에도 뒤에도 결국 죽음뿐인데 대체 미군이 오키나와에서 어떠한 만행을 저질렀기에, 또한 미군에게 붙잡혀선 안 된다는 일본군의 세뇌가 얼마나 지독했기에 서슴없이 절벽으로 뛰어내렸을까. 물음만이 가능할 뿐 나는 그 공포를 가늠할 수 없었다.

그리고 93세의 할머니가 스스로 목숨을 끊었다. 이제껏 한 세기 가까이 살아오셨지만 더 이상 살 기력을 잃으셨던 것일까. 그 생의 마지막 말이 "죄송합니다"였다.

많은 농민도 자살했다. 원전에서 뿌려진 방사성 물질이 간토 전역으로 쏟아져 대지가 한순간에 오염되었다. 방사능 물질이 퇴적된 땅에서 일하는 농민은 나날이 피폭당하고 있으며, 공들여 길러낸 야채는 옥소와 세슘이 검출되어 출하가 금지되었다. 땅이 더럽혀지자 농민은 생존의 근거 그리고 생존 자체를 상실했다. 땅을 버릴 수 없고 전망을 찾을 수 없는 농민들이 스스로 목숨을 끊고 있다.

후쿠시마와 상대적으로 떨어진 도시에서 살아가는 자들에게도 죽음의 그림자가 드리웠다. '죽음의 그림자'는 내부 피폭의 현실에서 결코 문학적 수사가 아니다. 숨 쉬는 공기, 마시는 물, 먹는 음식으로 사람들은 피폭당한다. 방사능 먼지가 아스팔트 위를 떠다니고 있다. 물은 가려서 마셔야 한다. 기준치를 넘은 채소가 유통되고, 후쿠시마산 볏짚을 먹인 소에서 방사능이 검출되고, 먹이사슬을 고려하건대 생선도 이제 안전하지 않다. 죽음을 곁에 둔 채로 일상을 살아가야 한다.

나아가 피해는 사회 곳곳으로 스며들고 있다. 이미 여러 기업이 지진 재해를 이유로 노동자를 해고했다. 재해지의 기업만이 아니라 전국에서 해고가 진행되고 있다. 방사능 물질이 아이들을 먼저 노리듯 해고는 비정규직처럼 열악한 노동조건에 처한 자들을 먼저 향한다.

그리고 도시 하층 빈민에게 향해야 할 지원이 끊기고 있다. 복구를 위해서는 조 단위의 천문학적 비용이 소요될 것으로 예상되며, 정부는 재원 마련을 위해 복지 예산을 삭감하고 있다. 재해 난민에게 사용될 '부흥 자금'은 종래의 사회적 난민(노숙자)에 대한 지원과 바꿔쳐질 것이다. 부흥에는 선별이 따르게 마련이며, 거기서 외면된 자들은 기민으로 유랑하며 방사능 도시를 헤맬 것이다.

6.

그러나 복구니 부흥이니 하는 명목으로 천문학적 비용을 지출하더라도 복구도 부흥도 이뤄낼 수 없을 것이다. 핵폐기물인 우라늄-238의 반감기는 40억 년이다. 그것이야말로 진정 천문학적 수치다. 우라늄-238이야 극히 미량이더라도 흩뿌려진 플루토늄은 종류에 따라 반감기가 88년에서 2만 년에 이른다.

그리고 후쿠시마 사태는 아직 끝나지 않았다. 원자로 안에는 여전히 대량의 핵분열 생성물질이 존재하며 그것들은 스스로 발열하고 있다. 그 열을 냉각시키지 못해 원자로가 녹아내린 것이다. 이제 겨우 원자로를 냉각시키는 1단계에 다다랐으며 원자로의 연료봉을 제거하기까지는 10년 이상이 소요되리라는 보고가 나왔다.

하지만 실상이 무엇인지는 알 수 없다. 인간은 방사능 앞에서 너무나 무력하다. 원자로가 녹고 원전이 폭발할 때는 대량의 증기가 피어올랐다. 함께 방사성 물질이 유출되었다. 그런데 인간이 방사능 물질에 관해 경험할 수 있는 거의 유일한 대상은 증기뿐이었다. 정작 증기는 방사성 물질이 퍼져나가는 걸 막으려고 주입한 물들이 분해되며 생긴 현상이다. 지진 그리고 해일과는 반대로 방사성 물질은 어떠한 감각적 자극도 동반하지 않는다. 보이지도 만져지지도 냄새를 맡을 수도 없다. 방사성 물질 앞에서 인간의 오감은 처절할 만큼 무능하다.

그리고 지진 그리고 해일과는 반대로 원전 사태는 사회를 갈기 갈기 찢어버렸다. 지진과 해일의 가공할 모습과 그로 인한 참담한 피해 장면을 보며 재해민을 돕겠다는 연대의식이 고조될 수 있었다면, 원전 사고로 흩뿌려진 방사성 물질은 무형이기 때문에 각 개인을 고독한 싸움으로 몰아넣었다.

일본 시민에게는 오로지 숫자로 환원된 데이터만이 방사능의 실체를 가늠할 수 있는 유일한 정보로 주어지고 있다. 그러나 그 데이터가 아무리 과학적으로 작성되었다고 한들, 그 수치가 자신에게 무엇을 의미하고 자신이 어떠한 행동에 나서야 하는지는 불분명하다. 방사성 물질은 무형이기에 더욱 공포스럽다. 그리하여 신체에 축적될지 모르는 방사성 물질을 둘러싸고, 방사성 물질에 관한 해석을 둘러싸고 생존의 정보전이 벌어진다.

빗물에서 요오드가 검출되고 공기 중에서 세슘이 나온다. 매일매일이 공방전이다. 수돗물과 채소의 방사능 수치를 확인하며 하루를 돌봐야 한다. 사람들은 진실과 거짓이 뒤엉킨 회색지대에서 혼란에 빠진다. 방사능은 미지의 대상이기에 사람들의 판단과 행동은 일관되지 못하며, 행동을 결정해야 할 때마다 고독한 결단이 요구되며, 입장 차에 따라 대립과 갈등마저 생긴다.

이 공방전에서 정부와 미디어는 오히려 회색지대를 넓히는 데 일조하고 있다. 정부는 자신들이 발표한 수치나 해석 말고는 근거 없는 소문일 뿐이니 동요치 말라고 당부한다. 그러면서 "기준치 이하라서 인체에 영향이 없다"고 발표한다. 하지만 정부가 안전을 운운할수록 불안은 고조된다. 기준치는 1시간 혹은 하루라는 임의적 기준에 근거하고 있으며 장기에 걸친 누적에 관해서는 아무것도 장담 해주지 못한다.

미디어도 믿기 어렵다. 후쿠시마 사태의 책임 당사자인 도쿄전력 은 1년 광고비로 약 200억 엔을 뿌려대는 일본의 3대 광고주다. 현 재 광고공공기구라는 단체는 정부를 거들면서 "소문을 믿지 말자, 사재기를 멈추자"며 빈번하게 광고를 내보내는데 이 단체의 대표가 도쿄전력 사장이다. 그리고 위험을 팔아 번 돈으로 키워낸 원전파 어용학자들이 미디어에 출연해 정부와 도쿄전력의 주장을 옹호하 고 나선다.

이런 광경은 역사적 경위를 거슬러 올라가 그 유래를 들춰낼 수 있다. 그리고 그 장면에서 혼다 히코로 씨가 편지에 적었듯이 히로 시마와 나가사키에 원자폭탄이 투하되어 30만 명이 목숨을 잃은 피 폭국가에서, 그리고 패전 후 "핵무기를 만들지도 갖지도 반입하지 도 않는다"는 비핵3원칙을 채택한 사회에서 어떻게 전후에 곧 원전 이 건설되고, 나아가 일본이 54기의 원전을 보유한 원전대국으로 성장할 수 있었는가라는 물음과 만나게 된다.

혼다 씨의 편지에 등장한 도카이무라 원전은 일본 최초의 것으로 서 1963년에 세워졌다. 이를 위한 단초로서 10년 전인 1954년에 원 자력연구개발 예산이 국회에서 통과되었다. 이때 예산은 2억 3천 5 백만 엔이었는데 핵분열의 원료가 되는 우라늄 235에서 따온 것이 었다. 그리고 1955년에는 원자력기본법이 제정되었다.

즉 히로시마, 나가사키의 피폭으로부터 불과 10년 만에 일본은 원자력을 받아들일 기반을 마련했던 것이다. 그리고 이 장면에서

‘핵의 평화적 이용’이라는 슬로건이 등장했다. 즉 원리적으로 핵발전과 핵무기 개발은 별개의 과정이 아니지만, 논리적으로 핵의 군사적 이용과 평화적 이용, 즉 원폭과 원전을 구분해낸 것이다(현재 일본이 재처리를 통해 분리한 플루토늄 양은 4,800킬로그램이고 사용된 핵연료에 들어 있는 양은 14만 킬로그램이 넘는다. 1,000개가 넘는 핵탄두를 만들 수 있는 양이다. 북한은 대략 45킬로그램을 갖고 있다고 한다).

‘핵의 평화적 이용’이라는 슬로건은 어떻게 피폭국가에서 활개를 칠 수 있었을까. 전후 성립된 냉전 체제에서 소련과 핵경쟁에 나선 미국은 일본에 원자력을 추진하도록 권했다. 그리고 정치인-행정관료-산업계-매스컴-학계로 짜여진 ‘원자력 마피아’가 ‘핵의 평화적 이용’이라는 슬로건을 사회에 유포시켰고, 그때 중추적 역할을 담당한 자가 당시 『요미우리』의 사장이었던 쇼리키 마츠타로다.

혼다 씨의 편지에도 언급되었듯이 1954년 원자력연구개발 예산이 국회를 통과하기 전인 1953년에는 미국에 의한 비키니 환초의 수폭실험으로 제5후쿠류마루가 피폭당하는 사건이 발생했다. 이로써 고조되는 반핵, 반미여론을 내리누르고자 쇼리키는 『요미우리』의 힘을 통해 ‘핵의 평화적 이용’을 국민들에게 세뇌하는 역할을 맡았다.

그런데 역사의 경위를 더 거슬러 올라가자면, 쇼리키는 1925년의 간토 지진 당시 경찰청 장관이었다. 지진이 발생한 후에 조선인들이 우물에 독을 타고 폭동을 일으킨다는 소문이 돌아 6,600여 명의 조선인이 학살당했다. 그 소문은 흉흉해진 민심을 다스리려고 부러

퍼뜨린 것임이 드러났는데, 쇼리키는 거기에 관여했다고 알려져 있다. 즉 식민주의의 역사 속에서 피로 얼룩진 인물이 전후 일본 매스미디어의 중추에 있었으며, 원자력을 밀어붙였던 것이다. 이런 류의 역사적 유래는 원전추진파의 정치가들 가운데서도 찾아낼 수 있을 것이다. 오늘날 일본의 시민들은 오래된 적과 상대하고 있다.

　　7.

　3월 15일, 도쿄도지사인 이시하라 신타로는 "쓰나미를 잘 이용해 사욕을 깨끗이 씻어내야 합니다. … 이건 역시 천벌입니다"라고 말했다. 이것은 패전 시기의 '1억총참회론'에 버금가는 책임회피 논리였다. 그런데도 4월 10일에 실시된 도쿄도지사 선거에서 이시하라는 4선에 성공했다.

　그러나 이 선거의 결과만을 두고 일본사회가 여전히 우경화되었다는 등의 판단을 한다면 섣부를 것이다. 3·11 이후에 치러진 광역단체장·광역의원 선거나 기초자치단체장·기초의원 선거에서는 집권 민주당이 참패하고 원전반대파들이 부상하기도 했다. '원전폐쇄'를 요구하는 시위도 빈발하고 있다.

　너무나 큰 희생을 치르고서야 일본사회에서 원전 정책은 전환기를 맞으려 하고 있다. 일본만이 아니다. 3·11 이후 프랑스에서 태국에서 미국에서 이스라엘에서 변화의 조짐이 보이고 있다. 이 전환은 근본적이라 할 것이다. 아니 근본적이어야 할 것이다. 원자력은 그저 하나의 발전 방식에 불과한 게 아니기 때문이다.

　원자력에너지, 아니 핵에너지라는 말을 잠시 사용하자, 핵에너지는 생명에 적대적이다. 원전은 태양권의 에너지 산출방식을 생태권 속에서 인공적으로 실현시킨다. 핵분열로 끄집어낸 에너지는 지구 생태계에서 자연스럽게 발생할 수 없는 것이며, 따라서 생태계와 공존할 수 없는 것이다. 본래 에너지는 유기체가 외부환경과 상호작용하는 동안 투입과 산출 과정에서 발생한다. 외부환경이 유기체의 내부로 들어오면 에너지 현상이 일어난다. 바로 화석연료는 생명체 내에서 일어난 에너지 현상의 부산물이 오랫동안 응축되고 발효되고 응고되어 화석화된 산물이다. 그런데 원전은 에너지 현상을 생명 현상과 분리시키고 있다.

　물론 화석연료를 사용하면 수만 년 동안 묻혀 있던 대량의 탄소가 한꺼번에 방출되어 생태계의 탄소순환을 교란시킨다. 그것이 인류에게 심각한 재앙을 초래하고 있다. 조금 과하게 말해 인간이 인류의 멸망에 원인제공자가 된다면, 그건 지구온난화와 핵개발일 것이다. 그런데 핵은 또 다른 종말의 시나리오를 품은 지구온난화로 인해 한 시기 르네상스를 맞이했다. 석유가 고갈되는 시대에 저탄소 에너지라는 신화가 확산되어 원전이 증설되었다. 하지만 후쿠시마 사태 이후 원자력 발전은 사양산업으로 접어들 기미를 보이고 있다.

　원자력 발전소는 핵분열로 원자로에서 물을 끓여 터빈을 돌리는 장치인데 핵분열 과정에서는 온실가스가 발생하지 않는다. 그러나 원자력 발전의 전과정을 보면 적잖은 온실가스가 배출된다. 우라늄을 채굴하고 운송하고 제련하고 농축하고 발전소를 가동하고 핵폐기장을 짓는 데는 엄청난 화석연료가 들어간다. 또한 원전에서 냉각수로 사용된 후 초당 7톤 정도가 배출되는 온배수(溫排水)는 주위 바다의 온도를 4~5도 올리며 해양 생태계를 교란시키고 있다. 원전이 (점진적이거나 때로는 파국적으로) 세계의 파괴를 초래한다는 점에서 원전 폐쇄의 움직임은 근본적 사건이다.

또한 원전 폐쇄는 자본주의의 동학에 맞선다는 의미에서도 근본적 사건이다. 더 이상 식민화할 외부를 갖지 않는 자본주의는 외부를 물질 내부에서 발견했으며 그것이 핵에너지다. 아마도 '핵연료 리사이클' 구상은 자본이 바라왔던 영구기관의 꿈일 것이다. 재처리를 통해 사용 후 핵연료에 남아 있는 우라늄과 플루토늄을 뽑아내 고속증식로를 가동하면 다시 연료가 증식되기에 영구적인 발전(發電)과 발전(發展)을 꾀할 수 있다는 것이다. 물론 그건 일본의 고속증식로 몬주의 쓰라린 실패 사례에서 확인할 수 있듯이 불가능한 판타지다. 그러나 원자력 발전은 여전히 제한 없는 개발주의의 망령에 토양이 되고 있다(한국수력원자력의 홈페이지에는 앞으로 우라늄을 쓸 수 있는 기간이 60년인데 재처리를 하면 60배, 즉 3,600년간 쓸 수 있다는 문구가 있다).

원전 폐쇄는 단지 발전의 형태를 바꾸는 것일 뿐 아니라 사회체제를 전환하는 의미를 지닌다. 따라서 지금 일본에서 진행 중인 것은 대량생산-대량유통-대량소비-대량폐기를 유도하는 현대 사회 체제와의 싸움이며, 무한한 성장을 실현해줄 무한한 에너지 사용이 지구상에서 가능하다는 자본주의적 망상과의 싸움이며, 지금 축배를 들고 뒤처리는 미래세대에 맡기자는 반윤리와의 싸움이다.

8.

　그 싸움을 거치면서 1년의 시간 동안 일본사회는 변하고 있다. 후쿠시마 사태 이후 정기점검 중인 원전의 재가동에 제동이 걸리면서 전체 원전의 90%에 가까운 48기가 현재 가동을 멈춘 상태다. 가동 중인 나머지 6기도 정기점검을 위해 운전이 중단될 예정이다. 그리고 2050년까지 모든 원전을 폐쇄하는 안이 나왔다. 물론 앞으로 어떻게 될지 장담할 수는 없다. 대체로 인간의 분노와 기억은 체제의 관성을 넘어설 만큼 오래 지속되지 못한다.

　이웃나라 한국은 어떠한가. 현재 한국에는 21기의 원전이 돌아가고 있다. 일본에 비하면 개수가 절반에 불과하지만 국토면적 1제곱킬로미터당 원자력 발전 용량을 비교하면 180킬로와트/제곱킬로미터로서 일본의 130킬로와트/제곱킬로미터를 이미 능가한다. 그리고 이명박 정부는 2008년 '저탄소 녹색성장'이라는 기치를 내세우며 2024년까지 13기를 추가로 증설해 원자력 발전 비중을 60%로까지 끌어올린다는 계획을 세웠다. 그 경우 한국은 세계에서 원전밀집도가 가장 높은 나라가 된다. 3·11 이후에도 그 계획은 수정된 바 없다. 오히려 2020년까지 6조 원을 원전에 쏟아붓겠다고 밝혔다. 이명박 정부는 원전의 대안을 모색하는 게 아니라 원전을 유일한 대안으로 삼고 있다.

　한국에서 원전의 필요성을 강조할 때면 "기름 한 방울 안 나는 나라"라는 상투구가 늘 따라다닌다. 하지만 기름 한 방울 안 나는 수많은 나라 가운데 한국만큼 원전에 의존하는 나라는 드물다. 정부는 전력산업기반기금의 1% 미만을 재생에너지 개발에 사용하지만, 훨씬 많은 액수인 100억 원을 매해 '원자력 에너지는 값싼 에너지, 안전한 에너지, 깨끗한 에너지'라고 홍보하는 데 지출하고 있다.

그러나 원자력 에너지는 값싸지도 안전하지도 친환경적이지도 않다. 친환경적이지 않음은 앞서 언급했으며 후쿠시마 사태 이후에는 반환경적임이 증명되었다. 또한 원자력 에너지는 싸지도 않다. 원자력 발전의 전력단가가 저렴하게 나오는 까닭은 전력생산 이전과 이후의 과정을 제하고 계산하기 때문이다.

이명박 정부가 UAE 원전 수주에 환호했듯이 원전을 건설하려면 1기당 4~5조 원의 비용이 들어간다. 또한 원전은 가동 중에도 비효율적이다. 원전은 1기의 규모가 1,000메가와트~1,500메가와트로서 발전소 가운데 가장 크고, 일단 가동을 시작하면 출력을 조절하기가 힘들다. 따라서 시간과 계절에 따라 잉여전력이 발생한다. 전력은 생산하는 동시에 소비하지 않으면 전력망이 불안해진다. 그런데 원전의 경우 출력 조절이 어렵기 때문에 원전이 개발되면 전력과소비를 부추기며, 이것이 전력의 수요를 늘려 다시 원전을 짓도록 이끄는 악순환을 야기한다. 밤에 전기를 싸게 공급하는 심야전력정책은 원자력 발전의 비중이 급격히 늘어난 1980년대 중반에 도입되었다.

그리고 원전을 가동하면 핵폐기물이 생긴다. 어느 나라도 핵폐기물에 관한 근본적 해결책을 찾지 못했다. 재처리해서 다시 사용할 게 아니라면 핵폐기장을 건설해야 한다. 그리고 어느 나라도 재처리 작업에 성공하지 못했다. 결국 원전을 건설할 때처럼 안전한 곳을 찾아 묻어두는 수밖에 없는데, 대체로 원전이 건설될 때처럼 안전한 곳보다는 정치적 반대가 적은 곳에 핵폐기장이 들어선다. 그리고 수명이 30년에 불과한 원전을 해체하려면 1기당 1조 원에 육박하는 비용이 들어간다. 이것들이 원전의 경제성을 주장하던 계산에서 누락되거나 왜곡되어 반영되기 때문에 원자력 에너지는 값싼 에너지로 둔갑할 수 있는 것이다.

더구나 핵폐기물은 매립된 후에도 '끌 수 없는 불'로 남는다. 핵폐기물은 썩지 않는 위험한 쓰레기다. 단군 할아버지가 핵폐기물을 묻었다면 우리는 지금껏 그걸 관리해야 한다. 우리는 우리 시대의 문제를 대책 없이 미루고, 우리 시대에 처리하지 못한 폐기물을 미래 세대에게 남겨두고 있다. 아니, 먼 미래의 일도 아니다. 고리 1호기는 6년 후인 2018년에 폐쇄가 예정되어 있다. 그러나 어떻게 처리할 것인지를 아직 결정하지 못한 채다.

물론 이상은 큰 고장과 사고 없이 원전을 사용했을 때의 이야기다. 후쿠시마 사태로부터 1년이 지난 지금 반경 30킬로미터 이내의 주민들이 대피해야 했으며, 체르노빌의 경우 사반세기가 지난 지금도 접근이 제한되어 있다. 고리 원전의 반경 30킬로미터 이내에는 300만 명 이상이 거주하고 있다.

원전추진파는 희박한 사고 위험성 때문에 원전을 포기하자는 주장은 문명을 과거로 되돌리자는 것이라며 비난한다. 그러나 원전 1기당 사고확률이 0.1% 미만이라 하더라도 전세계에 450여 기의 원자로가 있으니 거기에 450을 곱해야 할 것이다. 그리고 원전 사고는 실제로 일어난다. 1979년 쓰리마일, 1986년 체르노빌, 1999년 도카이무라에 이어 2011년 후쿠시마까지 10년 꼴로 큰 사고가 터지고 있다.

9.

현재 한국 정부는 13기의 원전을 증설할 계획을 세워뒀을 뿐 아니라 원전 수주라는 야무진 꿈을 꾸고 있다. 2009년 UAE에 원전을 수출하고 나서는 2030년까지 80기를 수출해 세계 3대 원전강국으로 도약하겠다는 '원자력발전 수출산업화 전략'을 수립했으며 지식경제부는 원전수출진흥과를, 한국전력은 원전수출본부를 신설했다.

후쿠시마 사태가 터졌지만, 한국 정부는 오히려 경쟁자 일본을 물리치고 원전수출산업의 선두주자로 나설 기회라고 여기는 모양이다. 실제로 일본이 원전 건설 계획을 취소하려는 터키 등지로 손을 뻗고 있다. 후쿠시마로부터 교훈을 얻지 못하고 있다.

후쿠시마의 교훈. 이웃나라가 이처럼 막대한 희생을 치른다면 그 희생을 깊이 새기고 그 희생에서 배우는 것은 중요한 연대의 방식이다. 그리고 그때의 교훈이란 원전 정책 재검토를 넘어서는 의미를 지닐 것이다.

그러나 이미 길어진 역자 서문을 나는 여기서 매듭지을 수 없다. 후쿠시마 사태 이후 "반면교사로 삼는다" "타산지석으로 여긴다"는 말들이 자주 등장하며 또한 소중하지만, 거기서 일본은 여전히 먼 대상일 뿐이다. 내가 추구하려는 거리감이 아닌 것이다.

이 책은 3월 11일에 출간될 것이다. 작년 12월이 되어서야 번역에 착수해 출간일에 맞추느라 2주가량 번역에만 매달렸다. 한편으로는 바라던 시간이었다. 번역에 자신을 몰아넣고 일본 사태에 관해 고민할 수 있는 시간을 확보해두고 싶었다. 그러나 출간일에 맞춰 서두르는 동안 의문이 들었다. "왜 3월 11일에 이 책이 나와야 할까."

물론 3월 11일은 도호쿠 지진 1주년이며, 더욱이 『사상으로서의 3·11』이라는 책에 더할 나위 없이 어울리는 날일 것이다. 그러나 3·11은 여느 역사적 사건의 발발일, 특히 여느 재해의 발발일과는 달리 기억되어야 할 것이다. 1주년, 2주년이 쌓여가더라도 시간의 누적분만큼 3·11로부터 멀어져갈 수는 없다. 3·11은 이제 막 시작된 사건의 날이며, 그 사건은 끝을 알지 못하기 때문이다. 그래서 여느 1주년이라는 의미에서 이 책의 출간일을 3월 11일로 잡는다면, 그건 3·11이라는 사건의 본질에서 벗어나는 일인지 모른다. 3·11 이후 우리에게 편안한 회고의 시간은 허락되지 않는다.

그래서 나는 이 책을 내느라 서둘러야 하는 실질적인 이유를 찾고 싶었다. 그게 번역자로서 주제넘을 만큼 긴 서문을 쓰고 있는 이유기도 하다. 3월 11일로부터 한 달 뒤인 4월 11일, 복수의 한 장면이 되어야 할 총선의 날, 어느 일본인들이 서울 한복판에서 방사능 묻은 텐트를 세울 것이다. 나는 한 달 앞서 그날을 미리 기록해두고자 한다.

그들은 아스팔트 위에 텐트를 세우고 연극을 할 것이다. 통상 한 편의 연극은 극장에서 반복 상연되지만, 그들은 한 편의 연극을 공연하기 위해 한 장소에 텐트를 세우고, 한 차례의 공연이 끝나면 텐트를 걷고 떠난다. 그렇게 새로운 연극을 만들어 사용하고 버린다. 두 번 다시 그 연기를 하지 않기 위해 수개월을 준비해온 정렬로 단 한 번의 연기를 한다. 나는 그들의 연극이 있음을 미리 알리고자 한다.

그들 가운데 사쿠라이 다이조 씨가 있다. 극작가이자 배우다. 일본에서 체류하는 동안 그와 교류했다. 그는 텐트 연극에 관한 자신의 가설을 들려줬다. 그에게 텐트는 극장의 대용물이 아니다. 텐트의 얇은 천 한 장으로 현실공간의 일부를 잘라내 거기에 함몰을 만든다. 그 함몰 속에서 공연함으로써 바깥 현실을 허구화한다. 텐트속에서 시간의 서열은 뒤바뀌고, 공간은 엿가락처럼 늘어나거나 뒤틀리고, 가로였던 세계는 세로로 세워진다. 기성의 논리가 전복된다. 이게 텐트 연극에 관한 그의 가설이다. 그래서 그의 연극은 부조리극이다. 그러나 그가 텐트 안에서 부조리한 상황을 만들어내는 까닭은 텐트의 바깥 세계, 소비자본주의야말로 인간의 결핍을 소비로 메우는 부조리이기 때문이다. 그는 텐트를 세워 부조리를 두고 소비자본주의와 쟁탈전을 벌인다.

4월에 공연을 하는 그들은 대체로 '바람의 여단'이라 불렸던 극단의 단원들이다. '바람의 여단'은 1982년에 창설되었다. 1980년 광주, 그때 사쿠라이 씨와 동료들은 현장에 있었다. 그들은 광주를 체험하고 일본으로 돌아갔다. 그리고 이웃나라에서 '역사화되지 않은 역사'를 자국에서 실현하고자 텐트를 짊어지고 전국으로 공연을 다녔다.

'바람의 여단'의 첫 작품은 간토 지진 시기에 살해당해 아라카와를 가득 메우고 있는 조선인의 뼈를 파내는 것이었다. 극단은 강가에 텐트를 세우고 뼈를 파내려 했고, 수백 명의 경찰기동대는 그들이 강가로 들어가지 못하도록 막았다. 대치상황은 일주일간 계속되었다.

또한 「수정의 밤」이라는 작품에서 주인공은 조선인 종군위안부였다. 그는 위안소에서 아이를 낳지만 기를 수 없어 변소에 버린다. 그러고는 정신이 나가 위안소에서 쫓겨나 산속 동굴에서 살아간다. 한편 강제징용당해 천황의 어소(御所)를 짓던 조선인 노동자는 탈출해 변기 속으로 숨어든다. 거기서 갓난아이와 만나 천황 흉내를 내는 놀이를 한다. 그러다가 아이를 버린 어머니가 똥으로 범벅이 된 조선인 노동자를 만난다. 어머니는 그 노동자를 천황이라고 착각해 "갓난아이를 돌려주세요"라고 직소한다. 노동자는 천황의 말버릇을 흉내 내며 대꾸한다. 조선인에게 천황 역을 맡긴 문제작이었다.

'바람의 여단'은 20년 가까운 시간 동안 텐트를 매개하여 지워진 조선의 시간을 일본사회 안으로 들이고자 했다. 말소되어가는 조선의 기억을 일본사회로 주입하는 것이 그들에게는 광주의 계승이자 '반일'의 행동이었다. 그들은 텐트로 죽은 자를 불러들인다. 거기서는 역사 속에 있었지만 역사화되지 않은 자들이 출현한다.

다케우치 요시미에게 지나와 중국이 다른 의미였듯이 그들에게 조선과 한국은 같지 않다. 사쿠라이 씨는 언젠가 이렇게 말했다. "한국에서 조선이 점차 지워지고 있다. 그래서 내가 서 있을 곳도 사라지고 있다." 나는 그의 발언을 이해하고 싶었고 그들의 연극을 기다렸다.

원래 이번 공연은 작년 봄에 하기로 예정된 것이었다. 그러나 3·11로 인해 계획이 무기한 연기되었다가 1년이 지나서야 성사되는 것이다. 그동안 그들은 원전 재해지에 텐트를 세웠다. 재해민이 모여든 텐트 안에서 그들은 이렇게 공연을 시작했다. "오메데또 고자이마스(축하합니다)." 사쿠라이 씨는 그 말을 꺼내려고 공연을 기획했다고 말했다. 함께 우는 일은 차라리 쉬웠다. 그러나 삶이 파괴된 그곳에서, 전력이 끊겨 어둠 속에 잠긴 그곳에서 굳이 그들은 "축하합니다"라며 공연을 시작했다.

10.

희망(希望)의 희(希)는 바라다는 뜻과 함께 드물다는 뜻도 담고 있다. 어쩌면 절망은 희망의 반대말이 아니라 희망을 구해 나서야 할 토양인지 모른다. 절망은 나아갈 길이 끊긴 상태다. 그들은 절망에서만 가능한 길을 내려 하고 있으며, 그 길이 있음을 실증해 보이고자 텐트를 메고 전전하는 중이다.

얼마 전 사쿠라이 씨를 만난 자리에서 물었다. "재해민들 앞에서 왜 '축하합니다'라고 말했나요." 그가 답했다. "재해지에서 우리는 인간의 생존과 근대 자본주의가 대결하는 원점으로 돌아갈 수 있었고, 싸울 대상을 만났고, 성장할 수 있는 기회를 얻었다." 그는 삶과 죽음의 기로에 놓이자 사람들의 표현에 전에 없던 중량감이 실리고 있다고 힘주어 말했다.

나도 한 여고생이 써낸 글에서 그걸 느꼈다. 제목은 「진실」이다.

도와주세요.

후쿠시마현 미나미소마시의 여고생입니다.

저는 쓰나미로 친구들을 잃었습니다. 제 친구들은 부모를 잃었습니다.

둘도 없는 제 친구는 기름이 없어 피난하지 못하고 있습니다. 전화와 메일로 서로를 격려하는 수밖에 없습니다.

친구는 지금도 방사능의 공포와 싸우고 있습니다. 하지만 이제 포기하고 있습니다. 겨우 열여섯 살인데 죽음을 각오하고 있습니다. 서서히 죽음을 느끼고 있습니다. 만약 살아남더라도 살아가면서 방사능의 공포에서 벗어날 수 없겠죠.

정치가도 국가도 매스컴도 전문가도 원전의 상층부도 모두 적입니다. 거짓말쟁이입니다. 텔레비전을 봐도 원전 이야기는 나오지 않습니다. 반복되는 쓰나미 영상, 매스컴의 매정한 인터뷰, 입에 발린 애도의 말, 피해를 "천벌"이라고 둘러댄 정치가. 정치가라면 급료나 통장이라도 털어서 행동에 나서야 합니다. 명령만 해대지 말고 안전한 곳에서 내다보기만 하지 말고 현지에서 몸으로 도와야 합니다.

우리는 버려졌습니다. 틀림없이 후쿠시마는 격리될 것입니다. 안전에 의해 버려졌습니다. 나라에 의해 버려졌습니다.

우리들, 피해지의 인간은 피해자를 버렸던 나라를 두고두고 용서치 않을 것입니다. 원망할 것입니다.

이 글을 보시는 분들에게 전하고 싶습니다. 소중한 사람을 언제 잃을지 알 수 없습니다. 지금 옆에서 웃고 있는 사람이 갑자기 사라지는 일을 상상해보시기 바랍니다. 그리고 그 사람을 지금보다 더욱 소중히 여기시기 바랍니다.

청춘을 보내야 할 학교가 시체 안치소가 되고 말았습니다. 운동과 클럽활동을 했던 체육관에는 다시는 움직일 수 없는 사람들이 누워 있습니다.

어떻게 해야 진실을 한 사람이라도 더 많은 사람들에게 알릴 수 있을지…

한 사람이라도 봐주시면 행복할 것입니다.

미안합니다. 그리고 고맙습니다.

사쿠라이 씨는 말했다. "일본으로 와라. 일본은 소비사회이고 관리사회이고 대중문화사회로서 현대에서 전형적인 장소였다. 그게 부서지고 있다. 모두들 동요하고 있다. 그리고 일본은 세계사가 새롭게 쓰여질 장소가 되고 있다. 너는 쓰는 인간으로서 그것을 봐라. 와서 그것을 겪어라. 그리고 사상적 전환점으로 삼아라. 거기서 같이 몰락하자."

경험한 적 없는 강한 제안이었다. 그렇기에 결국 나는 그의 제안에 응할 것이다. 그러나 지금 당장 일본으로 가지는 못한다. 2, 3년 늦어지더라도 사태는 여전히 진행 중일 것이다. 3·11 이후, 언제 가더라도 그리 늦지는 않을 것이다.

그러나 나는 사건의 현장 바깥에 있다. 따라서 그저 시간을 흘려보낸다면 상황으로부터 조금씩 멀어질 것이다. 지금의 조바심과 무력감을 어떤 식으로든 간직해두지 않는다면 그 감정들은 서서히 가라앉을 것이다. 3·11은 이제까지의 이슈들이 상대적으로 얼마나 부차적이었는지를 알려줬다. 그러나 3·11은 점차 망각되고 있다. 쓰라린 사건도 시간의 때를 타면 비극성이 옅어지고, 어제의 일은 오늘 짤막한 일화로 격이 낮아져 내일 새로 등장한 소재에 자리를 내준다.

물론 원전 사태로 인한 피해는 앞으로도 이어지면서 문제가 끝나지 않았음을 우리에게 상기시켜줄 것이다. 그러나 파국은 조금씩 진행된다. 하나둘씩 나쁜 변화가 생기겠지만 전보다 조금 더 나빠졌을 뿐이며, 처음에는 위화감을 느꼈을 법한 광경도 생활의 관성 속에서 어느 틈엔가 익숙해질 것이며, 나중에는 별로 대수롭지 않게 받아들일 것이다. 1년이 지났을 뿐인데 통각은 꽤 많이 무뎌졌다. 시간이 그저 흘러가도록 내버려둬서는 안 된다. 매스미디어가 짜주는 일상의 시간이 아닌 다른 시간을 경험해야 한다.

사쿠라이 씨의 작품 가운데 「변환·부스럼딱지성」이 있다. 그 연극은 모래시계 이야기로 희망과 절망을 다룬다. 우리는 모래시계 속에 있는 한 알 한 알의 모래다. 모래시계가 뒤집히면 우리는 시간의 누적을 표시하며 그저 떨어진다. 모래시계는 체제다. 모래시계가 표시하는 시간은 우리 자신의 시간이 아니다. 체제의 시간 속에서 우리 삶은 내버려지고 있다. 이것은 절망이다.

그러나 모래알은 떨어지면서 서로 스친다. 스치며 모래입자가 변한다. 우리의 신체가 바뀐다. 그것은 아픔을 동반한다. 그 스침만이 우리의 시간이며, 옆의 존재와의 마찰 속에서만 희망을 사고할 수 있다. 그는 연극에 이런 메시지를 담았다.

스침의 시간. 우리가 이미 경험하고 있는 그 시간을 우리는 나아가 경험해야 한다. 스치는 모래알은 더 이상 나라 단위로 나뉘지 않는다. 바로 3·11 이후의 사태는 우리에게 국가를 넘어선 더 큰 모래시계의 존재를 알려주고 있기 때문이다. 자본주의-원자력 체제라는 모래시계 속에서 모래알들이 쏟아지고 있다. 비록 거기서 생기는 고통은 재해지와 인근에 거주하는 자들에게 가중되었지만, 우리는 이미 그들의 고통을 알고 있으며, 원하든 원하지 않든 그들과 스치고 있다. 그 스침을 형상화해내고, 그 스침의 시간 속으로 진입하고, 그들과의 마찰 속에서 정신과 신체의 변형을 기꺼이 겪는 것. 바로 3·11 이후 사상의 한 가지 과제일 것이다.

정치의
원점

– 사쿠라이 다이조와
  텐트연극에 관한 기록

사쿠라이 다이조 씨의 텐트연극과는 번번이 엇갈렸다.

2007과 2008년, 나는 도쿄에서 생활했다. 그동안 그의 텐트연극을 보러 갈 기회가 있었지만 공연이 잡힌 날에 멕시코로 떠날 일이 생겼다. 사쿠라이 씨와는 종종 만났고 지인들로부터 그의 연극에 관해 전해 들었고 배우들이 연습하는 장면을 보러 가기도 했으며, 그가 쓴 대본도 읽어보았다. 하지만 정작 공연을 본 적은 없다.

한국으로 돌아오고 나서인 2009년, 사쿠라이 씨로부터 중국의 연구자들과 함께 대본을 만들러 베이징에 간다는 연락을 받았다. 그 작업을 지켜보고 싶어 급하게 베이징행 비행기를 예약했다. 그러나 떠나기 이틀 전 그는 딸이 병원에 입원해 못 온다는 소식을 전했다. 하는 수 없이 그와의 만남을 미뤄둔 채 베이징에 도착한 후 루쉰의 흔적을 좇아 사오싱과 상하이 등지로 동선을 틀었다.

2010년, 미얀마를 여행하던 중 그가 타이베이에서 공연을 한다기에 서둘러 배낭을 정리했다. 타이베이에 있는 그의 숙소에 일주일간 머물며 단원들이 연습하는 모습을 지켜봤다. 하지만 결국 공연일 전에 한국으로 돌아와야 했다.

2011년, 사쿠라이 씨와 단원들이 광주와 서울에서 공연 계획을 세웠다. 나와 연구실 동료들도 돕기로 마음먹었다. 그러나 3·11이 발생했다. 공연은 무기한 연기되었다.

들불

그러나 이런 회고에는 솔직하지 못한 구석이 있다. 내가 텐트연극과 만나지 못한 게 일정 탓만은 아니었다. 멕시코 여행이야 날을 옮길 수 있었고 타이베이에서 돌아오는 날은 늦출 수 있었다. 나는 텐트연극을 볼 수 있기를 간절히 원했지만 동시에 보는 일을 피하고 싶었다. 그래서 막바지에 이르면 번번이 볼 수 없는 조건을 만들었다.

사쿠라이 씨의 대본을 읽어봐도, 텐트연극을 접한 남의 이야기를 들어봐도 거기에는 분명히 강렬한 것이 있었다. 그러나 나로서는 감당하기 어려울 강렬함인 듯했다. 강렬한 체험이야 추구하는 바이나 때로 어떤 체험은 칼에 베이는 일과 같다. 상처는 아물어도 상처 자국이 남아 예전으로 돌아갈 수 없다.

내가 아는 재일조선인 연구자가 있다. 시인 이상의 전집을 일본어로 옮겼으며, 두세 걸음 만에 문제의 본질에 가닿을 수 있는 사고력을 지니고 있다. 언젠가 만난 그는 극단의 일원이 되어 있었다. 연기를 하며 그가 변신해가는 모습은 놀라웠다. 그러나 그런 변화가 내게도 찾아온다면 그건 두려웠다.

벌써 오래전 일이다.

2004년 문규현 신부와 수경 스님 등의 일행이 65일에 걸쳐 삼보일배로 새만금에서 서울로 올라왔다. 마지막 날 삼보일배에 참가했다. 아스팔트 위로 달궈진 공기는 메케했다. 세 걸음 걷고 몸을 낮춰 바닥에 깔린 공기를 마셨다. 비록 하루였지만 같은 동작으로 더러운 공기를 줄곧 폐 안으로 들이키는 동안 어떤 감정이 고였다. 그 감정을 이기지 못해 한 달 뒤 어느 환경운동단체가 전국에 새만금 문제를 알리러 자전거로 행진한다기에 따라 나섰다. 이번에는 거꾸로 서울에서 새만금으로 향하는 열흘간의 일정이었다.

국도를 달리는 자전거 위는 삼보일배보다 경쾌했고 공기도 맑았다. 하지만 "생명을 살리자"라는 구호를 며칠씩 외치자니 고여 있던 감정은 안에서 응어리가 되는 듯했다. 결국 새만금에 도착하기 하루 전 완주를 포기했다. 그런 심정으로 새만금에 도착해 안의 응어리를 바깥으로 토해내 실체를 확인해버리면 서울로 돌아가기 힘들 것 같았다. 돌아가더라도 일상감각이 바뀔 것 같았다. 주체하지 못할 변화로부터 나를 지켜내고자 중도에 포기했다.

텐트연극도 그랬다. 사쿠라이 씨의 텐트연극을 경험한 사람들로부터 그것이 '세다'는 말을 들을수록 보러 가기가 망설여졌다. 당시 나는 비약을 범하지 않고 사고의 절차를 되도록 구체적으로 가다듬어 사물을 읽어내는 섬세함을 길러야 하는 단계라고 여기고 있었다. 섣불리 '예술의 정치'를 경험했다가는 자칫 그 길에서 탈선할까봐 두려웠다.

작년에 사쿠라이 씨는 단원들과 함께 서울에 텐트를 세우기로 했지만 3·11로 성사되지 못했다. 그리고 1년 만에, 3·11의 1주년으로부터 한 달 뒤인 4월 11일에 광화문 열린시민공원에서 텐트가 섰다. 그 1년을 거치는 동안 극의 내용은 크게 바뀌었다. 공연에는 후쿠시마가 등장했다.

물론 이번 공연은 사쿠라이 씨만의 공연이 아니다. 그의 극단 '야전의 달'과 함께 이케우치 분페이 씨 등이 활동하는 '독화성 호응계획'이 공동으로 연출을 맡았다. 대본은 이케우치 분페이 씨가 작성했다. 그리고 한국에서는 마당극단 '신명'이 결합했다. 신명은 광주에서 30년간 마당을 펼쳐왔다. 따라서 그들의 만남은 텐트와 마당의 만남이자 서로가 각기 축적해온 수십 년간의 만남이기도 하다.

세 극단은 2006년에 일본에서 함께 순회공연을 다닌 적이 있다. 따라서 이번 공연이 첫 만남은 아니다. 그러나 그들의 만남은 좀 더 오래된 연원을 갖고 있는지 모른다. 그들의 발생에 앞서 그들의 만남이 먼저 존재했는지도 모른다. 야전의 달도 독화성 호응계획도 1982년에 결성된 '바람의 여단'의 후신이다. 바람의 여단은 1980년 광주를 계기로 일본에서 출현한 극단이다. 야전의 달과 독화성 호응계획 역시 멀어져가는 광주를 붙들고 있었기에 광주라는 흙에서 자라난 신명과 만날 수 있었다.

텐트가 광화문에 세워졌다. 지름 15미터, 높이 6미터의 철조물을 짜고 천막을 덮었다. 거기서 이번 작품 「들불」이 상연되었다. 「들불」은 기억으로의 여행에 관한 이야기다. 그 여행은 멀리 거슬러 올라가 1948년 팔레스타인에 이른다. 그리고 팔레스타인의 시간이 1980년 광주와 겹쳐지며, 광주의 시간은 다시 2011년 후쿠시마와 포개진다. 이처럼 격리된/되었던/될 땅인 팔레스타인, 광주, 후쿠시마가 서로를 부르자 반세기의 역사가 뒤틀리고 접혀 기이한 공간이 창출된다.

그 기이한 공간 위로 소년과 소녀가 등장한다. 그들은 자신들이 아주 멀리 떨어진 누군가와 이어져 있다고 믿는다. 소년과 소녀는 그 누군가를 찾아 지도를 들고 여행에 나선다. 한국의 어딘가, 일본의 어딘가, 아시아의 어딘가로. 그러나 그들이 향하는 곳은 지도 위에 적혀 있지만, 지도를 따라가면 결코 나오지 않는다. 그래서 소년과 소녀는 스스로 지도를 그려가기로 한다. 그런데 도깨비가 그들을 엉뚱한 곳으로 인도한다. 밤의 여왕이 시간의 순서를 뒤집어놓는다.

소년과 소녀는 방황하며 여러 사람과 만난다. 이야기를 도둑맞은 남자, 이야기에 납치된 여자, 남의 이야기에 혹하는 자, 남의 이야기를 팔려는 자, 남의 이야기 속에 머무르려는 자. 그들은 후쿠시마 원전에서 쓰이고 버려진 비정규직 노동자, 가자 지구의 팔레스타인 주민, 80년 광주의 희생자, 들불야학 교사, 매몰된 칠레 광산에 갇힌 광부, 아시아·태평양전쟁기에 남양군도로 끌려갔지만 고려독립청년단을 조직해 일제에 대항했던 조선인으로서 등장한다. 같은 곳, 같은 때에 존재한 적이 없는 그들은 공간이 섞이고 시간이 접히자 마주치게 된다.

「들불」을 봤다. 그러나 이렇게 등장인물을 나열할 수 있을 뿐 그들이 교차하면서 짜낸 줄거리는 도저히 갈무리해서 전달할 수 없다. 다만 '들불'이라는 제목에 기대어 감상을 되는 대로 정리하자면, 마당이 역사의 '들'이라면 텐트는 그 들에서 타오르는 기억의 '불'이었다. 불타는 들에서는 다른 시간, 다른 공간에 속한 사건들이 출현

184

하고 사라진다. 국적을 달리하는 인간들이 부딪히고 흩어진다. 한국어와 일본어로 터져 나오는 대사들은 뒤엉키고 충돌하고 갈라진다. 그동안 팔레스타인과 광주와 후쿠시마는, 너의 역사와 나의 기억은 불꽃의 움직임처럼 서로 뒤섞이려고 한다. 그동안 텐트는 하나의 생명처럼 부풀어 오르고 또 오그라들며 호흡을 한다.

마지막 장면에서는 도깨비로 출연했던 류(龍) 씨가 춤을 췄다. 흔들리고 흔들리는 그의 춤사위는 인간의 번민을 닮았다. 중력을 이겨내며 나부끼는 그의 동선이 이어지고 이어지더니 자유의 마당이 마련되었고, 나는 「들불」이 내리누르던 역사의 중력에서 빠져나온 듯 해방감을 느꼈다. 류 씨가 춤을 추는 동안 무대 뒤쪽의 천막이 걷히자 촛불로 수놓인 길이 뻗어가고 있었다. 관객들은 일어나 무대를 지나고 텐트를 빠져나와 그 길을 함께 걸었다. 「들불」은 그렇게 끝났다. 이질적인 것들의 역사가 불꽃처럼 타올라 거리를 떠돌 기억으로 연소된 후에.

현역 사쿠라이 다이조

「들불」의 서울 공연 첫날은 4월 11일이었다. 3 · 11 일주기에서 한 달 떨어진 날이자 총선의 날이었다. 공연은 7시에 시작되니 6시에 출구조사 결과를 확인했다. 기대에는 못 미쳤지만 썩 나쁘지 않은 결과였다. 공연은 장장 세 시간 동안 이어져 열 시에야 끝났다. 흥분을 가라앉히지 못한 채 개표방송을 잠시 켜보았다. 참담한 결과였다. 하지만 참담하다는 인상은 시간이 다소 지나서야 자리 잡았고, 그 순간은 묘하게 방송으로 접한 총선 결과보다 방금 지켜본 도깨비놀음 쪽이 아득하니 현실처럼 느껴졌다.

둘째 날 공연을 관람하면서는 첫날 공연을 복기하려고 메모를 해봤다. 무엇보다 연출자가 구상했을 공간과 시간의 논리를 파고들어볼 심산이었다. 하지만 허사였다. 이틀간의 공연을 마치고 4월 13일에는 배우와 스태프들이 모여 오전부터 텐트를 철거했다. 천막을 걷고 아시바를 해체하고 바닥을 쓸자 날이 저물었다. 한여름 밤의 꿈처럼 공원에서 텐트가 사라졌다.

텐트가 사라진 공원은 오히려 좁게 느껴졌다. 보통 공간은 벽으로 구획되지만 텐트는 천으로 감싸여 있었다. 그러면 텐트는 물리학적 크기 이상의 공간이 된다. 바람이 흔들던 텐트에는 쌀쌀한 날씨에도 이틀간 삼백여 명이 들어찼다. 그리고 잠시나마 그곳에는 복수의 공간과 시간이 깃들었다. 텐트는 넓었다. 그리고 사라졌다. 근 이 년간의 우여곡절 끝에 성사시킨 공연을 뒤로하고 배우와 스태프들은 도쿄와 광주로 각각 돌아갔다.

첫날 공연이 끝나고 류 씨의 춤에 상기되어 있는 내게 사쿠라이 씨가 말했다. "공연 내내 이어진 버거운 말의 축적으로부터 마지막의 강렬한 이미지로 쉽사리 빠져나가지 말기를 바란다." 둘째 날 실패했다던 복기는 그의 충고에 따른 것이었다. 텐트를 철거하는 동안 그는 6미터 높이의 아시바를 해체하며 진두지휘했다. 동료들도 능수능란했다. 사쿠라이 씨는 공연하는 동안 어깨 상태가 악화되어 병원을 오갔다. 동료들도 지칠 대로 지친 상태였다. 텐트를 철거하는 동안 뭐라도 도움이 되고 싶었지만, 몸이 너무도 무능해서 사쿠라이 씨가 해체한 아시바를 나르는 게 고작 할 수 있는 일이었다. 그러다가 일본의 어느 스태프가 사쿠라이 씨는 올해 환갑이라고 일러주었다. 집에는 그의 책이 두 권 있다. 거기서 1952년생이라는 기록은 봐둔 적이 있지만 그가 올해 환갑이라고는 생각해본 적이 없다. 그는 누구보다도 열정적인 현역이다.

텐트를 철거하고 나서 뒤풀이를 하면서 사쿠라이 씨와 책을 만들기로 이야기를 나눴다. 전부터 갖고 있던 구상이지만, 더는 미뤄두고 싶지 않았다. 그가 일본어로 집필한 책은 『들의 극장(野の劇場)』과 『바람의 여단-전전하는 바람(風の旅團-轉戰するバラム)』이 있다. 『들의 극장』은 대본집이고, 『바람의 여단-전전하는 바람』은 절반이 대본이고 나머지는 '바람의 여단' 시절의 활동 기록이다. 그 기록은 읽어본 적이 있다. 일본어 조건 속에서 가능한 어떤 극점으로 치닫는 문장 같았다. 『바람의 여단-전전하는 바람』은 1987년에 출판되었으니 당시 그는 지금 내 나이였다.

한국어로 출판할 그의 책은 전체 5부로 구성하기로 했다. 『바람의 여단-전전하는 바람』에 수록된 70~80년대의 기록을 1부에 배치하고, 2부는 90년대와 2000년대에 그가 쓴 평론 가운데서 고르고, 3부는 「대본을 위한 각서」를 모으고, 4부는 두세 편의 대본을 선정해 옮기고, 5부는 인터뷰를 해서 싣기로 했다. 그가 텐트로써 하는 일을 내가 펜으로 대신할 수는 없지만, 그가 텐트에서 한 일을 펜으로 전달할 수는 있다. 그가 현역으로 활동하는 동안 그의 존재와 그의 활동을 알리기로 마음먹었다.

사쿠라이 씨는 일본으로 돌아간 뒤 수차례에 걸쳐 자신의 글을 모아서 보내줬다. 그중에서 번역하고픈 글을 고르기 위해 정독하는 동안 두 가지를 깨달았다. 한 가지는 걱정이다. 그의 글을 제대로 번역하려면 상당한 시간이 걸릴 것이다. 이제껏 번역해본 누구의 글보다도 까다롭다. 더구나 그의 의도를 훼손하지 않도록 적절한 표현을 고르려면 신중에 신중을 기해야 할 것이다. 지금 나의 표현능력으로는 버거운 일인지 모른다. 다른 한 가지는 확신이다. 그는 분명 소개해야 할 존재다.

수년간 여러 사람에게 사쿠라이 다이조라는 사람이 있다며, 현재 일본에서 활동하는 사람들 중에서 가장 주목하는 인물이라고 소개한 적이 있다. 내가 주목한다는 게 대단한 의미를 갖지는 않겠지만, 기꺼이 그를 선전하고 싶었다. 그러나 돌이켜보면 의무 태만이었다. 그를 알고 싶기는 했지만, 바싹 다가가려고는 하지 않았다. 어떤 의미에서 그는 내게 특별한 아우라를 띠는 밀교적 인물이다. 그를 알게 된 지 10년 가까이 지났지만, 그런 인상에 머물러 있었다. 나는 이따금 그와 만나 그가 들려주는 이야기에 솔깃하며 만족하고 있었다.

사쿠라이 씨의 말과 글을 형용하려 들면 누군가에게 바치려고 간직해뒀던 헌사문들이 이제야 대상을 만나는 느낌이다. 그는 현대 사회의 균열을 예민한 후각으로 맡아낸다. 그는 역사적 사건에 새겨진 상형문자를 판독해낼 줄 아는 눈을 지녔다. 그의 말은 결코 태만하지 않다. 그의 말은 무척 난해하지만, 그 난해함은 나를 소외시키지 않고 외려 빨아들인다. 난해한 말은 추상적인 동시에 풍부한 육체성을 갖는다. 그의 말에는 타인들의 곡절이 흘러들어온다. 그의 언어를 거쳤을 때 기호적 표상은 강도적 흐름으로 전환된다. 그의 언어적 구성물은 타인에게 체험으로 다가가는 역량을 갖는다. 그의 말은 지시하는 것과 지시되는 것 사이에 기능상의 차이만을 남기며 대리표상의 최소회로를 가로지른다. 그의 말에는 전류가 흐른다. 나는 감전된다.

사쿠라이 씨를 수식할 표현은 더 있을 것이다. 그러나 그것은 여전히 그의 존재에 관한 수식이 아닌 그의 말에 관한 수식에 머물고 만다. 결국 나는 그가 흘려놓은 말들을 줍는 데 만족하며 정작 그의 존재로부터는 거리를 두고 있었다. 그러나 이런 존재를 알게 되면 알려야 하는 책임을 갖게 될 것이다. 그 책임은 알게 된 자의 몫이다. 이런 식으로 스스로에게 멋대로 부과한 책임감은 이번이 세 번째다. 그리고 책임지는 방식은 전과 달라져야 할 것이다.

우선 가능한 것부터 착수한다. 번역을 시작한다. 그러나 그의 언어를 제대로 옮기려면 상당한 시간이 걸릴 테니, 그 전에 임시방편으로 사쿠라이 다이조라는 존재가 있음을 글로 알려둔다. 다만 그와 주고받은 대화는 물론이고 그에게서 받은 자료들도 활동에 관한 기록이나 연극 구상에 관한 메모로서 지면으로 발표되지 않은 게 대부분인지라 이 글을 쓰기 위해 사용하려 해도 출처를 밝히기가 어렵다. 그래서 그것들을 참고하여 그리고 부족한 부분은 그에게로 나를 이입해 상상으로 채워가며 글을 써보되, 이 글의 수명은 어디까지나 그의 책이 나올 때까지로 정해둬야 할 것이다. 그의 사고와 언어가 체계적으로 정리되어 나온다면, 이 글은 묻혀도 좋을 것이다.

유랑극단 곡마관

사쿠라이 다이조라는 이름에는 역사가 있다. 그는 텐트연극을 한다. 통상 한 편의 연극은 극장에서 반복 상연되지만, 그는 한 편의 연극을 공연하기 위해 한 장소에 텐트를 세우고 한 차례의 공연이 끝나면 텐트를 걷고 떠난다. 그렇게 매해 새로운 연극을 만들어 사용하고 버린다. 두 번 다시 그 연기를 하지 않기 위해 오랜 시간을 준비해온 정렬로 단 한 차례의 연기를 한다. 뱀이 허물을 벗듯이. 어쩌면 허물도 뱀도 아닌 변신만이 텐트연극의 본질인지 모른다. 그런 풍찬노숙의 행보를 그는 40년간 이어왔다.

사쿠라이 씨는 1952년 홋카이도에서 태어나고 성장했다. 열여덟이 되는 1970년에 와세다대학 경제학과에 입학하기 위해 도쿄로 왔다. 때는 정치의 계절이었다. 1960년대 말 전공투로 상징되는 과격한 학생운동이 정점으로 치닫고 그 후 괴멸되었다는 점을 고려한다면, 그가 대학에 다니던 시절은 학생운동의 변곡점이었다고 말할 수 있다. 과잉된 정치의 계절이 이윽고 탈정치화의 계절로 접어들려던 때였다. 그런 의미에서 사쿠라이 씨의 이후 행보는 탈정치화의 계절에 재정치화의 방향으로 내달린 것이라고도 말할 수 있다.

대학 시절에는 매일이 데모였다. 그의 표현을 빌리자면 "대중학생"으로서 데모는 일상이었고, 고등학교를 졸업하면 누구나 하는 식이었다. 그러나 체질적으로 당파 활동에 서툴렀던 그는 데모에 나갈 때면 검은 헬멧을 썼다. 그는 무당파였다. 대신 대학에 들어가자마자 연극 서클에 가입했다.

　1학년 때 홋카이도에서 함께 상경한 세 명의 친구가 학살당했다. 그가 가까이서 경험한 최초의 죽음이었다. 그리고 텐트연극을 시작하는 계기가 된 사건이었다(이후 텐트를 메고 전전하는 동안 그는 여러 죽음을 목도하게 된다). 학살당한 친구들은 신좌익계이거나 일본공산당계의 운동권이었다. 그런데 그들은 공권력에 짓밟힌 게 아니었다. 당파 간 내부항쟁인 우치게바로 목숨을 잃었다. 그리하여 그는 국가권력에도 분노했지만, 좌익정치에도 혐오감을 느꼈다. 그는 살인이 이어지는 수렁 속에 있었다. 친구의 죽음은 그를 움직이도록 못질했으며, 우치게바의 상황은 그를 떠나도록 추동했다.

　사쿠라이 씨는 죽고 죽이는 관계로부터 벗어나고 싶었다. 그리하여 1973년부터 '곡마관(曲馬館)'이라는 극단을 이끌고 도쿄를 떠나 여행하기 시작했다. 곡마관은 그가 만든 극단이 아니다. 1971년에 전공투의 마지막 세대가 창단했다. 그러나 그해 나리타공항의 건설을 반대하는 산리즈카 투쟁에서 경찰관 세 명이 사망해 곡마관 멤버들이 도피생활을 하면서 1972년에는 거의 와해된 상태였다. 1973년에 그들은 도피생활을 계속할 바에야 떠돌아다니며 연극을 하기로 마음먹었다. 사쿠라이 씨도 그들과 동행했다. 학생운동이 쇠퇴한 후에도 여행은 이어졌다. 사쿠라이 씨는 사회로 복귀할 마음이 없었다. 그는 대학을 중퇴했다.

　곡마관 시절부터 사쿠라이 씨는 텐트를 짊어지고 전전했다. 사회로부터 일탈해 연극하며 방랑하기 위해 텐트를 골랐다. 따라서 텐트는 먼저 도피처를 의미했다. 아울러 사쿠라이 씨는 텐트를 가지고서 윗세대가 갖고 있던 연극관에 맞서고자 했다. 관객이 들어찬 극장에서 무대 위로 배우가 등장해 뭔가를 전달한다는 사고방식을 거부했다. 사쿠라이 씨가 보기에는 언더그라운드의 전위극도 내용은 전투적이나 형식은 기성극과 별반 다르지 않았다. 따라서 그에게 텐트는 표현자와 관객 사이에서 나선운동을 일으키기 위한 장이기도 했다.

곡마관이 도시를 떠나 유랑하던 70년대, 도시에서는 극장 붐이 일었다. 작품은 대량으로 진열되고 관람되고 해석되고 평가되고 그렇게 소비되었다. 그러나 사쿠라이 씨에게 극장 붐은 연극의 일원화 현상일 따름이었다. 도시에 남아 있던 언더그라운드 연극은 제도로서의 연극, 상품으로서의 연극에 회수되었다. 도시가 언더그라운드를 집어삼키고는 그 배설물이 극장이라는 재처리시설에서 상품으로 소비되었다. 연극은 "연극 이외의 아무것도 아니다"는 동어반복으로 빠져들어 전복성을 잃고 무장해제되었으며, 내용도 배우와 관객의 자의식 범주로 해소될 수 있는 것들이 태반이었다. 이제 극장은 현실을 되묻는 장이 아니라 현실을 장식하는 무대장치로 전락했다. 사쿠라이 씨의 눈에 70년대의 극장 붐이란 공허한 현실의 공소한 표출로 비쳐졌다.

곡마관은 모더니즘 예술의 폐허를 고발하며 사납게 전전했다. 방황이고 방랑이었다. 공연 장소도 정하지 않은 채 트럭 한 대에 텐트와 사람을 싣고 다니다가 공터를 찾으면 거기서 텐트를 세웠다. 그리고는 낮에 마을 사람들에게 선전하고 저녁에 공연하면 다음 날떠났다. 그러한 여행=연극=생활은 이어지고 이어져 십 년간 곡마관은 열도를 아홉 차례 종단했다.

최초의 종단여행에서는 도쿄를 떠나 북으로 북으로 올라갔다. 그리하여 일본 최북단인 홋카이도의 와카나이에 도착했다. 사할린에서 불어오는 눈보라로 하얀 폐허가 된 항구에 짐을 풀었다. 와카나이에 도착했을 때 그들은 빈털터리 좌파였으며, 문화자본이 회수할 무엇도 갖고 있지 않았다.

엄동설한이었다. 그래서 관객들을 모으려고 어렵사리 텐트 안에 고타츠를 마련해뒀다. 몇몇 관객이 텐트 속으로 들어왔지만, 무대 쪽에서 등을 돌린 채 고타츠로 몸을 녹이며 그들끼리 수다를 떨었다. 배우가 크게 소리를 지르는 장면이 되어서야 이따금 무대를 쳐다봐줄 뿐이었다. 어떻게 해야 그들을 돌아앉게 만들 수 있는가. 무엇을 그들에게 보여줘야 하는가. 왜 보여줘야 하는가. 표현에의 의지는 그 이후로도 줄곧 시련에 놓였다.

남으로도 향했다. 오키나와에 이르렀다. 1975년에는 오키나와에서 개최된 만국박람회에 황태자가 입장하자 거기에 항의해 후나모토 슈지가 카데나 기지 제2게이트 앞에서 자기 몸을 불사른 일이 있었다. 곡마관의 공연에서 후나모토 슈지와 일파는 제국의 수도로 진격하는 '환(幻)의 군대'로서 등장했다. 무대 위에는 천황의 목을 걸어놓았다. 그리고 마지막 장면에서는 화염에 싸인 남자가 "컨디션 그린(비상사태)"을 외치는 가운데 오토바이가 난무해 천막을 짓밟고 배우들은 화염병을 들어 자동차로 투척했다. 과격한 연극이었다. 그 경험은 안으로도 화상을 남겨 단원들은 한동안 "무엇을 향해 화염병을 던졌던가"를 자문해야 했다. 혼란을 이기지 못한 동료들은 곡마관을 떠났다.

남은 자들은 움직였다. 홋카이도로, 오키나와로, 촌구석으로, 피차별부락으로, 부둣가 공사판으로, 인력시장으로 그렇게 하층으로 하층으로 전전했다. 도쿄로부터 그리고 소비사회로부터 도망쳤다. 그것은 어떤 의미에서 하방이었지만, 그들의 목적은 민중들 곁에서 제 역할을 해내는 게 아니었다. 일본이라는 나라에서 가장 무용한 인간이 되는 것이었다. 그들에게 각오가 있다면 사회에서 제일 쓸모없는 무리가 되는 것이었다. 그들의 사상은 니힐이고 그들의 행동은 아나키로 분출했다. 그들의 생활은 탈주고 그들의 지침은 갈 데까지 가보는 것이었다. 사회에서 있을 곳을 찾지 못한 곡마관은 자기소멸로 향하는 여정에 몸을 맡겼다. 자기 안팎의 폐허를 껴안으면서 전전했다.

표현의 원점

곡마관의 연극은 도시의 극장에서 하는 연극과 달랐다. 내용만이 아니라 형식도 달랐다. 그들의 무대는 보는 자와 보이는 자가 명확하게 나뉘는 곳이 아니었다. 그러나 이러한 형식의 차이란 그들이 의도한 게 아니었다. 공연하는 장 자체가 변용했던 것이다.

토호쿠의 농촌에서는 공연을 하는데 한 아주머니가 무대로 뛰쳐들어와 "돼지가 도망쳤다!"고 소리쳤다. 관객들은 순식간에 흩어졌다. 하지만 몇몇 관객이 자리를 지키고 있었으니 소란의 와중에도 공연은 계속되어야 했다. 오사카의 가마가사키 인력시장에서 공연

할 때는 노동자들이 여자 배우를 거칠게 껴안으려 해서 남자 배우는 그녀를 지키며 대사를 쳐야 했다. 연극을 두고 관객들과 쟁탈전을 벌였다. 연기하기에 척박한 조건에서 배우들은 어떻게든 전해야 할 표현만을 필사적으로, 따라서 순수하게 추출해내야 했다.

시코쿠의 피차별부락에 가서는 싱가포르를 점령한 자전거부대가 출전 전에 히로뽕을 맞는 장면을 집어넣었다. 아시아·태평양전쟁기 일본군이 히로뽕을 악용한 과거사를 들출 작정이었다. 그런데 공연하는 동안 텐트에서는 야쿠자가 히로뽕을 맞고 있었다. 그 지역에는 야마구치붕이라는 일본 최대 계열의 야쿠자 조직이 있었는데 부락민들 가운데 조직원이 많았던 것이다.

곡마관은 그런 곳에서 연극을 했다. 그런 곳이라 함은 두려운 장소라는 의미다. 도시의 극장에서 공연한다면 보는 자와 보이는 자는 구획되어 있으며 자기선호에 따라 객석을 찾아준 관객들은 침묵하며 관람하겠지만, 그런 곳에서는 표현을 두고 격투가 빈발했다. 표현의 성립은 배우와 스태프가 성실하게 준비한다고 보장되는 게 아니었다. 하물며 표현으로 관객들을 계몽시킨다는 것은 그들에게 공상에 가까운 사치였다.

한편 관객들에게도 어떤 두려움은 있었을 것이다. 갑작스럽게 자신들의 마을에 출몰한 집단은 반일의 연극을 올리고 자동차를 불태운다. 물론 연극에 따라 한 마을에 길게 머물며 사쿠라이 씨는 마을 사람들과 어울리고 그들의 얼굴을 떠올리며 대본을 썼다. 하지만 배우와 관객 사이에는 표현을 둘러싼 긴장관계가 잠재되어 있었으며, 그런 현장은 곡마관에게 도시에서는 경험하기 힘든 표현의 원점을 제공해줬다. 곡마관의 표현을 임계점으로까지 끌어올렸다.

『바람의 여단-전전하는 바람』을 읽는데 이런 구절이 나왔다. "75년, 여행의 도상에서 말이 죽었다. 우리는 말의 시체를 질질 끌고다니며 사납게 울부짖어야 했다." 이 구절 앞뒤로는 별다른 설명이 없었다. 무슨 뜻인지 알고 싶었다. '말의 죽음'은 곡마관이라는 극단의 이름에서 취한 어떤 비유적 표현이겠거니 짐작했다. 그를 만났을 때 무슨 의미인지 물어봤다. 그런데 곡마관은 정말로 말의 시체를 끌고 다녔단다. 말이 등장하는 공연을 기획하고는 경주마를 구해서 데리고 다녔다. 하지만 말을 다루는 방법을 몰랐다. 처음에는 말을 트럭에 실었지만, 말이 괴로워해서 끌고 다녔는데 결국 길 위에서 죽어버린 것이다.

그러나 '말의 죽음'을 어떤 메타포로 해석한다면, 1975년 무렵 그들은 자신들이 끌고 다니던 말과 비슷한 신세였는지 모른다. 그들은 유랑했으나 일본사회 안에서 유랑할 곳은 점차 사라져갔다. 1960년대에 분출한 정치적 에너지는 공전하여 흩어졌고, 급속한 도시화는 사회의 주변과 저변을 집어삼키고 대안적 문화 활동을 자본의 투자대상으로 회수해갔다. 유랑을 거듭해도 출구는 보이지 않았다. 시대는 죽은 말을 끌고 다니던 그들을 시대착오적 존재로 내몰고 있었다.

그러다가 다다른 곳이 산야다. 1978년의 일이다. 산야는 도쿄에 있는 인력시장으로서 70년대 초기에 격렬한 싸움이 벌어졌다. 오키나와에서 분신한 후나모토 슈지는 일용노동자전국협의회의 지도자로서 이 시기의 산야 운동을 이끌었으며, "당하면 갚아라"라는 말

을 남기고 세상을 떠났다. 이 말은 십여 년 뒤 〈산야-당하면 갚아라 (山谷-やられたらやりかえせ)〉라는 영화로서 소생한다. 그러나 곡마관이 산야로 들어갔을 때는 공권력과 야쿠자에 의해 쑥대밭이 된 상태였다. 곡마관도 특별히 목적한 바가 있어 산야를 찾은 것은 아니었다. 산야는 품이 넓은 공간인지라 곡마관 같은 유랑집단도 받아들여줬을 뿐이다.

그러나 사쿠라이 씨에게 산야는 어떤 의미에서 마오쩌둥에게 징강산과 같은 곳이었다. 혁명의 실패를 거듭하던 마오쩌둥은 징강산을 혁명기지로 삼아 노농홍군을 조직하고 소비에트를 건설했다. 여기서 산야를 징강산에 빗대보는 것은 징강산의 경험에서 도출한 마오쩌둥의 근거지론 때문이다. 마오쩌둥의 근거지론이란 "적은 강대하다"는 인식과 "나는 불패한다"는 확신이 모순 속에서 결정된 것이다. 즉 아무리 강한 적이라도 근거지로 파고들수록 전력이 저하된다. 전력이 균형을 이루는 순간 반격을 시작한다. 그러면 적은 섬멸되고 근거지는 다시 확대된다. 마오쩌둥은 승리를 거두는 '주체적 논리'를 적과의 전력이 불균형에 놓여 있다는 '객관적 조건'에서 찾아냈다. 그것이 근거지론이다. 따라서 마오쩌둥에게 근거지란 하나의 고정된 장소를 가리킨다기보다 패배로 이를지 모르는 조건에서 가치의 전환을 이뤄내는 자기개조의 장을 뜻했다.

사쿠라이 씨는 산야에서 지내는 동안 텐트의 용법을 재고했다. 곡마관이 떠돌아다닌 것은 소비사회의 요구, 통제사회의 규제로부터 도망치는 행위였다. 그들의 유랑에는 분명 여행에 몸을 맡기는 젊은 충동 내지 낭만주의 같은 게 깔려 있었다. 텐트는 그들에게 도피처였다. 그러나 그렇게 도망치던 중에 사쿠라이 씨는 자신이 짊어진 텐트가 바리게이트는 아닌지, 오히려 자신은 도망치면서 일본의 소비사회와 통제사회를 포위하고 있는 것은 아닌지 생각했다. 그는 이것을 '역포위'라고 불렀다.

역포위란 자신들을 에워싸려는 기성 사회를 역으로 포위하는 것이다. 사쿠라이 씨는 동시대 한국의 노동자 투쟁을 전해 들으며 역포위의 이미지를 떠올렸다. 1970년에 전태일이 분신했고, 곡마관이 활동하던 70년대에 한국의 노동자들은 공장에서 농성을 했다. 바리게이트를 쌓고 주위를 경찰이 포위하면 그 속에서 투쟁했다. 농성의 공간은 기성의 질서가 뚫고 들어가지 못하는 성채, 아니 차라리 함몰이었다.

사쿠라이 씨는 텐트에 관해 이렇게 생각했다. 텐트란 움직이는 농성장으로서 곳곳으로 전전하며 기성 사회에 타격을 가한다. 물론 텐트 속 농성은 노동자들의 그것과 다르다. 텐트 속 농성은 연기로써 하는 것이다. 그렇다고 여느 연극처럼 '또 하나의 현실'을 만드는 건 아니다. 거꾸로 바리게이트(혹은 텐트의 얇은 천) 바깥의 세계를 허구화하려는 행위다. 따라서 사쿠라이 씨에게 텐트란 극장의 대용물이 아니다. 그는 텐트연극에 관한 가설을 갖고 있다. 그는 텐트의 얇은 천 한 장으로 현실공간의 일부를 잘라내 거기에 함몰을 만든다. 그 함몰 속의 공연으로 바깥 현실을 허구화하고 기성의 논리를 전복시킨다. 텐트 속에서 시간의 서열은 뒤바뀌고 공간은 엿가락처럼 늘어나거나 뒤틀리고 가로였던 세계는 세로로 세워진다. 이게 텐트연극에 관한 그의 가설이다. 그는 이것을 '반세계(反世界)'라고 부른다.

반세계와 반일

곡마관 시절 텐트연극의 반세계성은 반일(反日)로 표출되었다.

곡마관이 유랑하던 시기에는 '동아시아 반일무장전선'의 투쟁이 분출하고 또 몰락했다. 1974년 동아시아 반일무장전선은 무지개사건이라 불리는 천황 암살을 기도했다. 8월 15일 전국전몰자추도식에 참석차 천황이 8월 14일 황실의 별저로부터 황궁으로 향한다는 사실을 입수하고는 천황이 탄 특별열차를 폭파할 계획을 세웠다. 그러나 미수로 끝났다. 대신 천황을 노렸던 폭탄으로 미쓰비시중공의 빌딩을 폭파했다. 미쓰비시중공은 100년간 이어진 전쟁기업으로서 아시아를 향한 일본의 경제 진출, 그들이 보기에는 재침략을 중단시키고자 테러를 가한 것이다. 사쿠라이 씨는 '동아시아'라는 말이 집단의 이름으로서 신문에 크게 활자된 것을 이때 처음 보았다고 한다.

곡마관은 반일무장전선과 연계했다. 천황 암살을 포함해 반일무장전선의 지침을 수용하고 반일무장선전이 천명한 노선을 지표로 삼았다. 그 까닭에 곡마관은 늘 공안경찰에 감시당했다. 아울러 곡마관은 일본 적군과도 교류했다. 일본 적군은 1970년 하네다공항을 출발해 후쿠오카로 향하던 일본항공 여객기를 납치해 북한으로 망명한 '요도호 사건'으로 세계에 알려졌다. 1972년에는 온건파 14명을 처형하고 경찰과 대치한 연합적군사건이 일어났고, 그 후 팔레스타인인민해방전선과 손잡고 공동 테러를 벌여갔다. 곡마관에는 팔레스타인에서 강제송환된 일본 적군이 들어오기도 했다. 그런데 당시 신좌파는 반일무장전선을 그다지 인정하지 않았다. 반일무장전선은 산발적으로 테러를 일으켰으며 전위당 조직에는 관심이 없었기 때문이다. 따라서 곡마관에서는 일본 신좌파의 적통이라 할 일본 적군과 좌파 얼터너티브였던 반일무장전선이 공존했던 셈이다.

심각할 수도 있으나 그가 우스운 이야기처럼 회고한 일화가 있다. 시부야에서 공연하는데 관객들 태반이 반일무장전선과 일본 적군의 활동가들이었다. 그들은 공안경찰을 한 명씩 달고 왔다. 곡마관은 텐트 입구에 "경찰 출입 금지"라고 내걸었다. 결국 관객은 이백 명 남짓인데 텐트 바깥에서 대기하는 공안경찰이 수십 명이었다. 공연이 끝나고 텐트 안에서 뒤풀이를 하고 있으면 공안경찰이 들어와 호출했다. "이제 다음 회의 시간인데 슬슬 일어나야 하지 않겠나." 곡마관에는 지명수배자들도 흘러들어와 공연하는 동안에는 무대장치 속에 몸을 숨기고 있었다고 한다.

그렇게 곡마관은 주목을 받았다. 그러나 일반 관객이 아닌 공권력이 주목했다. 경찰을 불러들인 것은 곡마관이 자초한 일이기도 했다. 공연에서 히로히토의 목을 따고 히노마루를 불태웠다. 경찰들이 진압하러 오면 농성투쟁을 벌였다. 때로는 경찰을 대신해 야쿠자가 쳐들어왔다. 그들 중에는 일찍이 시코쿠 같은 피차별부락에서 알고 지낸 자들도 있었다. 곡마관에는 분명히 자기파괴적 충동이 있었다. 그들은 기성 사회와의 화해를 거부했으며, 점차 날을 세워갔다. 그럴수록 일반 관객은 곡마관으로부터 멀어져갔다. 이윽고 곡마관의 표현은 경찰을 향한 것이 되어버렸다. 젊은 집단인 곡마관은 표현의 면에서 말기적 징후를 보였다.

그러나 곡마관의 자기파괴적 성향은 그저 젊은 날의 치기가 아니었다. 곡마관은 제국주의 본국인이라는 자신을 부정한다는 방향을 세웠기에 자기부정적이었다. 사쿠라이는 반일을 "제국주의 본국에서 태어나고 자랐다는 사실을 받아들일 경우 늘 자신을 옥죄고 추동하는 정신의 경향"이라고 표현한다. 반일은 의식적으로 선택한 입장이 아닌 재일(在日)한다는 존재의 규정성으로부터 발생하는 경향인 것이었다.

"나는 일본인이다." 이것이 그의 부성(負性)이고, 그를 움직이게 만드는 부정적 계기였다. 적은 자기 안에 있다. 사쿠라이 씨는 자신의 척도, 경계, 형성을 얻고자 내부의 적과 대결해야 했다. 그는 자신의 일본인성을 안으로부터 해체해가고자 했다. '반일'이라며 그저 사적 윤리관으로 침전하는 자폐성을 경계하며 텐트연극을 매개해 공공의 표현을 벼려갔다.

사쿠라이 씨가 재일(在日)이라는 존재의 규정을 반일이라는 행동의 지향으로 전환시킨 데는 재일조선인 이진우 사건이 큰 계기였던 듯하다. 이진우 사건이란 1958년 도쿄에서 두 명의 여성을 강간 살해한 혐의로 이진우가 체포되어 1959년 사형 판결을 받고 1962년 사형이 집행된 사건을 가리킨다. 이진우는 조선인부락 막노동군의 아들로서 벙어리 어머니를 둔 자전거 벨 공장의 직공이었다. 이진우는 피의자의 집에서 가까운 데서 살고 있다는 이유로 살인범으로 지목되었다. 처음에는 범행을 완강히 부인했다. 그러나 검사 측에서 어머니를 북한으로 강제송환하겠다고 협박해 거짓자백을 했다. 일본정부는 1953년 샌프란시스코 강화조약으로 재일조선인의 일본국적을 박탈하고 범죄인이나 생활보호대상자는 강제퇴거 처분을 내릴 수 있었다. 본국에 연고도 생활기반도 없는 재일조선인에게 강제송환은 곧 추방형이었다. 거짓자백 이후 3개월도 되지 않는 졸속심리를 거쳐 사형이 판결되었고 항소는 기각되었다. 그리고 사형 확정 1년 3개월 만에 이례적으로 사형이 고속집행되었다. 그의 나이 스물둘이었다. 이진우 사건은 재일조선인을 차별한 대표적 사건이었다. 재판 과정에서 구명운동이 번졌고, 1968년에는 이진우 사건을 소재로 재일조선인에 대한 편견을 다룬 『교사형(絞死刑)』이 발표되어 반향을 일으켰다.

한편 1970년대에 일본 기업이 아시아 지역을 향해 대대적인 해외진출에 나선 것도 사쿠라이 씨에게는 일본인이라는 부성을 아프게 자극했다. 사쿠라이 씨는 그것을 경제진출이 아닌 해외침략이라고 규정했다. 일본 기업이 인도네시아와 필리핀 등지에 세운 공장에서는 많은 노동자가 죽어나갔다. 과거 학생운동의 패퇴기에 함께한 사쿠라이 씨의 동기들은 이제 이러한 기업에 들어가 침략의 하수인 역할을 맡고 있었다. 비록 자신은 대학을 관두고 사회에서 이탈했지만 존재론적으로는 그들과 다르지 않음을 자각하고 있었다. 이렇듯 재일조선인이 분출한 탈식민적 외침과 아시아에서 자행된 신식민적 착취 상황과 마주하면서 사쿠라이 씨는 재일이라는 존재의 규정을 반일이라는 행동의 지향으로 옮겨갔다.

기민의 존재론

곡마관은 반천황, 재일조선인 그리고 하층사회의 문제에 집중했다. 이러한 곡마관의 주제군은 일본 시민사회의 외부에서 교차한다. 그리고 시민사회의 외부는 곡마관에게 문제설정의 장이었을 뿐 아니라 자신들의 삶의 환경이기도 했다. 여행의 일상은 끊임없는 파산의 나날이었다. 객관적으로 말해 곡마관의 단원들은 시민사회의 낙오층이었다. 그리고 주관적으로 혹은 의지적으로 말해 그들은 시민사회로부터 빠져나온 존재였다. 즉 시민사회의 저변부로 수직하강하는 무산자였으며, 동시에 시민사회로부터 수평으로 이탈하는 유랑자였다. 곡마관은 '60년대 반란'이라는 갑옷을 몸에 두르고 돈키호테처럼 시민사회 외부로 진격했고 시민사회의 성장은 곡마관을 점차 시대착오적 존재로 내몰았다.

사쿠라이 씨는 시민사회의 성장을 반동으로 여겨 곁눈질하며 그 바깥으로 벗어나려고 했다. 허울 좋은 시민이란 노동자 계급을 개개인으로 분해해 국가의 관리대상으로 만들어놓은 산물이다. 요란한 대중사회란 해체된 개개인을 압착기 속에서 도매금으로 내리눌러 대중으로 만들기 위한 기계장치다. 겉보기에는 자유롭게 남겨진 시간에조차 개인은 대중매체 앞에 앉아 자신을 대중의 일원으로 합금한다. 거기서 체험은 주물을 붓듯이 틀지어진다. 체험은 시들어버린다. 곡마관은 불안하고 무력했지만 진정한 체험에 허기진 존재들이었다. 거짓 체험을 거절하고 제공된 현실을 거부했기에 그들은 시민사회로 편입될 수 없었다.

곡마관은 의사 시민사회와 연을 끊고자 시원적인 아나키로 회귀하는 운동을 감행했다. 그들은 하층으로 내려갔다. 하부로 하부로, 뿌리로 뿌리로, 꽃피지 않는 곳으로. 이를 위해 징강산의 마오쩌둥처럼 모든 걸 잃고 무소유자가 되었다. 모든 것의 소유자여야 할 무소유자가 되었다. 그리하여 기성 사회라는 좌표평면에서 자기 위치를 확인하는 게 아니라 자신을 좌표축으로 삼아 기성 사회의 의미를 따져 물었다.

관념적 수사를 걷어내고 말하자면, 차별과 억압의 최저변인 가령 산야의 노동자들은 천황제 세계로부터 자유로운 또 다른 세계에서 살아간다고 말할 수 있다. 물론 그것은 천황제 이데올로기로부터 외떨어져 생활한다는 의미가 아니다. 오히려 그들은 천황제 이데올로기의 환상성이 포학의 리얼리즘으로 발현되는 현실과 정면으로 맞부딪쳤다. 먹느냐 먹히느냐의 지독한 싸움이 거듭되는 동안 그들은 국가의 환상체계를 쳐부술 근거지를 마련했다. 곡마관은 그런 산야의 노동자들과 근거지를 공유하며 기성 사회를 추인해 처신에 급급해하는 게 아니라 현상황을 주체적으로 전유해 이쪽의 정세를 창출하려고 했다. 이런 식으로 곡마관은 수직으로 하강하며 수평으로 유랑했다. 이러한 수직과 수평 사이의 뒤틀림은 혼돈을 낳았으며, 이 혼돈은 연극자가 자신의 존재론·사상론을 벼려갈 소중한 아포리아로서 기능했다.

그런데 사쿠라이 씨의 글을 읽다 보면 민중이라는 말이 좀처럼 등장하지 않는다는 걸 알 수 있다. 시민이라는 말을 부정적 의미로 사용하기로 마음먹었다면, 그것을 대신할 집단적 표상의 말이 필요할 텐데 그는 민중에 기대지 않았다. 그의 발상법을 고려한다면 이해할 수도 있는 일이다. 그에게 민중은 원점으로 내려가서 획득한 에너지가 특정 조건에서 형상을 얻은 발현태일 것이다. 원점이 전(前)개념적이고 비(非)표상적이고 음(陰)적이라면, 민중은 개념적이고 표상적이고 양적이다. 따라서 원점은 존재적이지만 민중은 재현적이다. 그에게는 민중이라는 말에 의존하면 원점에서 분출하는 에너지를 틀지어버린다는 경계심이 있을지도 모른다.

차라리 존재의 상태를 지시하는 개념으로서 그는 '기민(棄民)'이라는 말을 종종 사용한다. 그리고 그 말은 국민(아울러 시민)에 맞서고 있다. '국민'은 '민'에 '국'을 덧씌운 것이다. 그 '국'이 사쿠라이 씨에게는 일본이다. 그가 일본 국민이라는 말에서 느끼는 떳떳치 못함은 일본 시민이라고 바꿔 부른들 해소되지 않는다(그리고 오늘날 서민은 정치가와 대중매체를 위한 말로 타락했다).

전후 일본에서 국민이 등장하는 과정은 기민이 발생하는 과정이기도 했다. 폭력적 동화정책에 근거해 조선반도에서 끌고 와 일본에 거주시킨 236만 명의 조선인을 다시 이족의 '민'으로 떼어냈다. 그리고 천황을 비롯한 상층의 본국인을 지키려고 도민의 4분의 1이 목숨을 잃은 오키나와의 인민을 미국에 팔아넘겼다. 그렇게 조선반도 그리고 오키나와와의 사이에 '바다의 벽'을 세우고서야 일본 국민은 등장할 수 있었다.

한편 '기민'은 몰주체적 명사다. "국가로부터 버림받아 보호 바깥에 놓인 자들"로서 여기서 실제 주어는 국가다. 물론 '국민'이라는 말에서 '국'이 벗겨진다면 자유로워진 느낌이지만, 국가만이 외정을 전횡하는 국제사회에서 기민은 사이(際)의 사이(際) 말고는 있을 곳이 없다. 현실에서는 자국의 최하위 국민으로 등록되거나 타국에서 지위를 요구하며 반(半)소속 상태로 살아간다. 그래서 기민 가운데 다수는 유랑민이다. 그리고 어떤 유랑민은 곡마관이 증명하듯 주체임을 박탈당했기에 그 한계조건에서 주체성을 재구성한다.

바람의 여단과 한국

곡마관은 일본에서 공연하며 '바다의 벽' 바깥으로 추방된 기민의 넋을 본토로 불러들이고자 했다. 그래서 조선은 곡마관에게 본질적 주제였다. 그런데 '바다의 벽' 바깥으로 추방당했지만 여전히 열도에서 살아가는 자들이 있다. 재일조선인이다. 70년대 곡마관은 한국의 학생운동을 주시하고 김지하 등에게서 영향을 받기도 했지만, 기본적으로 재일조선인의 현실에 근거해 조선 문제를 이해하고 있었다.

그런데 80년 광주가 일어났다. 기성 사회에서 벗어나 열도를 전전하던 곡마관에게 동시대 광주는 어떻게 다가왔을까. 그 방향은 가늠할 수 있겠으나 그 깊이는 헤아리기 어렵다. 80년 광주가 있고 나서 사쿠라이 씨는 역사적 조선, 식민지 조선, 일본 내의 조선만이 아니라 현재진행형의 조선과 만나야 한다고 결심했다.

1980년 가을, 광주 항쟁에 영혼이 흔들린 집단 곡마관은 존립을 걸고 삼 개월에 이르는 남하 여행에 나섰다. 이미 상처투성이였고 혼돈에 빠진 상태였으나 광주에서 다시 반란의 혈맥을 찾은 곡마관은 자신의 일본인성을 해체하는 '자기부정의 자기표현'을 성급히 결행했다. 그때 공연한 「해협전설-수라와 사이」는 반일무장전선과 재일조선인, 광주 시민군으로 빙의하려던 작품이다. 그리고 그것이 곡마관의 마지막 여행이었다. 계절을 배반하고 계절에 배반당한 집단. 곡마관은 그렇게 해산했다.

곡마관은 백전백패했다. 이길 수 없는 승부였으며, 그들은 패배에 자신을 내던졌다. 대신 그들의 패배는 일본 시민사회의 임계점을 표시했다. 그렇게 반란을 이어가 어둠의 나락으로 가라앉으며 포효하던 집단은 와해되었다. 그 승부를 치르는 동안 그들에게는 쓰라린 외상이 있었을 테고 우울한 내상도 있었을 것이다. 유랑을 거듭하는 동안 쓰러지는 동료도 있었고 떠나가는 동료도 있었다.

이제 삼십대로 들어선 사쿠라이 씨는 기로에 섰다. 시대 상황을 추인해 연극을 버리고 사회로 귀속할 것인가. 연극을 이어가되 스스로 무장해제하여 전성기의 극장에 투항할 것인가. 혹은 동료와 관객을 잃어가더라도 과격한 시대착오의 몸부림을 이어갈 것인가.

사쿠라이 씨는 곡마관이 해산된 후 한국으로 향했다. 1982년의 일이다. 광주에 가볼 작정이었다. 그 전에 서울에 들렀다. 서울에서 만나야 할 지하 연극집단이 있었다. 이 집단의 이용우가 연출한 「조용한 방」(1977)을 영상으로 본 뒤 장면들이 줄곧 마음속에 남아 있었던 것이다.

나는 「조용한 방」이라는 연극을 알지 못한다. 사쿠라이 씨는 이렇게 묘사한다. 연극적인 장치라곤 아무것도 없는 공간, 연극적인 무엇도 되도록 배제한 공간에서 남녀가 등장하는 사랑극이다. 하지

만 긴장의 끈이 조용한 방을 둘러쳐서 현을 타면 터무니없는 고음
이 비명처럼 울려 퍼질 것 같았다. 한편 조용한 방의 바닥에는 심장
소리 같은 대담한 저음이 깔려 있었다. 그 연극의 내용이 무엇인지
는 여전히 알 수 없지만, 사쿠라이 씨가 어떻게 감상했는지는 짐작
이 갔다.

그는 「조용한 방」에서 한기를 느꼈다. 그 방은 서로 꽉 껴안지 않
으면 얼어 죽을 혹한의 방이었고, 그 방이 있는 한국은 동토였다. 사
쿠라이 씨는 사랑극에서 혹한의 방을 보고 동토를 보았다. 그리고
그곳 사람들이 입은 동상을 보았다. 사쿠라이 씨가 한국의 표현자에
게서 동상을 본 것은 그들의 상처가 일본의 허구성을 태우고자 불길
을 들었다가 자신이 입은 화상과 겹치고 또 대비되었기 때문일 것이
다. 상처는 모름지기 치유되어야 한다. 사쿠라이 씨는 한국의 표현
자가 저 얼어붙은 방에서 어떻게 빠져나가는지를 확인해야 했다. 그
는 그들을 만나러 서울로 향했다. 그리고 광주에도 가야 했다.

곡마관이 해산된 후 다음 행보를 정하기 전에 한국에 가서 동시
대 한국의 공기를 호흡해야만 한다는 강박을 갖고 그는 한국으로
떠났다. 마침 그가 서울에 머물던 때 미문화원 방화사건이 일어났
다. 부산 고신대 학생들이 광주 항쟁을 유혈진압한 독재정권을 비
호하는 미국의 책임을 물어 부산미문화원에 불을 지른 것이다. 사
건 당일 서울에 있던 사쿠라이 씨는 서울대의 활동가들과 술을 마
시고는 통금령으로 함께 여관에 들어갔는데, 다음 날 아침에 나오
니 호외가 돌았다. 여관을 나온 활동가들은 급히 흩어졌고 나중에
알고 보니 대부분 체포당했다.

이것 말고도 1982년 한국에서 체류할 때 생긴 일이라며 그가 들려주는 이야기는 더 있다. 한국의 상황을 주시하던 일본인이 동시대 한국에 와서 겪은 체험담은 역사적 가치도 있을 것이다. 그런데 당시 그의 체험담은 듣다 보면 초조감으로 수렴되는 듯했다. 그는 한국어를 하지 못했을 뿐 아니라, 동시대 한국의 활동가와 만나 의견을 나누고 그들의 행동에 응하기 위한 사상적 역량이 부족하다고 느꼈다. 그건 당시 한국의 활동가들이 가령 곡마관보다 수준이 높았다는 걸 의미하지는 않을 것이다. 다만 그러한 교류에서는 초조감을 느끼는 쪽이 교류의 체험을 다음의 일보를 내딛기 위한 소중한 자원으로 삼을 수 있을 것이다.

그리고는 서울을 떠나 광주로 향했다. 사쿠라이 씨는 한국에 오기 전에 두 시인의 시를 마음에 간직하고 있었다. 광주 항쟁 때 김남주의 시는 일본어로 급히 번역되었고, 그 시는 사쿠라이 씨의 가슴 속에서 광주의 존재를 증폭시켰다. 시인의 절창은 조선해협 너머로 상상력을 이끌어갔고 광주는 메아리처럼 자신에게 몇 차례고 반향되었다. 사쿠라이 씨에게는 또 한 명의 시인이 있었다. 오사카의 재일조선인 시인이라고만 했을 뿐 이름은 듣지 못했다. 그 시인은 광주 항쟁의 소식을 듣고 이렇게 말했단다. "거기에는 언제나 내가 없다." 시인의 이 문장은 매 어절을 차분히 끊어 읽어야 한다. "거기에는 / 언제나 / 내가 / 없다." 바닥이 보이지 않는 어둠에 관한 통절한 목소리다.

사쿠라이 씨의 가슴속에서 해남의 시인과 오사카의 시인의 목소리는 공명한다. 두 목소리가 자신의 신체를 거쳐 일본사회 안에서

울리도록 하는 것. 두 목소리를 맞세우는 게 아니라 한쪽을 열쇠구
멍으로, 다른 한쪽을 열쇠로 삼아 시대의 문을 여는 것. 그것을 사
쿠라이 씨는 다음의 일보로 삼았다.

일본으로 돌아온 사쿠라이 씨는 '바람의 여단'을 창단했다. 그는
바람의 여단이 광주에서 기원한다고 종종 말한다. 광주는 텐트를
세울 때의 거점이며, 세워진 텐트 속을 채우는 연극적 상상력의 기
점이었다. 그는 이제 재일조선인의 저항만큼이나 동시대 한국의 추
세와 접속하여 조선으로 진입하고자 했다. 바람의 여단은 결성 후
십년간 한국의 민주화 투쟁과 동행하며 일본 열도를 떠돌았다.

사자와의 공생

사쿠라이 씨는 바람의 여단을 세 가지 원천으로부터 이해했다.
첫째, 자신들의 광장인 하층사회. 둘째, 자신들의 역사성인 광주 항
쟁을 비롯한 한반도 상황. 셋째, 자신들이 현실적으로 싸워야 할 대
상인 천황제와 일본주의.

이처럼 외부의 조건에 비춰 바람의 여단의 위치를 파악한 것은
자기 안의 적인 '일본인성'을 해체하려 할 때 곡마관이 범했던 망상
적 관념성으로 기울지 않기 위함이었다. 과격하게 그러나 공허하게
자신을 시대와 마주세우고, 반란이 격렬했던 만큼 혼미하고, 바깥
에서 깎이고 안에서 곪으며 고독하게 응고되어갔던 이십대의 방식
으로부터 일보 내딛고자 한 것이다. 그러나 이를 반성과 성장이라
는 식으로 상투화시킨다면, 그에게 누가 될 것이다.

바람은 부정형이며 불확정이다. 바람의 여단이라는 이름은 바람처럼 스스로를 무가치화해 타자 속으로 녹아들어가는 나선형의 도행을 담고 있다. 그 바람은 조선으로 불어갔으며 반일로서 불어왔다. 바람의 여단은 말소되어가는 식민지 조선의 기억과 가려진 동시대 한국의 투쟁을 일본 사회로 주입하며 반일의 행동을 이어갔다. 바람의 여단은 아홉 차례에 걸쳐 열도를 종단했으며 백 회에 가까운 공연을 실행했다. 그렇게 또다시 십 년이었다.

바람의 여단은 결성 후 '한(恨) 삼부작'에 집중했다. 일본인의 원(怨)이 아니라 조선인이 한(恨)이라고 부르는 감정과 행동에 육박하는 것을 관건으로 삼았다. 개인의 울분으로 쌓이는 원이 아니라 중생의 가슴속에 서려 공분으로 승화되는 한에 다가서고자 했다. 공연의 마지막 장면에서는 한글로 적힌 '한'이라는 글자가 천막에서 불타올랐다. 그렇게 불탄 자리에서 '한'이라는 글자는 관객들이 텐트의 바깥을 응시하게 만들었다.

바람의 여단의 '제1의 바람'은 「도쿄 말뚝이-마탄의 사수(東京マルトゥギ-魔彈の射手)」다. 손진책의 1976년 작품 「서울 말뚝이」에서 차용한 제목이다. 이 작품은 미문화원 사건과 재일조선인 문세광 사건을 배경으로 삼고 있다. 문세광은 1974년 8월 15일 광복절 경축행사에서 박정희를 사살하려다가 육영수를 살해했다. 그로부터 4개월 뒤 사형선고를 받았다. 당시 한국 정부는 북한의 영향력 아래 있는 조총련이 문세광에게 지령을 내렸다고 선전했다.

바람의 여단을 그 사건들을 배경으로 삼았으나 직접 형상화하기보다는 시대의 계절풍을 거스르며 기억의 바람을 타고 과거로 나아갔다. 그러면서 도쿄를 떠나 제국 수도의 북단인 아라카와 강변으로 향했다. 거기에는 간토대지진 당시 제국의 수도 시민에게 학살당한 조선인들이 매장되어 있다. 그곳을 「도쿄 말뚝이」의 마지막 공연지로 삼았다.

그런데 바람의 여단이 아라카와에 도착하자 장갑차와 방수차를 비롯한 이백여 명의 기동대가 강가에 진을 치고 있었다. 한스럽게 파묻힌 백골을 군화가 다시 짓밟았다. 공권력은 바람의 여단이 강가로 내려가지 못하도록 방어선을 쳤으며, 대치 상황은 일주일간 밤낮으로 이어졌다. 불과 열다섯 명에 불과한 극단의 행동을 저지하고자 투입된 물량은 지나치게 과잉이었다. 바람의 여단은 그 과잉성을 초현실적인 무대 장치로 향유했다.

그러나 그 상황은 앞으로 바람의 여단이 겪어야 할 현실이었다. 80년대 바람의 여단에는 70년대 곡마관 때보다도 더한 압박이 가해졌다. 연극을 하려고 공터를 골라 텐트를 세우려 들면 으레 공권력과 공방이 따르기 마련이지만, 텐트를 세우는 일은 곡마관 때보다 힘겨웠다. 더욱이 텐트를 세울 땅을 찾는 것 자체가 어려웠다. 땅은 보다 촘촘하게 국가의 관할 아래서 정비되었다. 그런 일들을 겪으며 사쿠라이 씨는 전후에 익찬적인 거국일치, 총동원체제를 향한 포석이 완성단계에 이르렀음을 감지했다. 거기에 역행하는 자는 망국의 무리로 단죄되어 공권력을 경험해야 했다. 여행하는 텐트는 노골적인 파시즘이 산야 같은 곳에서만 작동하는 게 아니라 모습을 달리하며 전사회에서 전개되고 있음을 몸으로 알게 되었다.

'제2의 바람'은 「붉은 양초와 인어(赤いろうそくと人魚)」였다. 바

람의 여단은 이 작품을 준비해 '남민전 사건 피탄압자를 구원하는 모임'이 주최하는 집회에 참가했다. 남민전 사건은 1979년에 일어난 공안사건이다. 남조선민족해방전선준비위원회(남민전)는 한국의 민주화와 민족 해방을 목표로 삼아 1962년 비밀리에 조직되었다. 남민전은 유신체제를 비판하는 유인물 「민중의 소리」를 배포하고 민청학련 등 학생운동가들을 중심으로 청년학생위원회를 조직했다. 그러다가 유신 말기인 1979년 김남주 등 84명의 조직원이 구속되었는데, 공안기관은 이를 "북한공산집단의 대남전략에 따라 국가변란을 기도한 사건", "무장 도시게릴라 조직에 의한 간첩단 사건"으로 왜곡 발표했다. 구속자들은 국가보안법 및 반공법 위반 등으로 처벌되었다.

「붉은 양초와 인어」는 오가와 미메이의 동화에서 제목을 따왔다. 그 책에서 나오는 문장 "인어는 남쪽 바다에만 살고 있는 게 아니랍니다. 북쪽 바다에도 살고 있습니다"에서 착안하여 일본과 한국을 가르는 검은 균열의 바다에 사는 인어공주를 상정해 써내려간 작품이다. 작품의 대사는 '남민전 사건'에 연좌된 김남주를 비롯한 시인들의 시와 재인조선인 작가 김석범의 「똥과 자유」, 김시종의 「광주시편」 등에서 취했다. 공연은 '한오백년'으로 시작되었다.

'제3의 바람'은 「수정의 밤(クリスタル・ナハト)」이었다. 앞선 두 편의 연극이 한국에서 진행중인 투쟁을 배경으로 삼아 한국-조선-일본 사이의 역사에서 비춰진 자신의 현재성을 혼돈 가운데 표현해 낸 작품이었다면 「수정의 밤」은 현재와 역사에 관한 구조적 인식을 보다 연마한 작품이었다.

「수정의 밤」은 조선인 여자, 마담 쿠가 "사자(死者)는 없는가. 어딘가에 사자는 없는가"라며 혼을 부르는 독백으로 시작해 '사자의 결혼식'으로 끝난다. 사쿠라이 씨는 「수정의 밤」의 대본을 쓸 때 한국의 다큐멘터리에서 착상을 얻었다. 그 다큐멘터리는 뜻하지 않은 죽음, 비통한 죽음을 당한 미혼의 젊은 남녀를 사후에 맺어주는 한국의 전통을 담고 있었다. 비록 그런 습속의 자세한 내력은 모르지만 사쿠라이 씨는 다큐멘터리를 보며 산 자와 죽은 자 사이의 거리 그리고 관계에 감응했다. 일본에서는 어스름한 시각에 사자를 작은 제단으로 불러 조심스레 진혼하지만, 한국에서는 대낮에 사자를 불러 산 자들이 함께 통곡하고, 사자가 들러붙은 인형에게 장대한 결혼식을 거행해주는 역동적인 모습을 보고는, 사쿠라이 씨는 '사자와의 공생'을 어떻게 형상화할 것인지 단서를 얻었던 것이다.

그리고 '제4의 바람'으로 나서려던 때 산야에서 사토 미츠오가 살해당했다. 일본국수회(日本國粹會)의 칼에 찔려 죽었다. 사토 미츠오는 전공투 출신의 영화인으로서 카메라를 메고 산야에 들어갔다. 당시 산야에서는 산야쟁의단과 황성회(皇誠會)와 같은 민간 파시스트 사이에 치열한 공방이 오가서 사회적 문제로 부상하고 있었다. 사토 미츠오는 노동자의 눈높이에서 그 투쟁을 포착하고자 카메라를 들고 산야로 들어갔다. 그것은 투쟁 속 표현이자 표현으로서의 투쟁이기도 했다. 두 벡터가 교차하려던 때 카메라는 주인을 잃고 말았다.

애초 바람의 여단은 '제4의 바람'으로서 미나마타와 대마도 등지로 떠날 예정이었지만, 계획을 접고 산야로 들어갔다. 강탈당한 사토 미츠오의 표현을 탈환하고자 했다. 최암부로 깊숙이 들어가 사토 미츠오가 카메라로 하려던 것을 텐트로써 계승하고자 한 것이다.

바람의 여단은 여름 축제 기간에 산야로 들어갔다. 그곳에서 바람의 여단은 처음으로 텐트 없이 공연을 했다. 텐트를 세워서 공연을 하기에는 상황도 열악했지만, 표현자로서 인력시장에 선다는 게 무엇인지를 맨몸으로 겪고자 했다. 배우의 몸이 아시바이며, 피부 가죽이 천막이었다.

그러한 원형의 텐트로서 시도한 작품이 「왕국과 패족」이다. 거기서 등장인물은 모두 기민이다. 그리고 사자들이다. 사자를 진혼하는 게 아니라 사자를 초대해 사자의 움직임에 장면을 부여하고자 했다. 기민들의 몸짓과 대사는 사자를 위한 것이었다. 이것이 사토 미츠오의 죽음에 대한 바람의 여단의 반격이었다.

그러나 「왕국과 패족」을 끝마친 후 다시 야마오카 교이치가 살해당했다. 야마오카 교이치는 사토 미츠오의 뒤를 이어 「산야-당하면 갚아라」를 촬영하던 중 야쿠자에게 암살당했다. 두 영화감독의 죽음은 분명 정치사(政治死)였다. 바람의 여단은 그들의 묘비를 끌어안고 사자와 함께 반동의 계절을 헤쳐 나갔다.

사자와의 공생. 이것은 텐트연극의 특징이자 목적이다. 1970년 이래 사쿠라이 씨가 텐트를 짊어지고 저변으로 주변으로 전전하는 동안 죽음은 늘 그의 곁에 있었다. 그는 먼저 쓰러져간 자들에게 죄의식 같은 걸 갖고 있는지 모른다. 자신의 죽음이 그들보다 늦어지고 있다는 의식을 짊어지고 살아간다. 대학에 들어오자마자 친구를 잃었을 때 시작된 운명이다. 그에게는 그들의 환청이 들리는지 모른다. 산야, 광주, 오키나와, 난징, 필리핀 등 이곳저곳에서 무념의 죽음을 맞이한 자들의 목소리가 들린다. 그가 쉬려고 할 때마다 그 목소리들이 그에게 걷기를 명한다. 사쿠라이 씨에게 살아간다는 것은 사자의 기억과 역모하는 일이다. 그들은 이제 나이를 먹지 않는다. 나이를 먹지 않는 그들에게 박탈당한 역사성을 되돌려주는 게 사쿠라이 씨에게는 사자와 공생하는 길이다.

누굴 위해 텐트 연극을 하는가. 사쿠라이 씨는 말한다. 텐트에 올 수 없는 자들을 위해서 한다. 모든 것은 사자에게 바쳐진다. 텐트는 사자의 목소리를 증폭시키는 장이다. 그리고 텐트 속에는 살아 있는 인간만 들어오는 게 아니다. 객석을 노리고 허름한 천 한 조각으로 둘러친 텐트의 꿰맨 자리로 뱀이 기어들어오듯 사자가 찾아온다. 사자가 이미 객석을 차지하고 있다. 사자는 낯선 시간을 데려온다. 텐트로는 100년 전, 30년 전, 1년 전의 피로 물든 시간이 모여든다. 텐트에서 시간과 공간은 병렬하지 않는다. 그것들은 수직으로 교차한다.

복원의 해도

사자와의 관계에서 특히 중요한 날이 있었다. X데이다. 1980년대에 사쿠라이 씨가 작성한 글을 읽으면 초조감 같은 게 느껴진다. 언제일지 알 수 없으나 X데이가 다가오고 있었기 때문이다. X데이란 바로 천황 히로히토가 죽는 날이다. 그리고 쇼와가 끝나 새로운 원호가 시작되는 날이다. 즉 '장(葬)'과 '축(祝)'이 겹치는 기묘한 시간대다.

사쿠라이 씨는 히로히토를, 그의 표현에 따른다면 '안락사'하도록 내버려둬서는 안 된다는 초조감을 갖고 있었다. 전전으로부터 길게 이어져온 쇼와기가 끝나기 전에 해야 할 일이 있었다. 쇼와를 자신들의 손으로 끝내는 일이었다. 히로히토가 이대로 죽어버리면 일본인은 부채를 갚지 못하고 만다. 히로히토를 자신들의 손으로 매장하는 것 말고는 혈채를 갚을 길이 없다.

1980년대 초반부터 바람의 여단이 올린 작품들은 천황의 죽음으로부터 시작하는 것이 많았다. 하지만 1980년대 일본 사회는 버블기로서 상대적으로 안정되었으며, 과거사는 점차 풍화되어갔다. 또한 반일무장전선의 무지개작전이 실패한 후 반천황주의자에게는 천황을 자신들의 손으로 처단하는 건 불가능하다는 좌절감이 번져갔다. 천황 암살을 기도한 무지개작전은 어리석고도 숭고한 작전이었다. 무지개작전이 실패로 끝난 뒤 사쿠라이 씨는 "앞으로 우리는 작전이란 걸 가질 수 없는 것인가. 작전은 폭력을 독점한 자들에게만 허락되는 것인가"라는 체념이 들었다고 한다.

그 체념에 초조감이 더해진 계기가 1984년 전두환의 방일이었다. 전두환은 9월 6일부터 8일간 머물며 히로히토와 회담하고는 히로히토와 함께 "전후 정치 총결산, 일한 신시대"를 사칭했다. 사쿠라이 씨는 히로히토와 전두환이 맞잡은 손에서 피가 방울져 떨어지는 것을 보았다. 두 살인귀가 "일한 신시대"를 사칭했을 때 아시아의 시체들은 두 번째 학살을 당했다.

이윽고 서울에서는 아시안게임에 이어 올림픽이 개최되었다. 서울올림픽을 기점으로 일본의 자본은 문화교류라는 명목하에 한국으로 침투할 예정이었다. 바람의 여단은 거기에 맞서 미리 포석을 쳐두고자 했다. 그래서 히로히토-전두환 회담 직후인 9월 14일부터 10월 17일까지 1개월이 넘는 기간 동안 '한일 페스티벌-마당의 연'을 개최했다. 그것은 국가가 사칭하는 교류가 아닌 아래로부터의 교류였다. 그때 아래란 피가 스며든 땅, 그 땅에서 자라난 풀을 말한다.

한국 측에서는 연극 「서울 말뚝이」, 영화 「바람 불어 좋은 날」을 상연했고, 일본 측에서는 연극 「도카이도요츠야 괴담(東海道四谷怪談)」을 들고 나왔다. 이 작품은 기민의 원과 한을 집약하고 있다. 히로히토가 안락사해가는 일본 열도는 환상의 수용소였다. 놀라울 정도의 무사상, 무교의를 원리로 하는 천황제 이데올로기는 죽어가는 히로히토의 특권적 육체를 통해 열도를 통째로 극장으로 삼아 연극의 나날을 향유하고 있었다. 바람의 여단은 연극적 상황에 연극을 무기로써 맞서고자 했다.

이윽고 사쿠라이 씨는 「복원의 해도(復員の海圖)」라는 작품에 착수했다. 이 작품의 의도는 히로히토-전두환의 회담 이후 날조된 '일한 신시대'에 맞서는 시간계를 그려내는 것이다. 「복원의 해도」에서는 천황의 임종을 기해 복원하는 자들이 등장한다. 그들은 대일본제국의 최대 판도로 동원되고, 패전 후 쪼그라든 일본이 취한 쇄국정책으로 아시아 여기저기에 내버려진 한때의 황국 신민, 식민지 인민이다. 따라서 사쿠라이 씨가 구상했던 그들의 '복원'은 대일본제국 수도로의 '복귀'이자 전후 일본이 소집한 재차의 '동원'이다.

'복원'은 무척 민감한 주제였다. 사쿠라이 씨가 이 주제를 고민하면서 떠올렸던 것은 '우카시마마루(浮島丸)'라는 한 척의 배다. 김찬정이 쓴 『우카시마마루, 부산항으로 향하지 않다』에 따르면 우카시마마루는 강제연행된 조선인을 패전 직후 부산으로 송환하는 '복원선'이었다. 아오모리현 오미나토항을 출항한 뒤 혼슈 연안을 따라 남하한 후 마이즈루항에 정박했는데 거기서 폭발해 침몰했으며, 그 배에 오른 조선인들은 마이즈루만의 바닷말 부스러기가 되었다. 폭발 사고는 부산행을 원치 않은 황군 병사의 자폭에 따른 것이라고 알려져 있다.

그 후 수십 년간 마이즈루만에는 우카시마마루의 잔해가 방치된 채 가시처럼 꽂혀 있었다. 사진으로 접한 그 모습은 사쿠라이 씨에게 일본인이라는 부성을 뼈아프게 일깨웠다. 바다 위로 철의 돛대가 솟아올라, 우카시마마루는 일본 열도를 향해 창을 치켜든 비통한 전사처럼 보였다. 이후 한동안 복원해서 마이즈루항을 통해 들어오는 제국 본국인은 땅에 발을 내딛기 전에 그 전사와 마주해야 했다. 「복원의 해도」는 가라앉은 우카시마마루가 제국의 심부로 다시 진격하게 만들려는 시도였다. 부산항으로 돌아가지 못한 원혼들을 '쇼와 붕어의 날'에 제국의 수도로 복원시키려 했던 것이다.

시대적임과 반시대적임

그러나 히로히토는 제 명을 다하고 죽었다. 그리고 X데이를 전후하여 바람의 여단은 투쟁의 기축이 무너지는 상황을 겪었다. 앞서 말했듯이 사쿠라이 씨는 바람의 여단의 거점을 "첫째, 자신들의 광장인 하층사회. 둘째, 자신들의 역사성인 광주항쟁을 비롯한 한반도 상황. 셋째, 자신들이 현실적으로 맞서야 할 대상인 천황제와 일본주의"라고 파악하고 있었다. 그러나 1988, 1989년 무렵에 세 가지 기축은 모두 변질되었다.

산야에서는 두 영화감독을 비롯해 신뢰했던 사람들을 잃었고, 산야의 운동은 내부 분열로 무너져갔다. 그리고 1988년 서울올림픽이 개최된 후 한국은 급속히 소비사회로 변모해갔다. 따라서 한국의 민주화 투쟁을 지표로 자신의 위치를 파악하는 방식은 더 이상 지속하기가 힘들었다. 그리고 1989년에 히로히토가 사망했다. 천황제야 계속되지만 히로히토가 수명을 다하고 죽었기에 쇼와 일본의 역사적 채무를 갚기가 어렵게 되었다.

이렇게 바람의 여단의 세 가지 기축이 모두 변질되었다. '한 삼부작'에서 두드러졌듯이 조선해협을 지렛대로 삼아 식민지 조선의 기억 그리고 동시대 한국의 운동을 들여와 '반일'하던 방식에는 더 이상 머물러 있을 수 없었다. 한편 한국과 일본 사이에는 외교적 수준에서 화해가 운운되었다. 일본 측에서 한국과의 화해는 북한이라는 또 하나의 조선을 적대시한다는 전제 위에서 성립할 수 있었으며, 서울올림픽 이후 한국은 일본 사회에서 다양한 방식으로 소비되어 80년 광주 이후 지녀왔던 압도적 중량감을 잃고 말았다. 그리고 양국 간의 거리가 좁혀질수록 바람의 여단은 있을 곳을 잃어갔다.

바람의 여단에게는 자신들의 활동이 시민운동에 따라잡혔다는 의식도 있었다. 바람의 여단은 개양하자마자 아라카와에 가서 간토

대지진 때 살해당하고 매몰된 조선인의 뼈를 수습했으며, 극중에서는 위안부를 천황과 대면시켰다. 그런데 1980년대 후반이 되면 시민운동 차원에서 과거사가 추궁되었다. 이는 물론 반길 만한 일이었지만, 시민운동은 저항의 논리가 아닌 항의의 논리에 머문다는 게 사쿠라이 씨에게는 불만이었다. 그에 따르면, 항의의 논리란 대안주의다. 대안은 기존의 논리와 같은 지평에 속한다. 따라서 대안을 내기 때문에 파괴했어야 할 기존의 논리가 살아남는다. 항의해서 결국 대안으로 바뀔 따름이다. 수십 년 동안 미뤄둔, 따라서 그런 식으로 간직해온 부의 유산인 조선과의 문제를 시민운동이 소중한 저항의 계기로 삼지 못하고 항의의 재료로 사용한 것이 불만이었다.

이는 바람의 여단은 전위적 조직인 까닭에 타 집단에서 자신들의 주제에 손을 대면 거기서 손을 뗀다는 의미는 결코 아니다. 오히려 그들은 시대에 반보 뒤처진 존재였다. 바람의 여단의 고유성은 시대의 일부이며, 역설적이게도 시대의 일부가 되기를 거부했다는 점에서 역시 그 일부였다. 그들은 시대의 추세를 거슬렀으나 그 저항으로 시대의 음영을 바꿔놓았다. 반시대적이었기에 진정 그 시대에 속했다. 그리고 그들이 시대착오적이었던 것은 시대에 앞섰기 때문이 아니다. 그들은 가속하는 시대 속에서 완고할 만큼 느리게 변화했다. 끊임없이 뒤돌아보느라 제대로 걷지 못했다. 때로는 시대에 역행했다. 하지만 그렇게 뒤처진 존재였기에 시민운동에 앞서 과거사의 문제를 단단히 움켜쥘 수 있었다.

그러나 바람의 여단은 세 가지 기축을 상실했다. 시대가 바뀌었다고 자신들이 품어온 가치를 장사지낼 수야 없지만, 1990년대로 접어들며 존립 기반을 잃은 바람의 여단은 스스로 변화해야 했다. 이를 위해 1991년 바람의 여단은 집단의 존립을 걸고 한국 공연을 감행했다. 사쿠라이 씨는 블랙리스트에 올라 한국으로 입국할 수 없었으나 이케우치 분페이 씨가 감옥에서 나온 김남주를 만나러 가서 한국 공연에 착수했다. 하지만 사쿠라이 씨의 말에 따르면 "집단의 역량과 의지가 부족해서" 좌절되고 그로써 바람의 여단은 해산의 길을 걸었다. 「해산 선언」은 1994년에 나왔지만, 바람의 여단은 실질적으로 1992년에 활동을 중단했다.

야전의 달, 타이완으로

1994년에 사쿠라이 씨는 새로운 극단 '야전의 달(野戰の月)'을 창단했다. 또다시 극단을 만들었다고 적고 있지만, 또 한 번의 출격을 감행한 역량과 의지를 나로서는 헤아리기 어렵다. 대학 초년생이었던 1970년의 기록으로부터 시작해 14년이 지난 시기까지 왔다. 그리고 그만큼의 시간을 더 거쳐가야 오늘에 이른다. 그는 지금도 현역이다.

'야전의 달'이라는 극단의 이름은 야마오카 교이치를 기리기 위한 것이었다. 야마오카 교이치가 살해당한 뒤 그를 '야전의 달'이라고 부른 시인이 있었다. 그 시인은 후마모토 슈지를 '불의 새'라고도 불렀다.

첫 작품은 이주노동자 문제를 다뤘으며 스리랑카인 주인공이 등장했다. 곡마관과 바람의 여단 시절과 비교하자면, 다소 이질적인 주제 선정처럼 보인다. 그러나 태도로서는 일관되었다. 야전의 달 역시 완고하게 일본의 현실에 천착했다. 1980년대 후반에 이르면 일본의 사회 구성이 변화했던 것이다. 이제 저변과 주변에는 일용직 노동자, 부락민, 재일조선인만이 아니라 이주노동자가 자리 잡고 있었다.

그러나 야전의 달이 타이완에서 거점을 마련하고 활동을 넓혀간 것은 전과 확실히 다른 양상이었다. 사쿠라이 씨는 1995년 필리핀에서 있었던 연극인 모임에서 타이완인 연극인과 알게 되어 1999년에 타이완 공연을 제안받았다. 사쿠라이 씨로서는 일본에서 벗어날 계획을 세우던 참이었다. 일본 사회가 탈정치화된 까닭에 열도에서의 여행은 전처럼 탈주라는 의미를 갖기 힘들었다. 사쿠라이 씨는 이미 1995년에 필리핀, 홍콩 등지로 다녔으며 1998년에는 브라질에 가서 공연 가능성을 타진했다. 그리고 1999년 야전의 달은 「엑소더스(出核害記)」라는 연극을 타이완에서 공연하며 거점을 넓혔다. 2002년에는 '야전의 달=해필자(野戰の月=海筆子)'로 재조직해서 「아Q게놈(阿Qゲノム)」 공연으로 활동을 개시했다. 그리고 2004년에는 타이완 단원들을 중심으로 '타이완 해필자'가 결성되었다.

타이완에서도 그는 여전히 반일을 주제로 삼았다. 그러나 전개 방식은 달라져야 했다. 한국과 달리 타이완에는 과거 일본제국을 향한 노스탤지어 같은 게 남아 있다. 그 차이를 사쿠라이 씨는 두 가지 에피소드로 전한다. 먼저 1982년 그가 서울에 왔을 때의 일이다. 마로니에 공원을 거니는데 한 할아버지에게 일본인인 걸 들켜서 얻어맞았다. 그는 그 충격을, 할아버지의 표현 방식을 무척 훌륭하다고 생각했다.

이번에는 1999년 그가 타이완에서 처음 공연하던 때의 일이다. 강가에 텐트를 치고 반일의 작품을 상연했다. 공연을 마치고 배우들이 인사하는데 한 할아버지가 사투리가 섞인 억양으로 "대일본제국 만세!"를 외쳤다. 비아냥거리기 위한 게 아니었다. 진심 어린 외침이었다. 사쿠라이 씨는 그렇게 진심으로 "대일본제국 만세"를 외치는 육성을 그때 처음 들었다고 한다. 반일의 작품을 상연했는데 "대일본제국 만세"라고 외친 할아버지의 존재가 그에게는 충격이었다. 사쿠라이 씨는 당시의 체험을 타이완으로 거점을 넓힌 주된 계기로 꼽는다. 자신의 작품 속 무엇이 할아버지로 하여금 과거를 상기시켰는지, 상기 작용이 어찌하여 "대일본제국 만세"로 표출되었는지 그는 알지 못했다. 일본에서는 좀처럼 경험하기 힘든 시선이 타이완에는 존재한다는 걸 알았다.

사쿠라이 씨에게는 한국과 타이완의 두 할아버지에 관한 기억이 포개져 있다. 그가 웃으면서 이야기를 들려주기에 나도 웃으면서 듣느라 충격의 내실이 무엇인지는 진지하게 물어보지 못했다. 하지만 그의 체험담에서 의미를 건져내는 것은 체험의 당사자가 아닌 체험담을 체험한 나의 몫인지도 모른다.

지금 당장은 그에게서 들은 체험담을 한 가지 더 옮기고자 한다. 이번에는 일본에서 있었던 일이다. 정확한 시기는 듣지 못했다. 위안부 할머니들이 도쿄에 와서 증언집회를 열었다. 사쿠라이 씨도 그 자리에 참가했다. 집회는 할머니들이 '기미가요'를 부르는 것에서 시작되었다. 장렬한 '기미가요'였다. 할머니들은 가혹한 역사의 증언자이고자 일본어로 그것도 '기미가요'를 불렀다. 아마도 이런 체험들은 사쿠라이 자신도 그 의미를 또렷하게 포착하지 못할 것이다. 이런 체험들은 의미가 불분명한 채 어떤 의미 작용을 하고 있을 것이다. 그리고 그것들을 연결하면 사고의 공간이 생겨나며, 거기로 다른 체험들을 불러들이는 체험들일 것이다.

일본어에 관해서라면 그에게서 들은 일화가 한 가지 더 생각난다. 역시 그것까지 옮겨둬야겠다. 그는 자신이 타이완에서는 "일본어의 망령"이 되곤 한다고 말한다. 일본인인 사쿠라이 씨가 타이완에서 작업하며 현지인들과 접촉하면 사쿠라이 씨는 그들에게 과거를 상기시키고, 사쿠라이 씨는 그들의 기억과 마주치곤 한다.

타이완으로 거점을 넓히고 집을 빌려 생활하던 타이완 활동 초기, 그는 타이완어를 할 줄 몰랐다. 그래서 집주인 할머니와 말이 통하지 않았다. 그런데 한 달이 지나자 그녀는 자신에게 일본어로 말을 걸어왔다. 사쿠라이 씨를 보며 60년 전에 배운 일본어를 기억해 낸 것이다. 그리고 일본어로 대화할 때면 그녀는 연소자인 자신을 소학교 선생처럼 대하는 듯이 느껴졌다고 한다. 그는 할머니에게 '일본어의 망령'으로서 60년 전의 인물로 존재하는 것이다. 사쿠라이 씨는 그녀에게 '제국의 망령'이며, 그녀는 사쿠라이 씨에게 '식민지의 망령'인 관계가 형성되는 것이다.

타이완에서 텐트를 세우고 타이완을 텐트 속으로 들이는 작업은 조선의 경우와는 달랐다. 그가 일본에서 텐트를 세울 때는 조선 자체를 연극의 주제로 삼은 적이 없었다. 그가 발 딛은 일본 사회가 조선과의 관계에서 형성되었고, 조선은 재일조선인의 형태로서 일본에 내재화되어 있다. 따라서 조선만을 일본으로부터 따로 떼어내 대상화할 수 없었다.

그러나 타이완에서는 달랐다. 타이완에서 하는 연극은 언제나 타이완이 주역이다. 타이완에서는 여러 감정기억이 격렬하게 부딪치고 있다. 외성인과 본성인이라는 이른바 성적모순, 국민당과 민진당, 그리고 고산족으로 불리는 원주민의 존재. 마치 주역의 자리를 노리듯 서로 타이완을 빼앗으려 한다. 타이완은 탈식민적 동향과 탈냉전적 경향이 분열하고 또 융합하는 현장이다. 그곳에서 사쿠라이 씨는 타이완을 연극의 주역으로 내세워 타이완의 역사에 정면으로 개입하려고 했다.

절망 속 희망

사쿠라이 씨에게서 들은 일화다. 광주 근처의 갑오농민전쟁기념관에 갔을 때의 일이다. '세계 제국주의와 식민지'라는 세계지도 패널이 있어 제국주의 국가의 버튼을 누르면 식민지들이 빛나게 장치되어 있었다. 일본을 누르니 당연히 한국과 북한이 빛나고 동남아시아를 포함한 일본제국의 최대판도에 불이 들어왔다. 그런데 타이완은 빛나지 않았다. 관계자에게 전선이 끊어진 것인지 물어보니 전구 자체가 없다고 답했다. 그는 이런 일들이 '아시아의 고아'라는 타이완인의 자기 연민을 부추기는 토양이 된다고 강조했다.

또한 그는 한국의 지식인이나 활동가와 교류하면 타이완이 그들의 시야에서 누락되었음을 감지한다고도 말했다. 타이완을 바라보는 경우에도 직접 보는 경우는 드물다. 탈식민의 관점에서는 일본을 경유하며, 최근 탈냉전의 관점에서는 중국 경유로 타이완을 바라보는 것 같다고 지적한다. 지리적·역사적·지정학적으로 인접해 있는데도 한국에서 타이완은 무척 멀게 느껴진다는 것이다. 더욱이 일본을 경유할 경우 일본이 타이완의 전체상을 파악하지 못하고 있으니 타이완은 일부밖에 보이지 않으며, 중국을 경유하더라도 왜곡이 심해진다.

타이완에서 사쿠라이 씨의 활동은 주로 낙생원(樂生院)을 배경으로 진행되었다. 낙생원은 타이베이 근교에 있는 한센인 요양소다. 1930년, 타이완 총독부에 의해 건립되었다. 당시 일본인들은 한센병을 후진국에서 많이 발생하는 비문명병으로 간주했다. 그리고 일본 정부는 한센인을 격리하는 정책을 취했다. 본토에서만이 아니라 조선에서는 1916년에 소록도 요양소를 세웠고, 만주국에는 1939년에 동강원을 설립했다. 1942년 남태평양의 나우르 섬에서는 마흔 명의 한센인을 속여 배에 태운 뒤 포격해 학살한 일도 있었다. 한센병에 대해 일본인이 지닌 편견과 일본 정부의 근대주의가 맞물려 '한센병 박멸'이 아닌 '한센인 박멸'이라는 잔학의 역사가 쓰여진 것이다.

일본이 패전하던 무렵에는 이미 한센병에 우려할 만한 전염성이 없다는 사실이 보고되었고 치료약도 개발되었지만, 전후 일본에서는 한센인에 대한 격리정책이 유지되었다. 타이완도 마찬가지였다. 강제격리는 1960년대까지 이어졌으며, 강제격리가 풀리자 천 명 정도의 요양자 가운데 낙생원을 떠나는 사람들이 생겨 현재는 삼백

명 규모로 줄어들었다. 하지만 거꾸로 말하자면, 연로한 요양자들 중에서 사망한 자, 떠나간 자를 제하고서도 삼백 명이나 낙생원에 남았다. 강제격리가 중단되기 전까지 요양자는 호적에서 빠져 신분증명서도 받지 못했다. 살아 있는 사자로서 진짜 사자가 되는 날까지 버려졌다. 따라서 강제격리는 중지되었지만 돌아갈 고향이 없고, 세상의 편견도 사라지지 않아 낙생원에 남은 자들이 많았다.

그러던 중 MRT 지하철 공사계획이 수립되며 상황에 변화가 생겼다. MRT 공사가 진행되는 가운데 두 가지 투쟁이 일어났다. 먼저 MRT 공사를 하던 이주노동자들이 궐기했다. 주로 태국인 노동자들이 폭동을 일으켰다. 그들은 비싼 중개료를 내고 타이완에 와서 취업했다. 산업연수생과 비슷한 신분으로 들어와 3년 계약으로 타이완에서 일하는데 평균적으로 2년 반을 일해야 중개료를 갚는다고 한다. 결국 반년간의 임금이 노동자가 가져가는 수입이다. 그런 착취구조에서 돈은 브로커로부터 정치인에 이르기까지 다단계로 포진된 자들에게 흘러들어간다.

MRT에 고용된 노동자에게는 얼마 되지 않는 임금이 주어졌다. 그마저도 현금으로 지불되지 않고 합숙소에서만 사용할 수 있는 대용화폐가 주어졌다. 합숙소 매점의 물가는 시가의 배가 넘었다. 더구나 식사시간에 늦으면 벌금, 취침 시 점호가 늦으면 벌금, 휴대전화 사용금지 등의 규칙이 노동자를 옭죄었고 감독관은 전기충격기를 휴대하고 감시했다. 결국 감독관이 노동자를 전기충격기로 폭행한 사건이 발단이 되어 봉기가 일어나 노동자들은 농성에 들어갔다. 공사는 중지되었다. 타이완의 속도 신화도 암초에 부딪쳤다. 이

투쟁은 1992년 타이완에서 노동자 이입 정책이 시작된 이래 이주노동자의 존재를 타이완인에게 확실히 각인시킨 사건이 되었다.

다른 한 가지가 낙생원 투쟁이다. MRT의 차량을 보관하기 위한 차고와 차량을 씻기 위한 오수처리장 부지로 낙생원 지역이 선정되었다. 별다른 사전 고지도 없이 공사가 시작되어 낙생원이 위치한 언덕의 반이 깎여나갔다. "지반이 약해져 건물이 위험하니 곧바로 퇴거할 것"이라는 MRT 건설위의 명령에 따라 요양자들은 강제퇴거로 내몰렸다. 국가의 정책으로 소싯적에 끌려와 자본의 명령으로 만년에 쫓겨나야 했다. MRT 건설위가 이 땅을 부지로 고른 것도 토지보상금이 들지 않을 뿐 아니라 저항이 없으리라는 계산에 따른 것이었다.

언덕에는 납골당도 있었다. 죽어서조차 고향으로 돌아가지 못한 자들의 뼈가 묻혀 있다. 그런데 MRT 건설위가 납골당을 부수고 뼈를 옮기려 하자 많은 요양자가 결집해 실력으로 저지했다. 실력이라고 해도 요양자들은 힘이 세지 않다. 대부분 보행이 어려워 전동 휠체어를 타고 이동한다. 요양자들은 '낙생원 자구회'를 결성해 저항운동을 개시했다. 행정원에 대한 항의집회도 거듭되어 타이베이 시민에게도 차츰 낙생원의 존재가 알려졌다. 낙생원의 투쟁은 '통일이냐 독립이냐'라는 해묵은 정치 이슈에 염증을 느끼던 자들에게 그리고 타이완 근대의 속도 신화에 밀려난 자들에게 충격이자 희망으로 다가왔다. 1999년 사쿠라이 씨가 처음 타이완에 가서 「엑소더스」를 공연한 것도 이 투쟁이 계기였다.

낙생원은 그 이름과 달리 디스토피아다. 낙생원은 격리된 장소다. 요양자는 사회성을 박탈당했다. 그러나 격리되었기에 낙생원은 70년간 타이완의 역사를 보존할 수 있었다. 사회의 외부에 놓였기에 고난의 역사를 여전히 기록해가고 있다. 그리고 낙생원은 인간의 존엄이라는 의미에서 절망의 한복판이지만, 사쿠라이 씨는 거기서 희망을 봤다. 아니 희망에 관해 다시 생각했다. 근대적 인간의 존엄, 권리 … 그런 것과는 전혀 다른 형태로 요양자에게는 희망이 깊숙이, 뿌리 뽑을 수 없을 만큼 신체 깊숙이 새겨져 있었다.

단테는 『신곡』의 「지옥의 문」에서 말한다. "나를 지나 그대는 슬픔의 나라로 간다. / 나를 지나 그대는 영원한 고통 속으로 간다. / 나를 지나 그대는 영원히 파멸한 이들 속으로 간다. … 이곳으로 들어오려는 그대여, 모든 희망을 버릴지라."

사쿠라이 씨에게 타이완에서 표현을 상상함이란 낙생원으로 끌려간 자가 문 앞에 섰을 때의 표정 속에 있는 풍경에 가닿는 일이다. 그리고 낙생원에서 수십 년간 격리되어 고통 속을 살아간 자가 여전히 간직하고 있을 희망을 헤아려보는 일이다.

부조리의 조리

2006년의 「아초 천당(野草天堂)」은 희망과 절망에 관한 내용이다. 이 작품의 모티브는 요양자가 나무에 올라가 수신자를 적지 않은 편지를 종이비행기로 접어 바깥으로 날려보냈다는 고사다. 사쿠라이 씨는 편지가 날아오는 동안 그 안의 문자가 사라져 백지만이 우리에게 도착했다는 상황을 설정해 공연을 기획했다. 편지에 적혔던, 그러나 지금은 바닥에 떨어진 절망의 말들은 벌레가 되어 움직이기 시작해 군데군데 의미와 형상이 깨져가면서도 낙생원으로 돌아간다. 편지를 받은 우리는 백지의 편지를 쥐고 절망의 말들을 뒤좇아 낙생원으로 향한다.

사쿠라이 씨는 「아초 천당」에서 구상한 절망과 희망의 관계를 이렇게 풀이했다. 흰 편지는 희망이고 검은 글씨는 절망이다. 희망은 말의 발생 이전에 원죄처럼 인간 안에 깃들어 있다. 피부 뒤편에 꿰매진 백지의 편지 같은 것이다. 그렇다면 절망은 우리의 피부에 휘갈겨 써진 검은 언어다. 덧써지고 덧써져서 씻어도 씻어도 지워지지 않는다. 그렇게 말의 발생을 경계로 하여 희망과 절망은 신체의 안과 바깥에 달라붙어 있다. 그래서 절망이 깊을수록 그것을 적기 위한 희망을 찢을 수 없게 된다.

요양자는 낙생원에서 편지를 써서 종이비행기로 날린다. 그 편지에는 수신자가 적혀 있지 않다. 이렇게 요양자는 사회성을 박탈당한 존재다. 호적에서 빠지고 사회 바깥으로 추방당해 숨어 지낸다. 사쿠라이 씨가 「야초 천당」을 기획한 것은 그 소멸당한 존재를 사회 안으로 등장시키기 위함이었다. 그는 낙생원에서 이 공연을 올린 후 장소를 국립극장으로 옮겼다. 일본 최고의 극작가로 (잘못) 알려져 있던 터라 대관하는 일은 어렵지 않았다고 한다. 그리고 요양자를 객석으로 초대했다. '국립극장'에서 타이완인 관객들은 눈앞의 부조리극을 몸 옆의 요양자와 함께 관람해야 했다. 그렇듯 부조리한 사건을 만들어 그는 부조리한 사회를 고발했다.

요양자와 함께 국립극장에 들어가 자신은 무대를, 그들은 객석을 점거한 것은 사회운동 차원의 저항인 동시에 표현상의 저항이기도 했다. 국립극장을 자신의 텐트로 삼아보려고 한 것이다. 국립극장을 큰 함몰로 만들고자 했다. 사쿠라이 씨는 텐트연극에 관해 이런 가설을 갖고 있다. 텐트는 현실 사회에서 갑자기 생겨난 작은 함몰이다. 천 한 장으로 평편한 통치의 공간, 매끄러운 소비의 공간을 일부 배어내 함몰을 만든다. 그리고는 현실 사회에 잠복해 있는 부조리한 문제를 날카롭게 낚아채 텐트에서 부조리하게 표현한다. 다만 부조리는 그대로는 부조리한 표현이 되지 않는다. 즉 가시화되지 않는다. 부조리에 리를 채워가야 비로소 부조리의 윤곽이 드러난다. 그래서 그의 연극은 부조리극이다. 그러나 그가 텐트 안에서 부조리한 상황을 만들어내는 까닭은 텐트의 바깥 세계야말로 부조리하기 때문이다. 그는 텐트를 세워 부조리를 두고 국가주의 그리고 자본주의와 쟁탈전을 벌인다.

광주의 마당

타이완에서 「야초 천당」을 계획하던 시기 사쿠라이 씨는 광주 공연도 준비 중이었다. 1983년 이후 그는 수차례 한국행을 시도했지만 블랙리스트에 올라 비자가 발급되지 않았다. 20년이 지난 뒤인 2004년, 인천공항에 도착하고 나서도 그는 입국심사에서 걸려 일본으로 돌아가야 하는 것은 아닌지 걱정했다. 다행히 통과된 후에는 2004년과 2005년, 광주 공연을 준비하고자 십여 차례 한국을 오갔다. 내가 사쿠라이 씨와 처음 만난 것도 2004년의 일이다.

사쿠라이 씨는 광주에서 열리는 '마당의 빛 05'에 참가할 예정이었다. 2004년, 마당극단 신명으로부터 제안을 받았다. 지금은 '야전의 달'로 광주에 오지만 전신인 '바람의 여단'에게 광주 항쟁이 극세계와 행동성에 짙은 영향을 드리웠다는 사실은 앞서 기록해두었다. 그러나 그는 광주 항쟁을 이상화하지 않았다. 오히려 광주 항쟁에서 실현되지 못한 코뮌의 가능성을 재발견 혹은 재발명하는 것을 자신의 과제로 삼았다.

'마당의 빛 05'에 참가하기 위해 준비한 작품은 「새로운 천사」였다. 짐작할 수 있듯이 벤야민의 「역사의 개념에 대하여」에서 등장하는 '새로운 천사'를 모티브로 취했다. 그에게 벤야민이 얼마나 중요한 사상가인지는 알지 못한다. 중요하더라도 내가 벤야민으로부터 영향을 받은 방식과는 분명히 다를 것이다. 다만 벤야민이 「역사의 개념에 대하여」에서 파울 클레의 「새로운 천사(Angelus Novus)」를 소재로 삼아 유물론적 역사관을 개진한 대목은 사쿠라이 씨의 역사관을 이해하는 단서가 될 뿐만 아니라 사쿠라이 씨의 행적을 들여다보면 벤야민의 유물론적 역사관을 이해할 수 있는 귀중한 이미지를 얻을 수 있다.

클레의 그림 「새로운 천사」에서는 날개를 활짝 펼친 천사가 눈과 입을 크게 벌리고 이쪽을 바라보고 있다. 벤야민은 '역사의 천사'도 그러하리라고 말했다. 역사의 천사는 얼굴을 과거 쪽으로 향한다. 그 과거란 그저 사건의 퇴적물이 아니다. 천사의 눈에 과거는 폐허 위에 폐허를 거듭하는 파국으로 비쳐진다. 아마도 천사는 그 폐허 위에 머물면서 파괴된 잔해를 모으고 사자를 눈뜨게 하고 싶을 것이다. 그러나 천사는 정면, 즉 과거 쪽에서 불어오는 바람 때문에 자신이 응시하는 과거로부터 멀어져간다. 바람이 너무나 거세 천사는 날개를 접을 수조차 없다. 거센 바람은 천사를 미래 쪽으로 떠민다. 천사는 시시각각 과거가 되어가는 현재의 폐허들을 지나쳐 등 돌린 미래 쪽으로 떠밀린다. 벤야민은 말한다. "우리가 진보라고 부르는 것이 이 거센 바람이다."

사쿠라이 씨는 시대의 계절풍을 거슬렀다. 폭력의 진원지로 거슬러 올라가면서 역사 속에 묻혀 있는 엄청난 분량의 고통을 다시 건져 올렸다. 그것은 진보에 역행하는 행위며, 시대에 뒤처지는 길이다. 그는 그렇게 폐허를 헤집으며 과거에 묻힌 가능성을 찾으려고 했다. '일어났던 일'을 반추하는 게 아니라 진보가 지나간 자리에서 남은 잔해들을 모아 '일어날 수 있던 일' '일어나야 했던 일'을 다시 구성한다. 이루지 못한 꿈, 지키지 못한 약속. 그것들은 역사 속 그 자리에서 꿈쩍 않고 우리를 기다리고 있다. 그 고정점을 찾아 그것으로부터 가능했던, 가능해야 했던 역사를 마저 작성한다. 그런 의미에서 25년 늦게 찾아온 광주에서 그가 시도하려던 것은 현재를 이해하기 위해 과거로 접근하는 회고가 아니라 현재를 바꾸기 위해 과거를 소환하는 상기였다. 그는 「새로운 천사」와 함께 광주에 왔다.

그러나 결국 고심 끝에 '아시아 마당' 부문에 극을 올리는 것을 거부했다. 이유는 적어도 두 가지였다. 첫째 국제 페스티벌이라는 형식에 동의할 수 없었다. 여러 나라 작품을 이것저것 진열하는 식이라면 문화교류라는 명목 아래 표현을 소비물로 타락시킨다. 그리고 극단의 전통은 외국산 염가 상품들과 함께 평가받는 것을 용납할 수 없었다. 둘째 한일조약 40주년에 즈음하여 자신들의 일본인성을 재차 추궁해야 할 시기에 한국과 일본 정부가 제공하는 공적 자금을 받아 텐트를 세울 수는 없었다.

아마도 그가 불참의 결정을 내린 데는 2004년과 2005년, 광주와 서울을 수차례 오가며 공연을 접했을 때 느낀 실망감이 작용했는지 모른다. 그에게는 20년 만의 한국행이었다. 20년 동안 조선해협 너머로 한국에 관한 상상을 축적해왔을 것이다. 그만큼 실망도 컸다. 이 땅에서도 표현은 자기증명 행위로 변질되었다. 고독한 개체가 자기 이야기를 과잉으로 늘어놓는 식이었다. 배우들은 삼킨 말 없이 모든 걸 꺼내 보이려 할 뿐이었다. 70~80년대 한국의 지하연극은 달랐다. 그때는 배우가 남겨둔 여백에서 역사가 표현되고 있었다. 그게 사라진 것이다. 그리고 이 땅에서도 이제 표현은 소비에 혹사당하고 있다. 표현은 극장에서 소비되는 상품으로, 극장에서 얻는 정보로 전락했다.

물론 이것이 2000년대 한국 연극의 실상에 관한 적합한 평가라고는 할 수 없을지 모른다. 다만 70년대에 화상을 입은 자신의 상처에 비춰 한국 연극인에게서 동상을 보았듯이, 이때의 실망감 역시 변질되고 타락한 일본의 연극 그리고 현실이 기대를 걸었던 한국행의 체험과 오버랩되면서 발생하고 짙어졌던 것이리라. 따라서 실망보다 중요한 것은 실망의 깊이다.

하지만 '마당의 빛 05'에는 불참하더라도 광주 공연만큼은 성사시키고자 했다. 25년 전 광주란 그에게 상기해야 할 과거였다. 광주의 역사를 공문서실에 가둬두어서는 안 된다. 진정 '마당의 빛'으로 소환해내야 한다. 마당, 그것을 두고 이케우치 분페이 씨는 이렇게 말했다. "'면적이 0인 마당'은 한글의 '이응'과 같다. 아야어여의 'ㅇ'. 있지만 없는 것처럼 보이고, 그렇기에 오히려 절대적으로 '있는' 어떤 것. 자신을 무화하며 앞뒤를 연결하는 것. 그리하여 절망의 끝에서도 고개를 끄덕이듯 작게 소리를 내는 것." 코뮌이란 게 있다면, 광주로부터 재발견·재발명되어야 할 공공공간이란 마당 같은 것이었다.

결국 야전의 달은 '마당의 빛 05'의 참가는 거부하되 그 기간에 독자적으로 공연을 진행했다. 물론 공식 팸플릿에는 실리지 않고 일체의 비용은 스스로 충당했다. 그리고 다음 해인 2006년에 야전의 달과 독화성 호응계획은 일본에서 마당을 펼쳤다. 광주의 마당극단 신명을 초청해 작품「일어서는 사람들」을 가지고서 도쿄, 오사카, 기타큐슈, 나고야, 교토로 순회공연을 다녔다. 마당, 현상적으로는 민단계 학교에는 총련 측이 찾아와 함께 어울렸다.

중국의 틈 속으로

2007년에는 타이완으로 돌아가「변환 부스럼딱지성(變幻カサブタ城)」을 공연했다. 이 연극은 모래시계 이야기로 희망과 절망을 다루고 있다. 우리는 모래시계 속에 있는 한 알 한 알의 모래다. 모래시계가 뒤집히면 우리는 시간의 누적을 표시하며 그저 떨어진다. 모래시계는 체제다. 모래시계가 표시하는 시간은 우리 자신의 시간

이 아니다. 체제의 시간 속에서 우리 삶은 내버려지고 있다. 이것은 절망이다.

그러나 모래알은 떨어지면서 서로 스친다. 스치며 모래입자가 변한다. 우리의 신체가 바뀐다. 그것은 아픔을 수반한다. 그 스침만이 우리의 시간이며, 곁에 있는 존재와의 마찰 속에서만 희망을 사고할 수 있다. 그는 연극에 이런 메시지를 담았다.

그리고 반년이 지나 이 작품을 들고서 베이징으로 향했다. 사쿠라이 씨가 같은 연극을 반복하는 경우는 드물지만, 타이완과 중국 사이의 분단선을 넘어 반복한다면 그 행위는 도전일 수밖에 없었다. 그리고 이 공연 때부터 텐트 속으로는 중국이 들어왔다. 중국이 들어오자 일본, 한국, 타이완, 중국의 역사와 현실은 서로 난반사되었다. 일본, 한국, 타이완을 시야에 두고 극을 올릴 때면 일본과 한국, 일본과 타이완처럼 이항관계로 진행되지만, 중국이 들어오면 각각은 복잡하게 뒤얽히게 된다.

「변환 부스럼딱지성」의 베이징 공연은 두 곳에서 각각 이틀 동안 일본어판과 타이완어판이 올라왔다. 첫 번째 공연지는 차오양취(朝陽區) 문화관 앞의 오륜광장이었다. 두 번째 공연지는 피춘(皮村)이라는 마을이었다. 베이징 교외에 있는 마을로서 농민공이 집단으로 거주하고 있었다. 상이한 두 장소에서 치러진 공연에 관해서는 쑨거 선생으로부터 감상을 들은 적이 있다. 장소가 달랐던 것만큼이나 객석의 분위기도 대조적이었다고 한다. 첫 번째 공연의 관객들 가운데는 연극인이나 교원, 학생 등 '사상극'의 소비자가 많았다. 그들은 서양에서 전래된 민중극의 모티프와 형식에 친숙한 자들이었다. 그들에게 사쿠라이 씨의 희곡은 몹시 난해했다. 관객들은 배우의 연기를 따라가며 대사를 음미하려고 애썼지만, 내용은 딱딱하고 형식은 생경해서 지식인 관객들은 곤혹스러웠다. 어떤 이는 "이런 연극을 민중들이 이해할 수 있을까"라며 의구심을 내놓았다고 한다.

두 번째 공연의 관객들은 그 물음에 답했다. 피춘의 공연은 농민공과 마을 사람들로 가득 찼다. 그들은 배우가 일본어로 대사하자 "중국어로 말해달라"며 솔직하게 요구했다. 그러나 그 요구가 무리임을 알자 일단 일본어인 채로 공연을 관람했다. 첫 번째 공연과 달리 피춘의 텐트 속은 소란스러웠다. 이따금 관객이 무대 위로 올라가고 개도 텐트 속으로 뛰어들었다. 무대의 안팎은 동시에 '생'을 연기했다. 공연이 끝난 후 마을 사람들은 배우들에게 찬사를 보냈다. "당신들은 일본인일 리 없다. 이렇게 재밌는데. 대체 왜 일본인인 척하는 것이냐." 그러나 일본인 배우들은 그 물음에 중국어로 답할 수 없었다.

사쿠라이 씨는 시민층을 향해 근대적 생의 고뇌를 표현하려던 것이 아니라 시민권을 갖지 못한 저변 인간의 괴로운 생에 예술로써 형식을 부여하고자 했다. 일본어를 알아듣지 못하는 관객들도 텐트연극의 형식으로부터 그 의도에 감응했다. 그들에게 텐트연극은 외국의 것일 리 없었다. "당신들은 일본인일 리 없다"는 텐트연극에 감응된 관객들이 선사해준 최고의 찬사였다.

쑨거 선생은 두 차례의 공연을 보고 이런 감상을 밝혔다. 사쿠라이 씨의 텐트연극은 예술로써 민중과 지식인의 구획을 돌파했다.

238

지식인이 관념화한 '민중의 삶'을 관념에서 해방시키며 텐트를 통해 신체화하는 동시에 신체의 형식을 의도적으로 창출했다. 텐트연극은 민중극의 통속성 그리고 지식인 연극의 비민중성에 저항하여 성립했다. 그리하여 두 차례의 공연 사이의 간극을 쏜거 선생은 어느 저널리스트의 감상을 빌려 압축한다. "이 연극의 내용은 몹시 인텔리적인데, 텐트라는 풀뿌리 방식이나 배우의 신체성과는 기묘하게 어긋나 있다. 사쿠라이 씨는 확실히 그 역설을 대변한다. 그는 어려운 이야기를 늘어놓으면서 텐트를 세우려고 톱으로 나무를 빠르게 썬다."

무산자의 문화

「변환 부스럼딱지성」 공연 이후 사쿠라이 씨는 중국으로 거점을 넓혔다. 비록 타이완에서처럼 집을 빌리고 연습실을 마련하지는 않았지만, 베이징에서는 극단 '임'극사('臨'劇社)가 결성되어 사쿠라이 씨와 공동의 보조를 취하고 있다.

텐트를 가지고 중국으로 들어가고 텐트 속으로 중국을 들일 때, 사쿠라이 씨는 타이완에서와는 의도를 달리했다. 타이완에서는 텐트를 세워 감히 타이완의 역사와 현실에 개입하려 했다. 2주 동안 2만 8천 명이 죽었다 하여 228사건이라 명명된 장개석 정권의 백색 테러를 추궁하고 1949년 이래 1987년까지 길게 이어진 계엄령의 시대를 반추했다. 그리고 "타이완은 무엇인가"라며 정면으로 물었다. 이때 타이완 사회에 남아 있는 일본의 그림자는 사쿠라이 씨가 타이완으로 진입하는 창구가 되었다. 탈식민과 탈냉전이 뒤얽히는 수령 속으로 빠져들 자신만 있다면 타이완의 역사와 현실에 개입할 수 있으리라고 여겼다. 물론 스스로도 불손하기 짝이 없는 시도였다고 말하지만, 타이완의 지식인도 외면하던 타이완의 역사와 현실을 파고들었기에 반향도 반발도 컸다고 한다.

그러나 중국에서는 달랐다. 유효하게 진입할 방법을 찾지 못했다. 중국의 압도적인 규모 속으로는 들어가서 뭔가를 바꾼다는 게 불가능하다. 그리고 타이완과 달리 대부분의 중국인에게 일본인은 여전히 '귀축'이다. 동북 지역에서는 일본군이 남기고 간 불발탄과 독가스가 폭발해 피해자가 나오고 있다. 외교적 차원에서는 중일전쟁이 수습되었다고 하더라도 민중 속에서는 중일전쟁의 기억이 복제되고 있다. 그리고 사쿠라이 씨는 중일전쟁 시기에 일본인이 중국을 파악하는 데 실패했듯 현재도 중국에 대한 무지가 이어지고 있다는 위기의식을 갖고 있다. 중일전쟁기에 중국혁명이 시작되었고, 냉전기에 문화혁명을 거쳤으며, 탈냉전기로 접어들자 개혁개방이 더해진 복잡한 역사 지층을 어떻게 파고들 수 있을 것인가.

사쿠라이 씨가 2008년 봄에 베이징 공연을 서두른 이유는 베이징올림픽 전에 텐트를 세우기 위해서였다. 도쿄올림픽으로부터 20여 년 후 서울올림픽이 있었고 다시 20년 후 베이징올림픽이 개최된다. 64년 도쿄올림픽은 60년대 반란의 수맥을 점차 틀어막았다. 88년 서울올림픽 이후 한국은 소비사회로 변모하며 자신의 80년대로부터 멀어져갔다. 그렇다면 중국은 어찌될 것인가.

텐트는 반세계의 장이다. 텐트의 반세계성은 70~80년대 반일로 분출되었지만, 반근대라는 지향도 갖고 있다. 근대화 과정=주체화 과정은 사람들의 안과 밖에 벽을 세운다. 타인과의 사이에 벽을 쌓아올릴 뿐 아니라 자기 내부에도 벽이 선다. 내부의 벽은 어떤 종류의 기억을 숨겨두기 위한 것이다. 그 공정을 거쳐 등장한 시민은 안팎의 벽에 둘러싸여 창백하게 서식하고 있다. 텐트의 반근대란 숨겨진 기억들이 숨 쉬고 공명하게 하는 데서 시작된다. 그리하여 동아시아의 반근대로 향해야 할 텐트연극이, 중국의 숨 막히고 인간관계를 찢어놓는 근대화 속으로 진입할 유효한 방법을 찾아내지 못하는 한 사쿠라이 씨는 1970년대부터 이어온 표현을 끝낼 수 없다고 마음먹고 있다.

사쿠라이 씨가 중국에서 텐트를 세울 때 중심 주제는 '빈곤'이다. 자본의 문명화 과정에서 빈곤은 탈영토화되고 있다. 빈곤이 뚜렷한 윤곽을 갖고서 유의미하게 등장해서는 안 된다. 대륙에서 빈곤은 부유하고 있다. 1억 명이 넘는 농민공은 시민권을 부여받지 못한 채 건설 현장 등지에서 날품을 팔며 도시를 떠돌고 있다. 그렇다면 텐트는 빈곤을 재영토화하려는 역행이다.

「변환 부스럼딱지성」을 공연한 피춘도 농민공 마을이었다. 피춘에서 텐트는 빈곤이라는 부조리에 리를 주입해 가시화했다. 하지만 텐트가 떠난 지 반년 만에 피춘은 사라졌다. 수개월에 걸쳐 급조된 가건물은 수개월 뒤에 개발이 진행되면 철거된다. 잠시 그곳에 머물며 마을을 이룬 농민공은 다른 곳으로 쫓겨난다. 그렇게 세우고 부수는 일이 베이징 근교에서 반복되고 있다. 건물만이 아니라 인간관계를 포함해서.

무산자, 즉 소비사회에 참가할 능력이 없는 자들은 사회성을 박탈당한다. 한국과 일본에서는 노동자를 국민으로 통합하고 통제사회로 포섭하던 기존의 방침이 수정되고 있다. 소비사회에 참가할 능력이 없는 자는 통합이 아닌 배제의 대상이다. 통제사회로 포섭하기 위해 지출해야 할 비용을 감안한다면 추방 쪽이 저렴하다. 한국과 일본은 양극화사회, 격차사회로 치닫고 있다. 그 와중에 시민사회가 풍화되고 있으며, 공공성의 의미도 변질되고 있다. 중국은 어찌될 것인가.

사쿠라이 씨는 떠도는 농민공의 거대한 흐름에 텐트연극을 걸고 있다. 일찍이 무산자는 빈곤함에 근거해 단결할 수 있었지만, 빈곤은 탈영토화되어 무산자는 함께할 기반을 상실했다. 무산자의 집단을 만들려고 하면 폭력적인 탄압을 받는다. 지금 중국에서 빈곤은 생존의 문제다. 그리고 문화의 문제이기도 하다. 인간이 타인과 관계하며 삶을 재생산하는 기술이 문화이기 때문이다. 지금 중국에서는 무산자를 위한 문화가 발명되어야 한다. 그래서 텐트는 농민공의 거대한 흐름에 자신을 내맡기려 하고 있다.

반전(反轉)의 싸움

그 방향에서 「변환 부스럼딱지 성」 이후 2010년에 시도한 작품이 「월식담(月食譚)」이다. 이 작품은 타이완의 기업인 팍스콘(富士康)이 대륙 중국으로 진출해 세운 공장에서 여공들이 차례차례 투신자살한 사건을 배경으로 삼고 있다. 팍스콘은 전자부품업체로서 자살한 여공들은 애플사 등에 납품할 부품을 만들고 있었다.

이번 작품을 위해서는 두 개의 텐트를 세우고 사이에 땅을 파서 물을 채웠다. 한쪽 텐트는 '절망 공장'이고 다른 쪽 텐트는 극장이다. 그 사이를 타이완해협이 가르지르도록 한 것이다. 관객들은 '절망 공장'을 통과해 타이완해협 위의 다리를 건너 극장으로 들어온다.

「월식담」은 중국의 고전, 특히 루쉰의 『고사신편』에서 등장하는 인물들을 차용했다. 중국인도 타이완인도 대체로 알 만한 인물로서, 「월식담」에서는 죽은 여공들이 남긴 캐릭터로 등장한다. 12시간의 노동에 녹초가 된 여공들의 유일한 오락은 캐릭터를 만들어 자신의 폴더 속에 저장하는 것이다. 돈이 들지 않을뿐더러 잘만 만들면 인터넷에서 팔 수도 있다. 여공들은 죽기 전에 중국 고전의 인물로부터 캐릭터를 만들었다. 그런데 여공들이 투신한 후 파업이 일어나 혼란스런 와중에 컴퓨터실이 부서지자 컴퓨터로부터 캐릭터가 뛰쳐나온다. 그리하여 아이폰 등을 제조하는 공장 속에서 중국 고전의 인물들과 현실은 뒤죽박죽된다.

사쿠라이 씨는 「월식담」의 대본을 쓰는 동안 중국 사회로 보다 깊숙이 진입해 『고사신편』을 다시 써보겠다고 생각했다. 『고사신편』의 각 이야기에서 등장하는 인물들이 오늘날 중국 상황에서 마주하는 장면을 구상해보려는 것이다. 물론 문학작품으로서가 아니라 연극으로서 말이다.

그러나 사쿠라이 씨는 중국 활동을 보류하고 일본으로 돌아와야 했다. 2011년 3월 11일 도호쿠 지역에서 대지진이 일어났다. 그리고 후쿠시마 사태가 발생했다. 3·11로부터 20일가량 지난 뒤 야전의 달은 폐허가 된 재해지로 떠났다. 원형을 알 수 없는 표류물들이 어지러이 널려 있고, 수습하지 못한 시체가 썩어가고, 집의 뼈대만 남기고 소멸해버린 촌락은 원래 모습을 가늠할 수 없었다.

그리고 9월 중순 텐트를 짊어지고 재해지를 다시 찾았다. 타이완 해필자의 멤버가 합류해 서른 명 정도가 재해지를 돌아다니며 텐트를 세웠다. 닷새 동안 네 곳에서 공연하는 강행군이었다. 재해지에서는 장소를 골라 텐트를 세운 뒤 관객을 부를 수가 없었다. 길이 끊겼고 재해민들에게는 마땅한 교통수단도 없었다. 텐트가 관객을 찾아가야 했다. 가까이 다가가지 않으면 연극의 장이 성립되지 않는다. 이를 위해 닷새 동안 네 차례 텐트를 세우고 치우기를 반복했다. 전기가 끊긴 폐허여서 발전기를 갖고 다녔으나 그만큼 밤하늘은 훌륭했다. 별의 들판 혹은 묘지였다.

재해지에서 올린 공연은 「후쿠비키비크니담(フクビキビクニ譚)」이다. 제목이 무얼 뜻하는지 좀처럼 감을 잡을 수 없어 사쿠라이 씨에게 두 차례 물어봤다. 그때마다 사쿠라이 씨로부터 설명을 들었지만 제목에 담은 구상이 복잡한지라 말끔하게 정리해내지 못하겠다. 다만 공연의 기획 의도는 똑똑히 들었다. 폐허가 된 도시를 다시 부흥시킬 게 아니라 위령의 뜻으로 지금의 모습을 예축(豫祝)하자는 것이었다. 「후쿠비키비크니담」의 마지막 장면은 행운의 점괘인 붉은 공을 뽑아들고 재해민에게 "오메데토 고자이마스!(축하합니다)"라고 외치며 마무리된다. 자신을 포함해 재해민들이 받은 충격을 그렇게 반전시키고 싶었다.

또한 앞으로 있을 긴박하고도 긴 싸움을 향한 의지를 그렇게 밝힌 것이다. 3·11 이후로는 한가로이 있을 수 없으나 안달해도 상황이 곧장 바뀌지는 않는다. 그런 의미에서 앞으로의 싸움은 지금까지와는 시간대를 달리해야 한다. "원전 중단" 요구에 머물지 않고 바닥의 바닥으로 내려가 피난과 탈주와 부흥의 관계식을 새롭게 정립해야 한다. 여기서 표현자의 상상력과 창조력은 더욱 혹독하게 심문당할 것이다.

오독을 위한 장

2010년 말, 타이베이에 있는 그의 숙소에서 일주일간 머물며 단원들과 교류한 적이 있다. 3·11이 있기 전이다. 얼마후 3·11이 발생하리라고는 상상조차 못했다. 단원들은 공연 준비에 한창이었다. 그들은 전업배우가 아니었다. 요리사, 편집자, 교수 등 생업은 따로 있다. 그들이 연습하는 모습을 지켜보며 감상하고 기록했다.

그들의 연습은 '자주연습'으로 시작된다. '자주연습'이란 대본 없이 배우가 마음껏 자신을 표현하는 일인극이다. 배우가 자기 감각을 자유롭게 표현하면 연출자인 사쿠라이 씨는 그것을 포착해 희곡에 정착시킨다. 그런 과정을 거치기에 사쿠라이 씨의 연극에서는 모두가 주연으로 등장한다. 매일 밤 숙소로 돌아오면 사쿠라이 씨는 밤늦도록 술을 마시다가도 자신의 방으로 들어가 그날 연습한 내용을 갖고서 희곡을 재구성했다.

그렇다고 배우의 표현을 그대로 희곡에 옮기는 것은 아니다. 사쿠라이 씨는 일단 배우의 언어와 몸짓을 관찰한다. 연극적 자질과 상관없이 그자가 왜 무대에 서려고 하는지, 그자의 신체는 어떤 변화의 가능성을 갖고 있는지를 관찰한다. 그 과정을 거쳐 그자에게 숨겨진 기억으로 다가간다. 그리고는 그자에게 있을, 그러나 아직 드러나지 않은 표현을 추출한다. 그렇게 해서 작성한 희곡을 배우가 다시 몸에 익히며 공연 준비는 무르익어간다.

사쿠라이 씨의 희곡을 읽어보면 정말이지 난해하다. 말의 의미를 제대로 따라가기란 어렵다. 하지만 말의 질량만큼은 확실히 전해진다. 그러면서도 그 무게를 재기는 힘들다. 그 말들은 의미의 결핍이거나 초과이기 때문이다.

사쿠라이 씨는 대중성을 얻을 목적으로 말을 순화하는 거래는 하지 않는 인간 유형으로 보인다. 타인에게 전달할 목적으로 의미망의 문턱을 낮추지는 않는다. 물론 그렇게 한들 본질적인 것은 말하지 못했다는 절망에 가까운 탄식이 그에게도 있을 것이다. 그러나 진실은 진실로 진실인 한에서 발화될 수 있는 게 아닐 것이다. 그의 희곡 속에서 난해한 말들은 진실을 낚아채겠다며 경쟁하듯 튀어나오는 게 아니라 겹겹이 포개져 막막한 언어의 지대를 만든다. 진실을 담겠답시고 훼손하는 게 아니라 은닉하여 보존한다. 관객들은 어지럽고 초조해진다. 그러던 중 무거운 공기를 깨고 폭소를 터뜨릴 만한 장면이 나온다. 사쿠라이 씨는 앞서 쌓아올린 난해한 말들을 뒤집는 웃음을 꾀한다. 웃음을 터뜨릴 때 언어는 신체화되고, 난해한 말의 의미가 아닌 난해한 말을 둘러싼 구도가 일순 포착된다.

나는 이제껏 '그의 작품'이라고 말했지만, 사실 그는 작품이라는 말을 꺼린다. 작품에 되도록 가까워져야 하겠지만, 작품에 이르지 않는 게 사쿠라이 씨가 희곡을 작성하는 원칙이다. 이것은 희곡이 드라마가 되어버리는 걸 막기 위함이다. 드라마는 현실의 재현이다. 또 하나의 현실을 만들어 기존의 현실을 재해석하려는 시도다. 그러나 그에게 드라마는 현실의 대안일 뿐이다. 대안이기에 기존의 현실을 현실로서 수용한다. 그러나 텐트연극은 현실을 허구화하려는 시도이니 기존의 현실을 현실로서 인정하지 않는다. 난해한 언어의 구조물은 '현실의 허구화'를 위해 설계해둔 것이다. 이로써 그는 "가로의 세계를 세로로 세운다"고 말한다. "입방체의 세계가 엿처럼 늘어나거나 줄어들면서 비틀려 나선 모양이 된다"고도 말한다.

텐트는 기존의 현실을 허구로 내모는 장이다. 이를 위해 현실로부터 텐트 속으로 들어온 자들의 인식을 위기에 빠뜨린다. 텐트연극에서 배우는 배역을 충실하게 소화하고 관객은 그것을 감상하는 식이 아니다. 난해한 언어의 구조물은 의미를 전달하기보다 '오독'을 이끌어내기 위한 것이다. 그러나 텐트연극의 오독은 언어를 모호하게 만들거나 추상적인 이야기를 꺼내서 생기는 게 아니다. 배우들의 대사는 구체적이고 선명하다. 배우들은 토해내듯 똑똑히 발화한다. 거기서 오독이 발생하는 까닭은 그러한 대사들로 짜인 언어의 구조물이 관객을 혼란스러운 시간과 공간으로 인도하기 때문이다.

극의 초반에 관객은 자신이 오독한다는 걸 눈치채지 못한다. 시간이 지나면서 뭔가 이상하다고 느낀다. 하지만 자신의 '읽기'를 고

집하다가 중반을 맞이한다. 중반을 넘어서면 관객들은 하는 수 없이 자신의 '읽기'를 의심하기 시작한다. '한 번 읽기'와 거듭되는 '다시 읽기' 사이에서 기존 인식이 위기에 내몰린다.

오독은 관객만이 아니라 배우들 사이에서도 발생한다. 그는 배우를 '번역자'라고 부른다. 배우는 자신의 전 존재를 걸고 현장에서 자신이 맡은 말을 풍부하게 만들려고 노력한다. 그것이 배우의 존재 의의다. 그러나 배우는 멋대로 말을 늘어놓을 수 없다. 다른 배우와 약속한 제한된 말을 가지고서 언어의 구조물을 짜내야 한다. 하지만 배우라고 해서 언어의 구조물의 전체상을 파악하고 있는 건 아니다. 배우들도 그 속에서 서로 엉키고 오독한다. 그렇다고 연출자만이 홀로 전지적 시점에서 오독들을 관장하는 것도 아니다. 오독들은 연출자의 의도보다 언제나 초과적이다.

텐트연극은 오독을 낳는다. 오독이야 굳이 텐트연극이 아니더라도 반드시 생기기 마련이다. 중요한 건 오독의 강도다. 텐트연극은 강한 오독을 의도한다. 그것은 개개인의 자의식을 깨고 집단화의 플라스마를 일으킬 만큼 강한 오독이어야 한다. 이윽고 배우와 관객의 오독들이 교착하고 흘러넘치면 텐트는 하나의 줄거리로 이끌어가려는 구심력과 오독들이 낳는 원심력이 함께 작용하여 신축적이 된다. 텐트는 생명처럼 부풀어 오르고 또 오그라든다.

텐트와 세 가지 정치

텐트연극에서 중대한 관심사는 언제나 '장소의 영유'다. 단 며칠이라도 철구조물을 세우고 천막을 치면 영토화된 공간이 생겨난다. 텐트를 세운 땅이 사유지더라도 텐트가 들어서면 잠시나마 공공공간이 생겨난다. 만약 공유지라면 전과는 다른 종류의 공공공간으로 바뀐다. 그렇지만 텐트가 기존의 질서 속으로 비집고 들어와 자리를 잡았으니 외부의 권력은 텐트 속으로 끊임없이 침범하려 든다. 원리적으로 이질성으로 향하지 않을 수 없는 텐트를 동질화하려고 법과 제도의 칼이 겹겹이 에워싼다. 따라서 텐트를 세울 때면 '장소의 영유'만으로도 저항의 선을 타게 된다.

사쿠라이 씨가 같은 연극을 반복하는 경우는 드물지만, 「변환 부스럼딱지 성」은 타이베이, 베이징 그리고 도쿄에서 시도되었다. 그리고 그때마다 텐트는 다른 환경, 다른 관객, 다른 기억, 다른 비평과 만났으며 또 그것들을 매개했다.

「변환 부스럼딱지 성」의 베이징 공연이 끝난 뒤 배우와 스태프들의 후기를 모은 책자가 있다. 읽어보았더니 흥미롭게도 극의 내용보다 텐트를 세우는 과정에서 벌어진 일들에 대한 감상이 다수였다. 공연은 두 곳에서 열렸는데, 한 곳은 차오양취 문화관 앞의 오륜광장이었다. 이곳은 중앙비즈니스구(CBD)로 개발된 지역의 중심부다. 다른 한 곳은 농민공의 마을인 피춘이었다. 피춘에서 텐트를 세우는 일은 그다지 어렵지 않았다. 오륜광장과 비교하면 확실히 그랬다. 오륜광장 쪽은 예정지 바로 옆에서 중국 최대의 방송국인 CCTV의 신사옥 건설이 한창이었고, 중국공산당의 기관지인 인민일보사도 인접해 있었다. 베이징올림픽을 앞두고 민감한 장소에서 텐트를 짓기 시작한 것이다. 언제 철거명령이 떨어질지 알 수 없었다.

베이징에서 텐트를 세우려면 일본에서와는 다른 전략이 필요했다. 허가를 받지 않았지만, 그렇다고 점거한 채 농성할 수도 없었다. 중간 상태를 유지해야 했다. 먼저 당국에는 일절 허가를 요구하지 않았다. 모처럼 번화가 속에 텐트를 세울 만한 장소를 찾았는데, 허가를 요구했다가는 거절당할 가능성이 높고 그리되면 텐트를 세울 수 없기 때문이다. 그래서 무허가로 텐트를 세우지만, 티가 나지 않도록 마치 비바람이 들이닥쳤다가 사라지듯이 자연스럽게 일을 진행해야 했다. 분명 공유지를 '무단 영유'했지만, 제도의 눈에는 그 모습이 보이지 않도록, 사람들 눈에는 똑똑히 보이도록 텐트를 세워갔다.

베이징 공연은 2년의 준비기간을 거쳤는데 최대의 난관은 '장소의 영유'였으며, 가장 큰 목적도 거기에 있었다. 즉 베이징에서 이질적인 공공공간을 창출할 수 있는지, 그 가능성을 시험할 계획이었다. 그 과정은 분명 정치 과정이라 부를 만했다. 성사 여부가 불투명한 유동적 상황에서 한정된 자원을 가지고서 목표를 세우고 전략을 조정해가야 했던 것이다. 텐트연극은 한 곳에 머무르지 않으니 경험을 축적해도 텐트를 세울 때는 필연적으로 예측 불가능한 상황에 놓인다. 더구나 베이징에서는 기지(既知)의 부분보다 미지(未知)의 부분이 훨씬 많았다. 기지수를 통해 미래를 연역하기 힘든 조건에서 텐트가 성립되려면 기지수에 근거해 치밀하게 대차대조를 따져보되 그러면서도 도박적 선택을 감행해야 했다. 그것은 분명 정치 과정이고 거기서는 정치감각이 필요하다.

텐트연극은 또 다른 정치성도 지닌다. 이번에는 외부 환경과 교섭하는 과정에서 발생하는 정치가 아니라 텐트 속에서 사람들이 교류하며 발생하는 정치다. 그것은 현실 과정에서의 복잡한 전략을 가리키는 게 아니라 좀 더 원리적인 정치 자체, '정치의 원점'에 가까운 것이다. 근대적 개인이 자본주의에 의해 해체당한 파편들이라면, 텐트는 파편들이 서로에게 손 내밀어 파편들이기에 가능한 연대를 기도하는 장이다. 텐트에서는 새로운 집단성이 발생한다. 결국 공간이 만들어지는 과정이란 사람이 만나가는 과정이다.

「변환 부스럼짝지 성」은 예외적인 경우로서, 사쿠라이 씨가 한 차례 했던 연극을 반복하는 경우는 드물다. 표현이란 한 차례뿐이다. 그 한 차례를 새로 만들어진 집단성이 떠받치고 있다. 단 한 차례의 표현을 위해 여행의 도상에서 연출가는 대본을 쓰고 배우들은 연습을 쌓아간다. 이처럼 혹독한 과정을 거쳐 집단적 역량을 키워간다. 그 역량으로 그들은 관객들과 만나고 헤어진다.

사쿠라이 씨는 자의식이 하나가 아니라고 생각한다. 물질의 전자처럼 원자핵·중성자 주위를 날아다닌다. 텐트 속에서 관객은 그 가운데 몇 개의 자의식이 궤도에서 벗어나 다른 원자핵·중성자의 궤도에 오르는 체험을 한다. 소립자들의 춤으로 자의식의 견고한 특질은 파열된다. 자의식은 점차 들썩들썩 주체로부터 떠나 타자와 뒤섞이려는 조짐을 보인다. 보이지 않는 입자들의 충돌과 융합이 만들어내는 에너지, 플라스마로 녹아들며 발생하는 에너지의 분출이 없다면 텐트는 그저 물리학적 공간일 뿐이다.

따라서 텐트 속에서 사람의 만남이란 서로 다른 개인이 서로를 이

인칭으로 마주하는 게 아니다. 한 개인의 자의식이 뛰쳐나가 타자의 기억과 결합되고 서로의 의식이, 일인칭과 삼인칭이 뒤섞여 플라스마 상태가 될 때 비로소 관객들과의 새로운 집단성이 출현한다. 지금껏 만난 적 없으며 두 번 다시 만날 일 없는 집단성이 거기서 출현한다. 물론 모처럼 출현한 집단성은 내일 아침이 되면 사라진다. 그리고 어제의 관객을 뒤로 하고 오늘 극단은 떠난다. 그런 관계의 구성과 해체의 반복 속에서 사쿠라이 씨는 '정치의 원점'을 발견하려고 한다. 그러한 가설(假說)의 가설(假設)이 텐트인 것이다.

그리고 또 한 가지의 정치가 있다. 텐트가 외부 환경과 교섭하는 정치, 텐트 안에서 사람들이 교류하는 정치가 아니라 무대 위에서 실현되는 정치가 있다. 정치란 사회적 경험과 판단을 구성하고 규정하는 영역이라고도 말할 수 있다. 이 영역에서는 무엇을 사회적 경험으로 간주할지, 누가 그것을 정할지, 어떻게 판단의 논리를 만들지를 둘러싸고 분쟁이 일어난다. 그것은 볼 수 있는 것, 들을 수 있는 것, 기억되어야 할 것을 규정하는 경험의 형식을 둘러싼 투쟁이다. 치안 권력은 경험의 선을 긋고 그 선을 넘지 못하도록 통제한다.

그러나 텐트 연극은 현실 자체를 허구화하려고 한다. 텐트에서 중요한 것은 사건이며, 사건을 통해 돌발적으로 보이지 않던 것을 사람들에게 드러내 보인다. 들리지 않는 것을 들리게 하고 망각된 것을 상기시켜낸다. 실명한 눈에 보이는 빛, 찢어진 고막에 들리는 소리, 뭉개진 코로 맡게되는 냄새. 그로써 텐트는 가시적인 것과 비가시적인 것, 의미와 무의미, 존재와 비존재의 분할선을 흔들고, 세계를 미결정된 유동체의 상태로 바꾸려 한다. 텐트는 가시성의 형태와 이해가능성의 양태를 새롭게 짜낸다. 이것이 텐트의 세 번째 정치다.

그의 조선, 그의 동아시아

이 글을 작성하려고 사쿠라이 씨에 관한 자료를 모으다가 알게 된 사실이 있다. 그의 어머니는 식민지 조선에서 태어났다. 그리고는 열다섯까지 조선에서 자랐다. 그녀의 아버지는 조선에서 나와 홋카이도의 북단에 있는 가라후토의 탄광에서 일하다가 사망했다. 가라후토는 일본의 패전 후 러시아령 사할린에 속하게 된 땅이다. 아시아 · 태평양전쟁 중에 그녀는 아버지의 유골을 수습하러 가라후토로 떠났다. 와카나이에서 출발해 사할린에 도착한 뒤 버스에 올라 사흘을 더 들어가야 하는 긴 여정이었다.

사쿠라이 씨는 자신의 어머니가 조선인인지 아닌지를 알지 못한다. 출생의 비밀인 듯 그녀는 자식에게도 자신의 내력을 평생 숨겼다. 1935년 무렵 어머니는 일본에 왔으며, 그 뒤로 괴롭힘에 상당히 시달렸던 듯하다. 사쿠라이 씨는 어머니가 조선인과 일본인의 혼혈인 반쪽바리일 것이라고 짐작할 따름이다. 수차례 어머니에게 조선에서 살던 시절을 물었지만 답해주지 않았다고 한다. 사쿠라이 씨의 외할머니는 일본인이니 아마도 탄광에서 목숨을 잃은 외할아버지가 징용당한 조선인인지 모른다.

어머니는 조선을 자신의 고향으로 여겼다. 하지만 줄곧 고향성을 억압하며 살아갔다. 간혹 설날처럼 가족만 모이는 잔칫날이면 아리랑을 불렀다고 한다. 사쿠라이 씨는 왠지 모르게 아리랑에서 친근함을 느낀다고 말했다. 홋카이도 북단에서 태어난 사쿠라이 씨의 실제 고향은 대일본제국의 최대판도와 일본의 최소판도라는 두 장의 지도 사이에 끼어 있다. 그는 고향상실자다.

10년 가까이 교류했는데도 그동안 어머니의 이야기를 들은 적이 없다. 그에 관한 자료를 뒤져보다가 먼저 그 사실을 알고 나서 물어보니 그제야 가족사를 들려줬다. 그래서 위의 내용처럼 기록할 수 있는 것이다. 하지만 새롭게 알게 된 사실이 그의 존재와 그의 활동을 이해하는 데 어떤 의미인지를 나는 알지 못한다. 그에게는 조선인의 피가 섞여 있을지도 모른다. 그렇다고 "아 그래서"라며 그의 지난날 활동을 더 잘 이해할 것만 같다면, 그건 그에게는 오만이고 나에게는 기만일 것이다.

대신 스스로에게 물어야 할 게 있다. 사쿠라이 씨에게 있는 조선과 대면하려면 내게도 거기에 준하는 강도의 조선이 있어야 한다. 그러나 내게 조선(식민지 그리고 재일조선인)은 그렇게 절실한 무엇이었던 적이 없다. 어쩌면 한국이라 한들 다르지 않을지 모른다. 한국은 내게 소여이며, 한국 상황으로 진입하고자 사쿠라이 씨처럼 분투해본 적이 없다. 그가 광주에 가위눌려 이후 수십 년간 광주에 떠밀려 전전했듯이, 내게는 내 존재를 걸만한 사건을 아직 이 땅에서 가져본 일이 없다.

나는 어느 글에선가 그를 '동아시아적 인간'이라고 표현한 적이 있다. 벌써 몇 년 전의 술자리였는데, 그는 북한에 가서 텐트를 세우겠다고 말했다. 확실히 그러할 것이다. 근미래에 자본이 주도하여 한반도가 통일되거나 연방제가 실현되면 미국, 일본, 한국의 자본이 북으로 쇄도해 북한의 인민을 수탈하고 그들은 유민으로 표류할 것이다. 그때 그곳에는 무엇보다도 텐트라는 피난소가 필요할지 모른다. 그는 북한을 "기타죠센"이라고 발음한다. 나는 또 하나의 조선을 그런 식으로 내 미래의 작업과 결부해 생각해본 일이 없다.

그는 동아시아적 인간이다. 그는 복잡하게 깔린 동아시아의 분단선을 가로질러 그곳의 흙 위에 텐트를 세운다. 그의 텐트 안에서는 동아시아 지역의 뒤틀린 역사관계, 상이한 시간성이 형상화된다. 거기에는 근대 시민의 고민이 아니라 동아시아 근대에서 식민화된 존재, 주변화된 존재, 패배한 존재, 시민권을 상실한 존재의 고투가 담긴다. 그는 내게 어떤 동아시아다.

사쿠라이 씨는 일본 제국의 본국인으로서 자신의 부성에 맞서 그리고 그것을 동력으로 삼아 싸워왔다. 일본에서 반일분자로서 활동하며 자기해체를 거듭해갔으며, 동아시아로 유동해갔다. 80년대에 한국, 90년대에는 타이완으로 활동 반경을 넓혔다. 70년대부터 시작된 탈주는 현재 베이징의 텐트에까지 이르렀다.

그러나 그는 일본의 외부가 아닌 일본의 내부로 탈주했기에 동아시아에 이를 수 있었다. 사실상 외부로의 탈주는 불가피하지만 불가능하다. 진정하고도 유일한 탈주라면 심부로 향하는 것이다. 일본 사회의 밑바닥을 향해 수직으로 하강하여 그는 아시아를 수평으로 배회했다. 그는 일본의 내부로 내부로 철저히 파고들었기에 일본의 외부와 만날 수 있었다.

사쿠라이 다이조와 같은 인간이 형성되기까지는 얼마나 무거운 역사가 필요하며, 또 얼마나 뜨거운 의지가 요구될 것인가. 40년에 이르는 그의 행보를 헐겁게나마 기록해보았지만, 그 40년 동안 그는 최후의 출격을 몇 번이나 거듭했을 것인가. 적이 지닌 침범력과 회수력에 격렬하게 저항하며 그는 지금도 행군 중이다. 괴사해가는 시대로 돌진하며 그는 여전히 미칠 듯이 현역이다.

나는 '동아시아'라는 말을 종종 입에 담는다. 하지만 그 말을 형용사로 삼아 한 인간을 수식한 적은 없다. 그를 '동아시아적 인간'이라고 부른 것은 나로서는 그에게 바치는 헌사였다. 그러나 다시 이 글을 쓰면서 생각한다. 그는 함부로 그렇게 부를 수 있는 인간이 아니다. 내가 사용하는 동아시아라는 말은 점차 관성화되고 관념화되고 있다. 그를 이처럼 타락해가는 말로 붙잡아둘 수는 없다. 오히려 내 안의 동아시아가 그에게 육박해가야 하며, 그 과정에서 나는 동아시아라는 말을 씻어내야 할 것이다.

*

얼마 전 그에게서 메일이 왔다. 결국 오키나와로 간다고 했다. 그에게는 두 딸과 막내아들이 있다. 최근 만났을 때 두 딸에게서 세슘이 검출되었다고 들었다. 막내아들은 너무 어려서 아직 검사를 하지 않았다. 아이들 때문에 오키나와로 이주할지 모른다는 이야기는 들었던 바다. 이제 오키나와에서 집을 구해 내년 봄에 이사할 계획이란다.

하지만 그는 도쿄에 남는다. 텐트연극을 이어갈 작정이다. 타이베이, 베이징 등지로도 여전히 오갈 것이다. 결국 부인, 아이들과는 떨어져서 지내야 할 형편이다. 언젠가 그는 도쿄 활동을 정리하고 오키나와에서 살아갈지 모른다. 그렇다면 그는 홋카이도에서 태어나 도쿄를 거쳐 만년을 오키나와에서 보내게 된다. 그는 일본 열도를 남하하고 있다. 이것도 하나의 역사다.

그가 보내준 메일에는 내년의 텐트 구상도 담겨 있다. 그는 내년 여름 중국에서 텐트를 세울 계획이다. 베이징의 멤버들과 함께 남으로 내려가려고 구상하고 있다. 아직 구체적인 계획은 나오지 않았다. 어디로 향할지, 어떤 주제로 어떤 형식으로 할지도 아직 정하지 않았다. 하지만 내년 여름, 그는 분명히 중국의 어디선가 텐트를 세우고 있을 것이다.

몇 년 전부터 그는 만나면 텐트연극을 하라고 권했다. 전에는 의무라고 하더니 최근에는 유일한 권리라며 부추긴다. 하지만 그가 쓴 대본을 읽고 그가 연기하는 모습을 보면 도저히 감당할 수 없을 것이라는 두려움이 생긴다. 그러나 동시에 그의 배우가 되어보고픈 충동도 느낀다. 내 언어를 그에게 맡기고 싶다. 그가 작성한 대사를 일본어로 발화해야 한다면, 나의 일본어는 어떤 울림을 가질까. 나의 신체는 무엇을 할 수 있을까. 그는 내게서 무엇을 발견할까. 나는 내년 여름의 중국행을 결심한다. 아직은 두려움이 크다. 그래서 이번에는 동행하며 취재만 해볼 작정이다. 그러나 분명 그 이상의 무슨 일인가가 생길 것이다.

그 전에 해야 할 일이 있다. 그는 삼십대에 이렇게 말했다. "한국의 시인, 조선인 작가로부터 빌린 것이 점점 늘어나고 있다. 빌린 것은 머잖아 돌려줘야 할 것이다." 나는 그 약속을 지킬 수 있도록 조금이라도 거들고 싶다. 하지만 그의 글을 온전히 번역하려면 상당한 시간이 걸릴 것이다.

사쿠라이 다이조는 역사의 증인이다. 조금이라도 그와 접해본 나는 그의 증인이고자 한다. 이것은 그가 현역으로 활동하는 동안 당장 해야 할 일이다.

이 시대의
정신승리법

- 무력한 자가
  무력함을 활용하기 위하여

이중의 패배

희생이 생긴다. 희생이 쌓인다.

그때마다 그 희생을 잊지 않으려고 기억하며 긴 복수를 다짐했다. 그게 수년째다. 그렇게 모아둔 희생의 목록을 꺼내려다가도 각각의 희생을 늘어놓다 보면 빠뜨리는 게 생길까 봐 조심스럽다. 너무도 많은 희생이 있었다. 더구나 각각의 희생은 그저 나열되어선 안 될 것들이다. 되돌아보려면 그 희생들은 각기 다른 상념의 시간을 요구한다. 그러나 목록은 점점 늘어나더니 각각의 희생은 무슨 무슨 사태라고 이름 붙여 나열하기에도 벅찬 양이 되었다. 목록은 기억할 수 있는 양을 초과해버린 지 오래다.

긴 복수를 다짐했다. 긴 복수일 수밖에 없었다. 당장 나서서 복수하고픈 마음도 일었지만 두고두고 갚고자 결심했다. 무력한 까닭이다. 복수심을 한꺼번에 행동으로 옮길 방도가 없는 까닭이다. 고함을 쳐도 상대의 귓전에 가닿지 못한다. 나의 반격은 상대의 피부를 스치지도 못한다. 고작 할 수 있는 일이란 핏자국이 인쇄된 신문 기사를 읽다가 혼잣말로 저주를 입에 담거나, 간혹 곁에 있는 동료와 분개하는 마음을 섞는 것이다. 그렇게 소심한 저항을 알리바이 삼아 복수심을 행동으로 옮기지 못하는 자신의 무력함을 위로한다. 그런 위로에서는 쓴맛이 난다.

수년 동안 번번이 패배했다. 그때마다 패배는 이중적이었다. 한 번은 상대에게 패했다. 나를 패배시킨 상대는 내가 패배했다는 사실을 알지 못한다. 나라는 존재조차 알지 못한다. 또 한 번은 자신에게 패했다. 상대에게 패하여 상처가 남고, 좀처럼 아물지 않는 상처를 아물지 않도록 기억하려는 노력이 스스로에게 고통을 안긴다. 기억에 힘을 붙여 기억력이라고들 하지만, 패배하는 자의 기억력은 스스로에게 원한감정을 짐 지우는 무능력으로 작용한다. 패배하는 자는 쌓여가는 패배의 기억물을 제대로 소화하고 배설하지 못해 그것에 체한다. 그래서 딸꾹질처럼 이따금 악소리가 나오지만, 대체 그 분노가 누구를 향해 어디서 형체를 이루는지 알 길이 없다.

그렇다고 패배하는 자에게 망각이 능력일 리도 없다. 오히려 이 시대는 건망증을 훈련시키고 기억력을 심문한다. 연일 희생이 쌓이니 각각의 사태를 차분히 상념할 겨를조차 갖기 힘들다. 쓰라린 사태도 나날이 반복되면 비극성이 옅어지고, 매일 자잘하게 분노하느라 분노는 휘발성이 짙어진다. 분노가 쌓여 응어리를 이룬다면 바깥으로 토해내 내용물이라도 확인하련만, 분노는 온양되기도 전에 희석된다.

자신을 패배시킨 상대를 향해 분노는 뻗어가야 했다. 하지만 그 길이 막혀버린 분노는 퇴행증세를 보인다. 상대가 분노스럽지만 무력하게 분노하고 있을 뿐인 자신에게도 싫은 느낌이 든다. 분노는

바깥으로 분출되지도 안에서 온전히 형체를 이루지도 못한 채 갑갑
함, 우울함, 자기연민, 자기기만, 자기혐오로 점차 변질되고 있다.

　내게서만 일어나는 증세는 아닐 것이다. 내분을 간직한 자들의
표정. 이따금 분노가 차올라 바깥으로 꺼내지만 현실 벽의 두께에
부딪혀 죄다 토해내기도 전에 체념으로 다시 집어삼킨다. 그리고는
버틴다. 버티는 자들의 표정에서는 냉소의 빛이 돈다. 그게 시대의
낯빛이 되었다.

　불행한 시대다. 불행에 물드는 시대다. 그 불행이 제대로 발효된
다면 불행의 시대를 고발하고 나아가 거스르는 힘으로 분출할 수
있겠으나, 이 시대의 불행은 대체로 안에서 고이고 부패하여 기억력
과 사고력 그리고 정치적 능력을 좀먹는 쪽으로 작용한다. 그 불행
에 익숙해져버렸다. 불행을 뼈저리게 자각하는 자보다 불행에 익숙
해진 자는 더욱 불행하다.

정치의 퇴행

　신문을 펼치고 텔레비전을 켠다. 오늘은 희생의 소식이 없다. 그
러나 분명히 기록되어 있어야 할 희생의 소식이 누락되어 있을 때도
나의 패배감은 지속된다. 어제 발생한 희생이 오늘 벌써 지면에서
종적을 감출 때 나의 패배감은 더욱 짙어진다.

　과거에 진실은 폭로를 통해 세상으로 뛰쳐나오곤 했다. 진실은
갑작스럽게 베일을 찢고 나와 세상을 전율케 했다. 그러나 오늘날
진실의 정치학은 검열의 논리에서 포화의 논리로 넘어갔다. 대중매

체는 쉴 새 없이 이것저것을 뒤섞어 진열한다. 과다노출되어 음영을 잃은 사진처럼 모든 것은 엇비슷해 보인다. 어느 것이 진실이라는 이름에 값할 만큼 유의미한 것인지 경중을 가리기가 어렵다. 진실은 은폐된 게 아니라 과노출되어 바래버렸다.

검열의 논리에서 포화의 논리로 이행한 후에는 영사막에 자주 올라와야 현실에서 발생한 일이 될 수 있으며, 그렇지 않다면 음화적인 죽음의 상태로 내밀린다. 어제 짤막한 기사로 등장한 희생의 사건은 오늘 세상에서 없던 일인 양 다른 소식들에 파묻혔다. 침묵 속에 잠겨버렸다.

대신 하루도 거르지 않고 전달되는 게 있다. 신문과 뉴스는 오늘도 정계의 드라마를 떠들썩하게 상영한다. 대중매체가 상업적인 것은 당연한 노릇인지 모른다. 대중매체에게 정치란 떼어다 팔 물건일 것이다. 대중매체는 속성상 드라마가 그렇듯 갈등을 부각시키며 시청자의 구미에 맞도록 소위 현실정치라는 것을 각색해 일용할 양식을 제공한다.

텔레비전을 켠다. 뉴스를 본다. 스포츠 뉴스는 일반 뉴스가 끝나고 나오지만, 일반 뉴스의 보도방식은 스포츠 뉴스와 닮아 있다. 공중파의 뉴스 앵커는 오늘도 짐짓 근엄한 말투로 양측을 싸잡아 비난하며 정계의 이전투구를 은근히 즐기고 있다. 케이블 채널로 돌린다. 최근에는 '정치평론가'라는 자들이 부쩍 자주 눈에 띈다. 그들은 뉴스 앵커가 전달만 하고 넘어간 일들을 두고 해석학적 수다를 즐긴다. 대권주자들의 의뭉스런 발언의 진의는 이것이라며 공들여 해석하고, 그날그날의 정치적 사건이 대권경합의 판도에 어떤 영향을 줄지 열변을 토한다.

정치평론가들은 정치를 평론, 이렇게 말해도 좋다면 행동이 아닌 수다의 영역으로 바꿔가고 있다. 그들은 매일 양산되는 정치적 이슈에 순발력을 발휘하고 전문가적 지식을 곁들여 그럴듯한 발언을 내놓는다. 그러나 가만히 들어보면 현실추수적 분석이자 상식적 처방에 그치곤 한다. 대신 그들은 청와대 자리를 두고 벌이는 대권경합에 맞춰 모든 정치적 이슈를 해석해내는 데 탁월한 재능을 발휘한다. 그들은 정치를 좌우 엘리트가 벌이는 대중 획득 게임으로 중계한다. 정치에 대한 과정의 철학이 되어야 할 민주주의는 권력을 둘러싼 이전투구의 극장으로 변질되고 있다. '정치적 세계'는 '정계'로 축소되고 '정치권력'은 '정권'으로 물신화되고 있다. 우리는 지금 정치와 민주주의의 느린 자살을 목도하고 있는지 모른다.

다시 채널을 돌린다. 이번에는 '증시전문가'라는 자들이 목에 핏대를 세우고 있다. 최근에는 정치평론가와 함께 증시전문가들이 성업이다. 그리고 두 직업군은 동시대적 산물로 보인다. 동시대라 함은 소비주의에 물든 시대를 말한다. 소비주의는 인간의 영위를 소비라는 한 가지 몸짓으로 환원하고 지식도 정치도 이념도 신념도 기호(嗜好) 수준으로 끌어내린다. 그렇게 소비주의에 잠식되어 지식과 정치가 상품화되고 이념과 신념이 무너지는 와중에도 살아남아 활력을 과시하는 게 있으니 바로 증시다.

모든 가치의 색이 바래간 회색지대에서 경제는 물신화되어 증시로서 자신의 섭리를 나날이 현현한다. 어느 날은 올라가고 어느 날은 내려가고 어느 날은 올라갔다가 내려온다. 그 단순한 움직임이

진리의 전조등이 되었다. 증시의 등락이 우리의 은총과 영벌을 좌우한다. 하루 동안 벌어지는 어떤 사건도 이 단순한 움직임보다 역동적이지 않다. 아니, 모든 사건은 주가에 반영되어야 비로소 그 의미가 드러난다.

세계경제가 졸 한 칸 움직이지 못할 만큼 외통수에 걸려든 듯한 상황에서 다들 숨죽이는 가운데 증시전문가들은 짐짓 예언자의 언어로 내일의 지수를 말한다. 그리고 코스피처럼 대권주자의 지지율이 등락을 거듭하는 동안 정치평론가는 자못 진지하게 연말에 있을 일을 예견한다. 그들의 발언에서도 갖은 정치적 사건들은 지지율의 등락으로 반영되어야 그 의미가 드러난다. 정치와 경제 영역 전문가들의 이러한 협공 속에서 우리의 현실감각은 오르내림이라는 이진법 혹은 이쪽이냐 저쪽이냐는 이항대립으로 졸아들고 있다.

몫을 갖지 못한 자의 정치

그러나 소위 현실정치는 한 측 세력이 반대 측을 압도하여 지배해가는 과정이 아니다. 한 측 세력의 입장은 반대 측에 힘입어 담론적 분규가 벌어질 때 정치적 이슈가 되고 영향력을 획득한다. 따라서 담론의 정치화 과정에서 반대 세력들은 서로를 필요로 하며, 세력들 간의 충돌은 교섭을 내장하고 있다. 서로는 적수의 권위를 인정하고 '정치의 몫' 가운데 일정 지분을 상대와 나눈다.

그렇게 분규가 벌어질 때 내게는 지지하는 세력이 있다. 나는 그들이 이기기를 바란다. 그러나 그 분규에서 그저 구경꾼으로 밀려나 있다는 소외감은 가시지 않는다. 또한 대중매체가 보여주는 분규에 시선을 빼앗기고 있으면 대중매체가 보여주는 모습대로만 정치를 보게 될지 모른다는 의구심을 지울 수 없다. 매체는 마치 거울이 그러하듯 자신이 비쳐주지 않는 현실에 대해 우리가 사고할 수 있는 시야를 차단한다. 그래서 무언가를 보는 동안 무언가는 보이지 않게 된다. 그 거울 바깥에서는 나날이 희생이 쌓여가고 있다.

그렇다면 그런 분규에 참여할 지분을 분배받지 못한 자에게, '정치의 몫'을 할당받지 못한 자에게 가능한 정치란 무엇인가. 몫을 갖지 못했다는 몫을 가지고서 해야 할 일이 있지는 않은가. 브라운관 속의 그들이 유력하다면 나의 몫이란 무력함이다. 내게 남겨진 지분이란 씻기지 않는 패배의 기억이며, 그로 인해 아물지 않는 상처다. 그렇다면 그 몫과 지분에 근거해 정치의 당사자로서 나서는 길은 없는가. 물론 나는 패배했다고, 상처 입었다고 말하지만, 법을 빙자한 폭력 앞에 쓰러져간 많은 자들 앞에서 패배와 상처를 운운하기란 부끄러운 일이다. 그러나 그들의 희생을 헛되지 않게 하기 위해서라도 나는 나의 별것 아닐지 모를 패배와 상처를 가지고서 정치의 당사자가 되어야 한다.

그런데 그렇게 당사자가 된다 한들 그것으로 무엇을 할 것인가. 무력하다는 객관적 조건은 좀처럼 바뀔 기미를 보이지 않는데, 무력함에 근거하여 얻은 몫으로써 무엇을 할 수 있단 말인가.

여기서 나는 이런 전환을 기도한다. 나는 나의 전장을 이원화한다. 소위 현실정치에서 무력한 나는 현실정치에서 패배가 거듭될 때 그 패배감을 현실정치와는 다른 위상에서 자원으로 축적해간다.

그저 체념하고 있는 게 아니라 무력함을 내적 동력으로 삼아 현실 정치를 외면하지 않되 현실정치와는 다른 위상, 굳이 부른다면 사상의 영역이라고 불러야 할 곳에서 성과를 도모한다. 현실정치에서 상대와의 비대칭적 힘관계로 말미암아 패배를 겪어야 한다면, 그 조건을 사상을 단련하는 환경으로 전환하는 것이다.

무력하다는 객관적 조건은 좀처럼 바꿔낼 수 없으니 무력함을 수용하는 주관적 상태라도 먼저 바꾸기로 한다. 비록 무력하더라도 무력한 까닭에 자신이 맛봐야 할 감정만큼은 어찌해볼 수 있지 않겠는가. 무력함에서 초래되는 일차적 패배야 당장은 받아들이는 수밖에 없지만, 일차적 패배에서 이어지는 이차적 패배만큼은, 패배감이 체념으로 번져가 무기력하게 웅크리고 있는 상황만큼은 타개해야 하지 않겠는가. 그래서 자신의 무력함을 직시하되 그 무력함을 동력으로 삼아 사상의 영역에서 길을 내고자 마음먹는다. 조건이 열악하다면, 열악한 조건을 가능성의 조건으로 전환시킨다. 그것이 현재 사상이 거머쥘 수 있는 정치성일 것이다.

이것은 분명히 오진의 역학이다. 무력한 룸펜의 관념론이라는 냄새가 풍길지 모른다. 하지만 나는 이런 전환이 가능하며 또한 값질 수 있다는 사실을 역사에서 실증해보인 인물을 알고 있다. 뒤에서 밝히겠지만, 그는 루쉰이다. 그런 존재가 있었다는 사실은 내게 격려와 힘이 된다.

오진의 역학

"비판의 무기는 무기의 비판을 대신할 수 없다." 이것은 마르크스의 말이다. 공감하는 말이다. 혁명을 생각하는 데는 관념으로 족하지만 혁명을 실행하는 데는 무기가 필요하다. 동시에 뼈아픈 말이기도 하다. 내게는 마땅한 무기가 없기 때문이다. 마르크스는 나처럼 관념 속에서 안주하는 룸펜을 향해 저렇게 쏘아붙였을 것이다. '무기의 비판'이라는 혁명의 차가운 진실을 외면한다면 관념 속 혁명은 치기일 따름이다. 그렇다면 내게는 무엇이 무기일 것인가. 무력한 자가 손에 쥘 수 있는 '무기의 정체'란 무엇인가.

아마도 무력한 자가 자신의 현실 조건 바깥에서 무기를 찾아 나선다면, 관념적이기는 마찬가지일 것이다. 그렇다면 일단 무기는 무력하다는 자신의 조건 속에서 발굴해가는 수밖에 없다. 거기서 무기의 제작에 나서야 한다. 그렇다면 무엇을 무기의 제작을 위한 재료로 삼을 것인가.

현실정치의 벽에 부딪혀 우리가 돌아올 곳은 우리 자신이다. 그렇게 상대와 맞붙어보지도 못한 채 뒷걸음질쳐야 하는 자신의 처지를 직시하여 거기서 무기의 재료를 구해야 한다. 상대를 향해 뻗어가지 못한 까닭에 퇴행증세를 보이는 분노를, 번져가는 체념을 활용하는 것이다. 점착성 물질처럼 끈쩍하고 석회질 침전물처럼 남아 자신을 침묵으로 가라앉히는 무력감을 분석하여 침묵하는 무게를 표현하는 무게로 바꿔내는 것이다.

이 시대는 감정의 사용법을 생각하게 만든다. 이 시대는 감정을 자주 상처 입힌다. 그리고 민주주의를 퇴행시켜 그나마의 정치적 수단을 빼앗고 있다. 그렇게 무장해제당한 자에게 남아 있는 것은 감정이다. 이 시대에는 생활을 온전히 영위하기 위해서라도 감정을 다스리고, 더 나아가 감정을 활용하는 능력이 요구된다. 바로 오진의 역학이란 울분과 체념이 쌓인다면 그 까닭에 무기력하게 웅크리고 있는 게 아니라 그 감정을 파고들고 분해하여 거기서 활용가능한 자원을 벼려내는 일이다.

물론 이렇게 시도해본들 현실정치에서 그렇다할 성과를 내지 못할지도 모른다. 그래서 우선 사상의 영역이라 할 곳에서 결실을 기대해본다. 내게는 한 가지 믿음이 있다. 이 무력감을 나만 갖고 있지는 않을 것이다. 자신의 무력감을 제대로 파고들 수만 있다면, 그 분석의 수취인이 자신만은 아닐 것이다. 불행한 시대에는 개체가 자신의 불행을 분석해 타인과의 소통을 기도하는 길이 열리는 게 아닐까. 거기서 공동의 무기를 벼려낼 수 있지 않을까.

그런 기대를 가져보지만, 말처럼 쉬운 일은 아닐 것이다. 불행한 시대는 불행한 사람들을 한데로 모으기보다 각자의 불행으로 침잠시키고 서로를 흩어놓는다. 서로의 불행은 좀처럼 서로와 공유되지 않는다. 불행한 시대에 바깥으로 뻗어가지 못한 분노는 내면세계에서 침전되고 두께를 더해 체념으로 응고된다. 그리하여 사회적 연대감을 부식시킨다. 대중매체는 같은 사태를 보도하고 동일한 정보를 뿌려대지만 역설적이게도 사회적 연대감으로 지탱되지 못하는 개인들은 대중매체에 무방비로 노출된 채 오히려 고립되는 경향이다. 표정은 비슷하게 굳어가지만, 서로가 지니는 불행의 무게를 나

뒤 갖지 못하기에 당면한 위기를 함께 헤쳐 나갈 힘을 모아내기가 힘들어진다. 그래서 불행한 시대의 공기는 무겁고 갑갑하다.

홀로 버티는 자들은 굳은 표정으로 침묵에 잠겨 있다. 대중매체가 쏟아내는 수다와 그들의 무거운 표정 주위를 감도는 갑갑한 침묵이 선명하게 대조될 때 그 낙차 속에서 정말이지 위기가 느껴진다. 그런데 사회의 위기가 고조될수록 각자는 내면세계로 침잠하는 경향이 짙어진다. 대중매체가 뿌려대는 소음 앞에서 각자는 그것에 싫증내며 자신의 내면세계로 철수한다. 그리고는 외부세계를, 즉 현실사회의 변동을 소위 현실정치에 내맡기며 거기서 자기 책임을 해제하고는 외부세계가 내면세계를 동요시키지 못하도록 자신을 불감증으로 잠가둔다. 그래서 불행한 시대에 공동의 불행을 뚫어낼 힘을 마련하기란 더욱 어려워진다.

불행한 시대의 사상

그러나 불행한 시대에는 결국 불행이 시대의 자원이지 않겠는가. 그것을 밑천으로 삼아야 하지 않겠는가. 그것이 유일한 자원은 아니겠지만, 불행의 감정은 개체의 내면세계에 머물러 있지 않고 바깥으로 분출된다면 사회적 감염의 힘을 지닐 테니 유용할 자원임은 분명할 것이다. 그렇다면 불행의 감정이 각자의 내면세계에서 응고되지 않고 사회적 용법을 지니도록 끄집어내는 데 오늘날 사상의 한 가지 역할이 있지 않겠는가.

사상을 정의하는 방식은 여러 가지가 있겠지만, 사상이란 그것이 어떤 양상으로 표출되든 고유성에 입각하되 거기에 번역가능성을 주입하는 정신적 영위라고 생각한다. 구체인 채로 보편으로 육박하려는 영위인 것이다. 사상은 내면세계에서 쌓이는 감정, 이미지의 자기누적에 따른 고정화를 무너뜨리며 거기에 공유가능한 언어를 입힌다. 아울러 사상은 그 작업에 나서기 위한 자원을 바깥에서 구하지 않는다. 바깥에서 자명한 틀을 빌려와 안에서 일어나는 일의 의미를 정리하는 게 아니라 안에서 공동의 표현을 발효시킨다. 그렇게 안을 통해서 안을 넘어서는 전망을 추구하는 것이 사상일 것이다.

만일 사상이 그러한 것이라면, 불행한 시대에 사상은 개체의 불행을 분석하여 구체성을 훼손하지 않으면서도 그 개체에 매이지 않고 번역가능한 요소를 추출해 활용가능한 형태로 가공해내야 할 것이다. 얼룩진 반점처럼 점점이 떨어져 있는 서로의 불행들을 이어내며 감각의 다리를 놓아야 할 것이다. 그것이 지금 요구되는 사상의 영위일 것이다.

지난 수년 동안 어떤 시간은 세로로 쌓였다. 패배가, 패배의 기억이, 패배로 인한 분노가 쌓여왔다. 그렇게 축적된 부정적인 것들을 공동의 에너지로 전환시켜내는 길이 있지 않을까. 내가 간직한 분노가 우리를 위해 증언하는 게 있을 것이다. 분노를 바깥으로 꺼내보았는데도 남아 있는 갈증과 허탈이 이 시대에 의미하는 게 있을 것이다. 그렇게 개체에게 들러붙은 감정이 지닌 사회적 용법이 있는 게 아닐까. 그것을 밝혀내야 한다.

그러나 개체의 감정이 개체의 감정인 채로는 곧바로 공동의 무기로 삼을 수 없을 것이다. 감정은 부조리하다. 그 부조리에 리를 채워가야 하며, 그것이 무력한 위치에서 거머쥘 수 있는 사상의 역할이자 가능성일 것이다. 무력한 자에게는 무력함을 철저히 파고드는 것이 능력이며, 병든 자에게는 병의 무거움을 철저히 의식하는 것이 일종의 건강함의 표시이리라.

이 시대의 정신승리법

이제 다시 대선이다. 이번 대선을 거치면 나를 번번이 패배시키고 분노케 했던 상대는 청와대 자리를 떠날 것이다. 지긋지긋한 5년이었다. 그 시간이 어떻게든 흐르긴 했다. 그동안 너무도 많은 희생이 쌓였다. 하지만 대선을 거치더라도 희생과 패배가 중단되지는 않으리라는 예감이다. 상대는 바뀌겠지만 패배는 지속될 것이다. 청와대 자리의 주인이 바뀌더라도 이 싸움은 끝나지 않을 것이다.

내게 이명박은 한 개인인 동시에 한국 사회의 뒤틀린 근대화가 낳은 인간상으로 보인다. 한국인의 음습하고 속물적인 근성 내지 감각이 집약되어 인격화된 모습으로 보인다. 이명박은 특별한 존재가 아니다. 강박증에 가까운 권력욕 등 몇몇 요소를 제외한다면 그는 특별하다기보다 차라리 전형적인 인물이며, 그 전형성에서 유례없는 인물이며, 그렇기에 대통령으로 당선되었다. 이명박은 이명박적 요소를 간직한 우리 시대의 그야말로 일그러진 자화상이다.

지난 수년 텔레비전과 신문을 보는 동안 내게는 어떤 이미지가 떠올랐다. 그것은 도박의 이미지다. 선수라는 자가 점차 판돈을 키운다. 주위에 구경꾼들이 모여든다. 실은 선수에게 판돈을 대준 자들이다. 도박판에서는 인권, 문화, 생태와 같은 가치들이 판돈으로 올라왔다. 이명박 정권의 어떤 정책은 도박 같았고, 언제 따는가 싶어 혈안이 된 채 도박판을 에워싸고 있는 자들은 이명박 정권을 낳은 대중처럼 보였다. 다시 대선을 치르고 이명박이 청와대 자리를 떠나더라도 이명박 정권을 낳은 대중적 토양을 솎아내기는 어려울 것이다. 그래서 이명박이 물러난 후에도 제2, 제3의 이명박은 등장할 수 있을 것이다.

나는 이번 대선에서 또 다른 이명박이 등장하지 않기를 간절히 바란다. 다시 수년을 지금껏처럼 지내야 한다면 견딜 수 없는 일이다. 그러나 나는 대선에서 승리할 수 있다는 지나친 기대를 하지 않을 작정이다. 정치평론가들이 전망한 대선판세를 듣고는 지레 포기하겠다는 의미는 아니다. 기성정치는 이쪽이든 저쪽이든 다를 바 없다며 외면하겠다는 뜻도 아니다. "오십 보 백 보"라고 하더라도, 오십 보와 백 보는 오십 보만큼 다르다. 논리가 아닌 정치의 영역에서 그 오십 보는 결정적으로 중요하다.

그런 까닭에 미력하나마 지지하는 정당과 후보를 위해 힘을 낼 것이다. 그러나 정권이 바뀌고 지지하는 후보가 당선되더라도 그걸 나의 승리인 양 착각하지는 않을 것이다. 그리고 만약 지지하는 후보가 당선될 수 없다면, 그때의 쓰라림을 미리 가늠해둘 것이다. 나는 현실적 패배만큼이나 정신적 패배가 두렵기 때문이다. 또 다시 체념에 잠겨버리는 이차적 패배만큼은 어떻게든 막아야 하기 때문이다. 패배를 반복해야 한다면, 패배하는 방식도 진보해야 하지 않겠는가.

그래서 나는 승리와 패배를 대하는 방식을 되물으려 한다. 대선의 결과에 따라 나의 승패가 갈리지는 않는다. 나는 이미 긴 복수를 다짐하지 않았던가. 대선에서 기대하던 결과가 나온다고 끝낼 수 있는 복수는 아니다. 현실정치와는 다른 위상에서 나의 지구전은 이어질 것이다. 그리고 만약 대선의 결과에 또다시 낙담해야 한다면 "그렇지만 조금은 이겼다"고 말할 수 있는 영역을 찾아 거기서 자신의 승리를 조금씩 축적해나갈 것이다. 현실정치에서 패하기 전에 한 발 앞서 패배의 결과를 계산해보며 그로써 조금의 승리를 구할 것이다.

이것은 어쩌면 아큐가 곧잘 보여줬던 '정신승리법'에 불과할지 모른다. 맞다. 나는 이런 오진의 역학을 아큐에게서 배웠다. 아큐는 이러했다. 건달에게 두들겨 맞고 나서는 상대가 못돼먹은 놈이라서 그런 일이 생겼다며 스스로를 위안한다. 노름판에서 된통 당하면 자기 뺨을 힘껏 때리고는 때린 것은 자기고 맞은 것은 남인 듯한 착각 속에 빠져 평안을 되찾는다. 남들이 자신을 벌레취급하면 자신이 남들보다 자신을 더 잘 경멸할 수 있다며 자신의 위대함을 만끽한다. 그는 확실히 남다른 능력을 갖고 있었다.

흔히들 아큐의 정신승리법은 현실을 직시하지 못하고 외면한 데서 비롯된다고 비판받는다. 확실히 그러할 것이다. 그러나 그가 현실을 외면한 것은 현실이 그를 소외시켰기 때문이며, 그가 현실을 직시하지 않았던 것은 직시해본들 자신의 무력함만이 확인될 뿐이기 때문이었다. 아큐는 나처럼 무력했다. 그래서 내게 아큐의 정신승리법은 일점 구제의 여지가 있어 보인다. 아니, 그 이상으로 소중하다. 무력한 자에게 가능한 어떤 저항의 양식을 보여주기 때문이다. 무력한 자의 저항은 일단 아큐적이지 않겠는가. 객관적 조건이 바뀌지 않는 이상 주관적 상태부터 바꿔나가는 수밖에 없지 않겠는가.

무력한 자의 문학

그러나 아큐의 태도는 사태가 어찌되든 그 표면에 적당히 승리를 발라두는 정신적 도금주의이며, 망상에서 비롯되는 자기도취일 것이다. 확실히 그러할 것이다. 아큐의 정신승리법은 그대로라면 가져다 사용할 수 없다. 따라서 아큐에게 배우되 아큐보다 한 걸음 더 나아가야 한다. 그리고 그 걸음은 아큐와는 반대 방향을 향해야 한다. 객관적 조건에 자신의 주관적 상태를 내맡기지 않되 현실을 외면하거나 자신의 패배를 적당히 덮어두기 위해서가 아니라, 자신의 현실을 살아가고 자신의 패배를 파고들기 위해 정신승리법을 활용해야 하는 것이다.

바로 그러한 시도를 루쉰 자신이 보여줬다. 『아큐정전』도 그 일환이었다. 흔히들 루쉰이 『아큐정전』을 쓴 이유는 아큐를 희화화하여 중국인의 비굴함을 드러내기 위해서였다고 말한다. 맞는 말일 것이다. 그러나 그 비굴함은 루쉰 자신이 갖고 있었다. 세간의 평가처럼 루쉰의 손에서 형상화된 아큐는 분명히 추악한 중국인의 대명사였을 것이다. 그러나 루쉰이 바로 그런 중국인이었다. 그렇지 않다면 루쉰은 아큐를 위한 정전을 쓰는 데 자신의 가장 긴 소설을 바치지 않았을 것이며, 여느 작품과는 다른 자세한 심리묘사가 『아큐정전』에서 등장하지도 않았을 것이다.

루쉰은 무력하기에 자기 안에서 자라나는 비굴함과 추악함을 추출해 그것을 아큐에게 담았다. 루쉰에게 아큐는 자신의 무력하고도 어두운 면이 집약된 인간상이었다. 아큐를 형상화하기 위해 루쉰은 자신을 응시해야 했을 테고, 그 과정에는 분명히 고통이 따랐을 것이다. 루쉰은 아큐를 통해 자기 안에 있는 부정적 요소들을 바깥으로 끄집어냈다. 그리고 아큐를 조소하여 자신을 조소하고 아큐를 증오하며 자신을 증오했다. 그렇게 자신을 씻어냈다. 루쉰은 그렇게 문학을 했다. 이것은 무력한 자의 문학이지만, 무력한 자만이 할 수 있는 문학이기도 하다.

「꽃 없는 장미2」라는 루쉰의 잡감이 있다. 그 잡감은 아홉 절로 구성되어 있는데, 4절에 이르면 갑자기 논조가 바뀐다. 글을 쓰던 중에 루쉰이 3·18 사건의 소식을 접했기 때문이다. 문장은 도중에 이렇게 바뀐다. "더 이상 '꽃 없는 장미' 따위를 쓰고 있을 때가 아니다. … 지금 듣자하니 북경시에서는 이미 대살육이 자행되었다고 한다. 내가 이런 무료한 글이나 쓰고 있을 때 많은 청년들이 총탄에 맞고 칼에 찔렸다. 오호라, 사람과 사람 사이에는 영혼이 통하지 않는가 보다."

3·18 사건은 일본을 비롯한 서방 열강의 부당한 요구를 받아들인 중국 정부에 항의해 학생과 시민들이 거리로 나섰다가 군대에 진압당해 희생된 일이었다. 4절 이후로 루쉰은 격분하여 그 학살

을 고발한다. 그리고 8절에서 이렇게 말했다. "이것은 일의 끝이 아니라 일의 시작이다. 먹으로 쓴 거짓말은 결코 피로 쓴 사실을 덮어 가릴 수 없다. 피의 빚은 반드시 같은 피로 갚아야 한다. 지불이 늦어지면 늦어지는 만큼 이자는 늘어나지 않을 수 없다."

그러나 루쉰은 청년들이 흘린 피를 적의 피로 갚아주지 못했다. 그들의 피를 먹으로 기록하는 수밖에 없었다. 무력했기 때문이다. 아마도 마지막 9절에서 이어진 문장은 당장 박차고 일어서지 못하는 자신을 향한 쓰라린 자조였을 것이다. "이상은 모두 빈말이다. 붓으로 썼으니 무슨 소용이 있겠는가."

그럼에도 루쉰은 붓을 내려놓지 않았다. 청년들을 희생시킨 상대가 외면하고 있는 피값을 자신의 부채로 삼아 조금씩 갚아나가고자 했다. 칼을 들지 못한 대신 붓을 쥐고 그 붓으로 자신에게 고통을 가하며 스스로를 파고들어 갔다. 3·18 사건 이후로도 루쉰에게는 암흑 같은 시대가 이어졌다. 거기서 루쉰은 바깥의 빛이 비추지 못하는 자기 현실의 어둠을 구석구석 더듬으며 길을 내고자 했다. 희생이 쌓일수록 자신의 현실을 파고드는 붓끝은 날카로움을 더해 갔다.

루쉰의 문학은 현실에서 자신의 뜻을 실현하는 길이 막히고 희망이 깨졌을 때 출현할 수 있었다. 루쉰의 문학은 비대칭적 구조로 인해 한계를 갖지만, 그 한계를 통해서만 구조의 와해에 이르려는 고투였다. 현실정치의 진폭이 클수록 그의 문학은 깊이를 더해갔다. 현실에서의 패배를 문학에서 조금씩 갚아나가며, 루쉰은 자신을 패배시킨 상대보다 역사에서 오래 살아남았다. 그렇게 무력한 자가 무력함에 근거하여 살아가는 법을 실증해냈다.

루쉰은 자신을 태웠다. 그러나 한꺼번에 불사르지는 않았다. 울분과 격정이 차올랐지만 자신을 서서히 연소시켰다. 그 향은 멀리 퍼져 우리의 시대로까지 이르고 있다. 그리고 지금 우리에게는 루쉰이 그러했듯이 희생들을 위한 희생이 요구되고 있다.

사상은
어떻게
가능한가

1. 사상은 어떻게 가능한가

사상은 어떻게 가능한가.

시대를 관류하고 사회를 달리하며 돌아오는 물음이 있다. 이 본원적 물음을 받아 안고 여러 대답들이 모습을 이루지만 그것들은 물음의 회귀를 잠시 지연시킬 수 있을 뿐 막아내지 못한다. 그 대답들에 만족하지 못하겠다는 듯 물음은 다시 등장한다. 본원적 물음은 자신이 낳은 대답들보다 오래 살아남는다.

사상은 어떻게 가능한가. 이것도 본원적 물음에 속하며, 열린 형태로 되돌아온다. 아니 이 물음이야말로 회귀적 속성이 강하다. 하나의 사상은 이 물음에서 생명을 얻지만 이 물음에 시달려 소진해갈 운명이기 때문이다. 하나의 사상이 생명력을 다해갈 무렵 이 물음은 다른 대답을 찾아 나선다.

사상이 출현한다. 기성의 정신세계가 균열된 자리에서 사상이 출현한다. 사상은 그 균열을 자신의 내적 모순으로 전환시켜 성장을 도모한다. 그리고 자신의 환경과 마찰하며 형체를 갖춰간다. 그러나 사상은 언젠가 쇠퇴한다. 자기 안의 내적 모순이 시드는 때가 다

가온다. 내적 모순이 가라앉으면 안정이 도래하고, 지속의 나날 속
에서 사상은 굳어간다. 결국 사상은 소진해갈 운명이다.

다만 소멸의 시간을 늦출 수는 있다. 그러려면 내적 모순을 간직하
고 버텨야 한다. 내적 모순을 잃지 않으려면 오히려 외부 현실에 노출
되고 부딪치고 깎여나가며 상대화되는 쓰라림을 겪어야 한다. 그 과
정에서 존재와 사유 사이의 거리를 직시하며 부단히 스스로를 검증
해야 한다. 그동안에 저 물음은 거듭 되돌아온다. '사상은 어떻게 가
능한가.' 그렇듯 외적 마찰과 내적 긴장에 의해 연마된 정신의 개성만
이 사상이라는 이름에 값하며 긴 생명을 기도할 수 있을 것이다.

2. 비서양에서 사상은 어떻게 가능한가

그러나 사상의 가능성에 관한 물음이 이런 추상적 일반론에 안
착할 수는 없다. '사상'의 가능성에 관한 물음이기에 사상을 시도하
는 자의 구체적 현실로 바짝 끌어오지 않는다면 그 물음은 공론이
되고 말 것이다. 그렇기에 물어야 한다. 비서양에서 사상은 어떻게
가능한가. 그리고 이 물음 역시 두 방향으로 나누어 접근해야 한다.
첫째, 사상을 모색하기에 비서양은 어떤 제약(그리고 가능성)의 조
건인가. 둘째, 비서양에서 왜 사상을 모색해야 하는가.

첫째 물음부터 고찰하자. 서양과 비서양의 관계는 비대칭적이다.
서양은 경계지어진 영토상의 명칭이나 비서양으로 뻗어나가며 운
동한다. 그것이 서양의 근대 과정이다. 서양은 하나의 특수로서 다
른 특수와 대립하지만, 다른 특수들(비서양)이 자신들을 인식할 때

보편적 준거점으로 기능한다. 이 인식론적 구도에서 비서양의 근대화는 서양화의 양상으로 전개된다.

서양의 근대는 근대에 선행하는 전근대를 극복하는 과정이었겠다. 그러나 지정학적으로는 비근대, 좀 더 분명히 말해 비서양을 지배해가는 과정이었다. 자주 거론되는 전근대, 근대, 탈근대라는 계열은 연대기적 순서를 가리키는 듯 보이지만, 이 순서는 늘 지정학적 틀에서 배분되어왔다. 이 인식론적 구도에서 서양과 비서양의 문화적 차이는 문명적 격차로 번역되었고, 비서양의 사건은 이 구도에 의해 의미가 해석되어왔다.

그리하여 서양 근대성의 운동과 비서양의 근대화는 충돌과 억압을 동반하는 내적 연관을 지닌다. 그러나 비서양의 정신은 서양의 운동과 마주하면 내적 연관을 망각하고 서양의 운동을 실체화한다. 서양의 전진과 비서양의 후퇴는 동일한 운동의 양면임에도 불구하고 비서양의 정신은 서양의 전진과 자신의 후퇴를 별개의 실체로 받아들여 서양의 근대와 비서양의 근대에 관한 단순한 가치판단이 빚어진다.

그 결과 비서양의 세계 인식은 심각하게 제약당한다. 비서양은 이런 인식론적 구도에서 세계를 경험한다. 비서양의 자기 인식조차 서양의 근대를 중심으로 하는 좌표공간에서 중심(서양)을 향한 투사와 반사로 자기 위치를 확인하는 작업이 되고 만다. 그리하여 문화적 차이를 문명적 격차로 번역하는 인식론적 구도에서 비서양의 근대는 근대화(=서양화)를 향한 일로에 놓인다. 그 운동을 감정적 성분으로 분석하자면, (서양을 향한) 절대적 열등감과 (다른 비서양

에 대한) 상대적 우월감의 병존 상태가 그 운동을 추동한다고 말할
수 있겠다.

이런 인식론적 구도는 근대 지식체계에도 깊숙이 새겨져 있다.
서양은 보편적일 수 있는 이론의 기준을 소유하고 있다. 그러나 비
서양인은 독자적으로 보편 이론을 생산해내지 못한다. 비서양의 사
고는 서양산 이론의 인증 절차를 거쳐야 가치가 매겨지고, 비서양
의 상황은 서양 이론의 빛으로 조명되어야 그 의미가 드러난다. 이
렇듯 이론 생산과 자료 제공의 역할 분담은 보편자와 특수자의 대
립으로 소급된다. 특수자는 경험의 직접성에 매여 있으나, 보편자
는 논증적 지식, 추상적 개념을 매개해 자신의 직접성을 초월한다.

실상 비서양 대학은 이러한 서양의 지식을 전파하고 번역하기 위
한 중개자로 설립되었으며, 실제로 서양 지식의 모방자와 수입상의
역할을 맡아온 바 있다. 그러나 서양의 지식과 지식체계는 원래의
형태대로 전수되지 않는다. 비서양에서 인문학과 사회과학의 관계
는 뒤틀려 있기 때문이다. 본디 인문학은 인간의 사고와 감정 그리
고 소통을 다룬다는 의미에서 보편지향적 영역이지만, 비서양에서
인문학은 언어와 역사를, 즉 각 사회의 다양성을 다룬다는 이유로
특수성의 함축을 갖는다. 대신 보편적 논리를 구성하는 역할을 사
회과학이 대신한다. 경제학·정치학·사회학 등 '사회'과학 분과들
의 개념장치는 미국, 영국, 프랑스 등 특수한 서구의 근대적 사회구
성체로부터 나온 것임에도 불구하고 언어, 문학, 역사, 종교 등 인문
적 요소를 포함한 비서양 사회의 모습은 그 개념장치들을 통해 의
미가 해명된다.

3. 정신의 식민화

이런 비서양 지식계의 풍토에는 식민성이 드리운다. 비서양의 근대화 동력을 열등감과 우월감의 병존상태로 분석할 수 있다면, 비서양의 정신은 과민증과 동시에 불감증에 시달리고, 그로 인해 비서양의 지식계에서는 획일화와 평균화라는 이중의 증상이 드러난다고 말할 수 있겠다.

서양에서 비서양으로 수입되는 것은 상품만이 아니다. 정신도 들어온다. 아니 선진 이론으로 포장된 정신은 비싼 값이 매겨져 상품처럼 팔린다. 상품이 그렇듯 서양 이론도 유행한다. 이론이 유행한다는 것은 이곳의 현실과 충분히 대결하지 않은 채 쉽사리 유입되고 유통된다는 뜻이다. 저항을 겪지 않으니 소화는 빠르다. 그러나 그만큼 바깥에서 들여온 정신은 세속화되고 쉽사리 실질을 잃는다. 그리고 상품으로 수입된 정신은 대개가 이곳의 현실과 부딪쳐 마모되기 전에 신상품으로 대체된다. 현실에서의 쓰임새를 충분히 확인하지도 못했는데, 어느새 유행이 지나 낡은 것이 된다. 그렇게 꾸준히 들어온 상품들은 품목의 수가 늘어간다. 그러나 본래의 사상사적 전제로부터 유리된 채 상품으로 수입되었기 때문에, 이곳의 지식계에서 서로 관련성을 상실한 채 진열되고 쌓여갈 뿐이다.

비서양 지식계의 식민성이란 바로 자신의 현실에서 사상과제를 추려내 숙성시키기보다 이미 제작된 이론을 수입해다 쓰고 그 이론의 결론에 자신의 현실을 안이하게 끼워 맞추려는 풍조를 가리킨다. 기성의 관념을 현실에 들이밀기는 해도 관념 자체가 현실 속에서 부침을 겪고 성장한다는 생각에는 이르지 못한다. 그리고 기성의 관념을 여과 없이 자신의 현실에 적용하다 보니 현실 이해가 엷어진다. 즉 자기가 속한 현실의 어떤 면모를 해당 이론의 징후로 간주하는 것이다. 현실이 지니는 입체성을 외면했으니 바깥의 이론을 들여와도 그것은 현실 속에 뿌리내리지 못한다. 이처럼 바깥의 이론을 사들이는 지식인은 자신의 지식이 현실에서 유효한지를 시험하겠다는 긴장감을 잃어가고 자신이 처리할 수 있는 크기로 현실을 줄여놓은 대가로 현실로부터 소외된다.

그러나 그 상황에 직면해도 식민화된 지식생산의 회로에 회의를 품기보다 또 다른 이론의 문법을 찾아 나선다. 지식계 내부에서 논의가 공전하고 지식계와 일상세계 사이의 벽이 높아질수록 소위 서양의 이론을 기성품 삼아 들여오려는 경쟁은 치열해진다. 그리하여 일상세계가 유행에 민감하듯 지식계에서는 선진 이론에 대한 과민증이 생겨나는데, 그 과민증은 자기 사회에 대한 불감증을 대가로 치르고 있는 중이다.

그 결과 비서양의 지식계에서는 사고의 획일화와 동시에 고립화가 번져간다. 지적 유행에 민감하니 사고의 쏠림 현상이 생긴다. 그러나 바깥에서 꾸준히 들여온 이론들은 이곳의 지식계 내에서 충돌도 뒤섞임도 없이 그저 자리를 점하고 있을 뿐이다. 그리하여 그 이론들에 기대고 있는 지식은 사회화되지 않고 해당 이론의 문법을 공유하는 진영 안에서만 통용되는 은어화 양상을 띤다. 결국 지식계가 내놓은 지적 산물은 일상인의 피부감각에 닿지 못한 채 자가소비의 대상으로 전락하며, 지식계 내부에서도 소통의 단절이 깊어진다. 그리하여 이론의 유행으로 사고는 획일화되는데도 지식인은 다른 지식인으로부터 그리고 사회로부터 고립되어간다.

4. 사상과 주체성

이처럼 현실감 어린 사고를 생산하지 못한 채 바깥의 이론을 구해와 쌓아놓은 이론들이 서로 교통하지 않는 정신적 잡거상태가 지식계 위기상황의 횡단면이라면, 지식계의 산물이 현실상황에 뿌리를 내리지 못한 채 겉돈다는 사태는 그 종단면을 이룬다.

이 위기상황이 바로 '비서양에서 사상은 가능한가'를 물어야 하는 조건이다. 위기상황은 심화되기도 누그러들기도 하지만, 비서양의 지식계에서는 늘 잠재해 있다. 사상은 이런 위기상황에서 존재와 사유 사이의 거리, 사유와 실천 사이의 거리를 직시한다. 그리고 담론의 의지를 해부하고 담론의 무의식적 구조를 해명한다. 이런 위기의식 없이 사상은 존재하지 않는다. 그처럼 지식계의 위기를 추인하는 것이 아니라 위기를 위기로 내몰아 정신의 임계상태로까지 나아갈 때 사상은 출현할 수 있다. 그리고 그것이 비서양의 사상이라면, 발화의 위치에 관한 자각과 기성의 지식 회로에 관한 성찰에 더욱 천착해야 한다.

사상에게 있어 제약의 조건은 가능성의 조건이다. 자신의 환경이 지닌 제약을 통해서만 사상은 자신의 가능성을 움켜쥘 수 있다. 그리하여 비서양의 사상은 세계 인식과 자기 인식을 제약당하지만, 그 한계에 내재함으로써 자신의 진실에 다가가야 한다. 한계에 내재한다는 것은 힘관계의 비대칭성을 사고의 전제로 삼는다는 뜻이다. 그래야 열위이고 뒤처져 있고 유한하지만, 그 조건에서만 가능한 정신의 개성을 길러낼 수 있다.

따라서 비서양의 사상은 기존의 지식 회로를 회의해야 한다. 자신이 처한 현실의 후진성으로 말미암아 현실에 개입하려는 비서양의 지식인이 말을 고르는 일에는 이중의 어려움이 따른다. 후진적 상황을 타개해야 하니 나아갈 방향을 제시하는 말을 꺼내야 한다. 그러나 나아갈 곳을 설정하고 방향을 가리키는 말은 대개가 바깥에서 주어진 것이지 자신의 현실에서 발효된 게 아니다. 그리고 아무리 바깥에서 그럴듯한 처방을 받아와도 복잡한 현실을 타개하기란 결코 여의치 않다. 이 상황에서는 뒤처졌다는 자신의 열등함을 곱씹으면서도 앞선 대상을 따라잡는 일에 관한 회의능력을 잃지 않는 자가 사상을 거머쥘 수 있다.

자신이 처한 현실은 복잡하다. 그러나 사상을 지향하는 자라면, 현실의 복잡함을 정돈하기에 앞서 복잡의 복잡을 사고해야 한다. 바깥의 빛이 비추지 못하는 자기 환경의 어둠을 구석구석 더듬으며 길을 내야 한다. 자기 환경의 어둠을 살피기 위해 끝까지 짜낸 사고는 고유한 음영을 갖게 마련이다. 그것이 정신의 개성이다.

이처럼 비서양에서 가능한 사상이란 바깥에서 주어지는 자명성을 거부하고, 불평등한 구조로 인해 한계에 놓이지만 그 한계를 통해서만 그 구조의 와해에 이르려는 고투의 과정이며, 유동하는 현실 속에 내재함으로써 획득하는 저항의 계기다. 이때 저항이란 실체화되지 않으면서 주체화된다는 의미다. 서양의 근대를 향한 투사와 반사로 맺혀진 자기 이미지에 동요를 일으키고, 서양을 비판함으로써 얻어지는 자신의 동일성도 거부하는 가운데 자기이고자 자기를 부단히 갱신하는 정신의 운동인 것이다.

5. 사상의 조건

이것이 비서양에서 사상의 지향점이라면, 비서양에서 사상이기 위한 조건을 정리해둘 수도 있을 것이다. 물론 일반론일 수 없는 임시적 명제에 불과하다. 다만 사상이 빛으로 발하려면 자신의 어둠을 깊이 응시해야 한다는 사실을 환기해둘 수는 있을 것이다.

임시적 명제가 되리라는 것을 알지만 비서양에서 사상이기 위한 조건을 밝혀두자면, 첫째 자기회의가 필요하다. 사상은 말을 직조해 현실로 진입하는 지성의 영위이나, 사상과 현실 사이에는 개념의 구축물이 껴 있다. 사상이 현실에 대해 취하는 거리와 현실을 대하는 시선의 각도는 그 개념에 침전된 역사의 간섭을 받는다. 만약 상업적 인장이 찍힌 관념을 사들인다면, 현실에 관한 비교적 안정된 거리감과 대중적인 시선의 각도를 확보할 수 있겠지만, 현실의 복잡한 결을 매만지기 위해서는 그 상품이 지니는 교환가치를 거부하고 스스로 가치 있는 말을 생산해내야 한다. 기성의 개념에 의탁한다면 의사소통 자본에 예속될지 모르며, 무엇보다 자기 현실의 실상을 왜곡할지 모르기 때문이다.

이런 자기회의는 서양중심주의를 비판하고 서양 이론의 물신화 경향을 극복하는 데서 그치지 않는다. 그보다 지난한 고투다. 자신이 힘주어 하는 말이 품위 있는 상투어이며, 독창적이라고 여겨온 발상이 기성 담론에 달아놓은 주해에 불과하며, 자각 위의 결단이라 여겼지만 기존의 틀을 서툴게 모방하고 있는 것은 아닌지 스스로 의심해야 하기 때문이다.

그러면서도 둘째, 사회적 쓰임새를 철저히 계산해야 한다. 지식인은 정신의 개성을 빚어내기 위해 자기회의에 나서지만, 자기회의의 노력이 있어야 그 정신도 유의미한 용법을 지닐 수 있다. 만약 비서양의 지식인이 서양 이론을 주술적으로 끌어다가 쓰는 데서 그친다면 이론은 신앙으로 변질되고, 현실은 이론에 대한 편차가 된다. 논리와 추상의 세계가 현실을 통과하지 않고, 이론의 약속에 따라 현실을 조작할 수 있다는 신앙이 만들어지면, 현기증 나는 이론은 현실을 무시한 채 가능성을 두고 내기를 건다. 그리하여 그 이론이 올바른들 현실의 입체감을 소거해 현실을 평면으로 만들려들면, 그 이유로 올바를 뿐인 이론은 현실에서 외면받을지 모를 일이다.

사상은 개념의 사다리를 타고 현실로부터 올라가 현실을 바라보는 새로운 눈높이를 추구하는 지적 영위이나 그 사다리가 세워진 현실은 부단히 움직이고 있다. 현실은 계속해서 사상을 상대화의 위험에 노출시킨다. 따라서 사상은 자신이 발붙이고 있는 현실에서 부단히 유효성을 시험받아야 한다는 자각 속에서만 사상됨을 이룰 수 있다.

그리하여 셋째, 상황 속에 내재해야 한다. 현실은 어수선하고 동요하고 때 묻어 있다. 사상은 현실의 곤란하고 오염된 문제를 회피하지 않고 격동하는 상황의 한복판으로 들어가야 한다. 상황 속으로 진입하고자 지식의 감도를 되묻고, 상황 속에서 복잡한 성분을 포착해 사상 과제로 길어올리고, 그 과제의 무게가 대중에게 공유될 수 있도록 적확한 리얼리티를 주입해 표현을 일궈내야 한다.

그렇게 시대와 공존하고 현실과 함께하려드니 사상은 오류를 범할 테지만, 오류를 무릅쓴 사상은 자신이 처한 현실의 모순과 겹쳐지니 그만큼 진실할 것이다. 그리고 그런 사상이라면 현실의 진폭이 크면 클수록 단련되어 깊이를 더해갈 것이다.

6. 사상과 번역성

아울러 사상됨을 이루는 또 하나의 조건을 밝혀두고자 한다. 자신의 현실에 밀착하고 현실에서 상대화의 시련을 겪는 가운데 응고되지 않고 자기 갱신을 기도하는 것 이외에 사상이 진정 사상이려면 그것은 다른 현실 속에서도 울림을 가질 수 있어야 한다. 자신의 현실 속에서 출현했지만 다른 사회의 타자에게 가닿을 수 있어야 한다. 즉 번역될 수 있어야 한다. 그것은 문자적 번역을 거쳐야 한다는 뜻이 아니다. 맥락의 전환을 거치면서도 타자의 고뇌에 닿을 만한 요소를 내장해야 한다는 의미다.

하나의 사유가 출현한 장소 바깥으로 전해질 때 그 방식에는 두 가지가 있다. 한 가지는 그것이 출현한 장소에 내리고 있는 잔뿌리를 끊어내더라도 의미가 보존되도록 추상도를 높여 번역가능성을 구비하는 방식이다. 이 경우는 이론의 형태를 취한다. 다른 한 가지는 애초 출현한 장소에 깊게 뿌리를 내리고 있어 번역불가능한 구석이 많고 다른 장소로 매끄럽게 옮길 수는 없지만 그 사유에 담긴 고민의 농도가 다른 장소의 타자에게 공감을 불러일으켜 고뇌의 연대를 낳는 것이다. 이 경우는 사상의 모습을 취한다. 그리하여 멀리 돌아와 가까스로 두 번째 물음과 만난다. 즉 '비서양에서 왜 사상을 모색해야 하는가'라는 물음에 답할 때가 되었다. 그것은 비서양의 조건에서 기도해야 할 사고의 보편성은 사상으로서 실현되어야 하기 때문이다.

서양 이론은 비서양 사회로 번역된다. 그러나 그 번역은 위계적이고 비대칭적이다. 피지배 문화는 헤게모니 문화의 저작을 번역해 수입하지만, 역방향으로의 번역은 좀처럼 진행되지 않는다. 미국과 유럽의 저작물은 가치 있는 원본으로 여겨지며 보편적이라는 외양을 두른다. 그 점에서 번역은 분명 식민화의 채널이었다.

그러나 존재 간의 위상기하학(총체/국부, 중심/주변, 일반/특수)에 기대는 번역이 있다면, 거기에 저항하는 번역도 있다. 보편성은 원리상 언어적·문화적 경계를 넘어서지만 번역 없이는 불가능한 일이다. 개별 언어들(현실들) 사이에서 보편성이 구현되려면 개별 언어들을 중재하는 언어가 발견되어야 한다. 그러나 그런 메타언어(이론)는 존재하지 않는다. 보편성의 실현은 성공을 보장받을 수 없는 부단한 번역의 노동과 시련을 통해서만 가능하다. 그 메타언어가 영어(서양 이론)라거나 메타언어의 자리를 영어(서양 이론)가 대신할 수 있다고 여길 때 거기서 등장하는 보편성은 위계적 보편성이다. 반면 바로 메타언어가 부재하는 공간, 그리하여 소통의 투명성이 더럽혀지고 교환의 원활함이 깨져나가는 공간에서 관계를 구성하는 것이 사상의 모습으로 실현되는 대안적 보편성이다. 즉 보편성이란 특정한 내용이 아니라 독특한 운동 형식이다. 보편성이란 결코 특수성과 대립하는 존재자가 아니다. 보편성이란 특수성들 사이에서 번역을 통해 의미의 증식과 반전을 거치는 운동의 이름인 것이다.

그리고 비서양의 사상은 타자에게로 번역될 만한 요소를 지닐 때 보편적일 수 있다. 서양의 경험을 추출해 일반화한 이론을 응용하는 데서 그치는 것이 아니라 자신의 역사적 경험과 현실적 조건으로부터 원리성을 발굴해 그것을 보편성의 층위, 번역의 지평으로 끌어올려야 한다. 그것이 비서양에서 가능한 사상의 모습일 것이다. 만약 그렇게 번역의 가치를 지닌 사상이라면, 그것이 출현한 사회에서 쓰임새를 가질 뿐만 아니라 그 모습 그대로 다른 사회에도 적용될 수야 없겠지만 다른 사회를 해석하는 데 보탬이 될 수 있을 것이다.

번역이란 비연속의 연속이라는 모순적 실천이며, 약분불가능한 장소에서 관계를 개척하는 구성적 실천이다. 번역하는 언어와 번역되는 언어는 다른 언어이기 때문에 불연속적이지만, 번역을 통해 상이한 언어들은 마주하게 된다. 그리고 어떤 번역도 이쪽의 언어를 저쪽으로 투명하게 옮길 수는 없다. 번역에는 번역불가능한 것이 따른다. 의미가 전달되는 과정에서 새어나가는 것, 넘치는 것이 생긴다. '번역된다'와 '번역되지 않는다'는 동시에 발생한다.

그리고 사상의 번역에서 등가관계란 주어지는 게 아니라 생산되는 것이다. 등가관계는 언어(현실)의 경계를 넘어선 동일성의 추구가 아니다. 사상의 등가관계란 고민의 심도가 닿을 때 발생하는 마주봄이며 대화다. 비록 특정한 현실에서 출현했더라도 고뇌의 깊이가 번역되어야 할 필요와 가치를 생산하는 것이다. 사상이 경험적 부식토와 암묵적 이해망으로부터 멀어져서도 살아갈 수 있는 까닭, 그것은 바로 사상이 다른 현실 속의 타자에게 그 존재의 고민으로서 엉기기 때문이다.

어떤 개체의 고뇌도 덜, 더 무겁다고 비교할 수 없으며 개체가 처한 환경은 다르더라도 고민의 심도는 깊은 곳에서 닿을 수 있다. 바로 사상은 추상의 영역으로 도약할 뿐 아니라 그 고민의 심도로 내려가야 한다. 그러려면 제약의 조건이자 가능성의 조건인 자신의 현실을 파고들어야 한다. 그 과정에서 자신의 현실이 지니는 역사적 경험과 현실적 조건의 고유성을 훼손하지 않고 또한 설불리 비약을 범하지도 않으면서 거기서 공유가능한 원리를 발굴해내야 한다. 그 원리는 타자에게 사상의 모습으로 다가갈 것이다. 범주적 진실이 아닌 한, 모든 인간적 진실의 보증은 그것이 인간적이라는 진실 이외에 어디서 찾을 수 있겠는가.

고전오디세이

❶ 진화와 윤리 토마스 헉슬리 지음 | 이종민 옮김

❷ 맹자독설 정천구 지음

❸ 삼국유사, 바다를 만나다 정천구 지음

❹ 중용, 어울림의 길 정천구 지음

로컬문화총서

❶ 신문화지리지 부산의 문화, 역사, 예술을 재발견하다 | 김은영 외 지음

❷ 우리가 만드는 문화도시 문화도시네트워크 지음

❸ 부산언론사 연구 채백 지음 *2013 대한민국학술원 우수도서

산지니평론선

❶ 비평의 자리 만들기 남송우 평론집 *2007 문화예술위원회 우수문학도서

❷ 어려운 시들 김남석 평론집 *2008 문화체육관광부 우수교양도서

❸ 감성과 윤리 구모룡 평론집 *2009 한국도서관협회 우수문학도서

❹ 동화의 숲을 거닐다 황선열 아동문학 평론집 *2010 문화체육관광부 우수교양도서

❺ 공동체의 감각 허정 평론집

❻ 바로 그 시간 전성욱 평론집 *2010 한국도서관협회 우수문학도서

❼ 세이렌들의 귀환 김경연 평론집

❽ 시의 역설과 비평의 진실 정훈 평론집 *2011 한국도서관협회 우수문학도서

해석과판단 비평집

❶ 2000년대 한국문학의 징후들

❷ 문학과 문화, 디지털을 만나다

❸ 지역이라는 아포리아

❹ 일곱 개의 단어로 만든 비평

❺ 비평의 윤리, 윤리의 비평

❻ 공존과 충돌